Francis Durbridge
Mr. Hartington
starb morgen

(Mr Hartington Died Tomorrow)

Manuskript für ein achtteiliges Hörspiel

aus dem Englischen übersetzt von
Dr. Georg Pagitz

mit einem Vor- und Nachwort des Übersetzers

– Williams & Whiting –

Von Francis Durbridge sind bereits bei Williams & Whiting erschienen (Bandnummer in Klammer):

Coverdesign: Timo Schröder

ISBN 9781917798006

Williams & Whiting (Publishers)
15 Chestnut Grove, Hurstpierpoint,
West Sussex, BN6 9SS, England

Mr Hartington Died Tomorrow
© 1942 by Francis Durbridge

Vorwort, Nachwort und deutsche Übersetzung
© 2024 by Dr. Georg Pagitz

Inhalt

Vorwort
von Dr. Georg Pagitz

Wenn man über die Radioarbeiten von Francis Durbridge (1912–1998) spricht, dann wird damit hauptsächlich eine Figur verbunden: jene des Kriminalschriftstellers Paul Temple, der von Scotland Yard oft um Mithilfe bei der Lösung von mysteriösen Fällen gebeten wird.

In der Tat war es die Figur des Paul Temple, die Francis Durbridge im Alter von nur 25 Jahren schlagartig bekannt machte. Mit einer achtteiligen Radioserie namens *Send for Paul Temple* legte er den Grundstein für seine lange, erfolgreiche Karriere als Radio- und Fernsehautor, Dramatiker und Verfasser von Drehbüchern, Kurzgeschichten und Romanen.

Durbridge wollte immer schon Autor werden, bereits am Gymnasium verfasste er im Alter von nur fünfzehn Jahren ein sehr langes (und – wie er später meinte – sehr kompliziertes) Theaterstück namens *The Great Dutton*, das auch im Rahmen einer Schulveranstaltung aufgeführt wurde. Von da an verfolgte der Brite konsequent sein Ziel, vom Schreiben leben zu können. Sein großes Vorbild war der Kriminalschriftsteller Edgar Wallace. Durbridge musste jedoch erkennen, dass es nicht einfach war, erfolgreich zu sein. Er steckte viele Rückschläge ein, sendete pausenlos Material an die BBC und verschiedenste Verlage und hatte schließlich das Glück, von einem einflussreichen Produzenten des britischen Radiosenders in einer Revue der Universität Birmingham entdeckt zu werden, für die er die Texte geschrieben hatte. Dieser Mann war Martyn C. Webster (1902–1983), der fortan viele von Durbridges Manuskripten inszenierte, darunter alle britischen Paul-Temple-Abenteuer.

Durbridges frühestes Radiowerk stammt aus dem Jahr 1933 und war ein Beitrag zur BBC-Kinderstunde. In den folgenden Jahren verfasste er zahlreiche Sketche, Texte für Mu-

7

sicals und auch ernste Stücke. Doch sein Ziel war es immer, Kriminalautor zu werden. 1934 konnte er der BBC mit *Murder in the Midlands* erstmals einen Krimistoff abliefern. Es sollten viele weitere folgen: 1935 *Murder in the Embassy,* 1938 *Send for Paul Temple* und im selben Jahr noch aufgrund des riesigen Erfolgs *Paul Temple and the Front Page Men.* 1939 entstand ein drittes Temple-Abenteuer namens *News of Paul Temple.* 1940 schrieb er den Sechsteiler *A Case for Sexton Blake*, 1941 *And Anthony Sherwood Laughed*, *The Man from the Hibiscus* und *The Man from Washington*. Neben diesen meist mehrteiligen Krimiserien verfasste er weiterhin kurze Sketche für das Radio. Durch den Erfolg von Paul Temple eröffneten sich bald auch neue Wege, schriftstellerisch tätig zu sein, denn die ersten drei Abenteuer erschienen auch in Romanform und Durbridge arbeitete zu jener Zeit ebenfalls an einem Temple-Theaterstück.

Gleichzeitig war jedoch auch der Zweite Weltkrieg ausgebrochen. Da Francis Durbridge Pazifist war, musste er nicht an die Front. Er konnte eine strenge Kommission davon überzeugen, dass er Waffen ablehnte, und konnte daher im Land bleiben und als Brandwächter bei der BBC Birmingham arbeiten. Außerdem leitete er die Lebensmittelverteilung auf einer Farm. Dieser Umstand gab ihm gleichzeitig die Möglichkeit, weiterhin – wenn auch unregelmäßig – als Autor tätig zu sein.

In diesen Zeitraum fallen zwei Kriminalhörspielserien, die teilweise sogar parallel von der BBC 1941 bzw. 1942 ausgestrahlt wurden: Der Zwölfteiler *Death Comes to the Hibiscus* (28. November 1941 – 20. Februar 1942) und der Achtteiler *Mr Hartington Died Tomorrow* (9. Februar 1942 – 6. April 1942). Diese beiden Serien verbindet eine Gemeinsamkeit: Beide wurden von Francis Durbridge geschrieben, jedoch nicht unter seinem wirklichen Namen, sondern unter einem Pseudonym. Bei *Death Comes to the Hibiscus*, ein Krimi, den Durbridge gemeinsam mit Val Gielgud verfasste, verwendete der Autor das Pseudonym Nicholas Vane. Im Falle von *Mr Hartington Died Tomorrow* war es Lewis Middleton Harvey. Interessant ist hier, dass Durbridge auf Namen zurückgriff, die ihm besonders wichtig waren. Einerseits nannte er seinen zweiten Sohn Nicholas, andererseits hieß Steve Temple – Pauls Ehefrau – mit Mädchennamen Louise Harvey. Dieser Name klingt fast so, wie sein später verwendetes Pseudonym Lewis (Middleton) Harvey, das er dann nur noch einmal für den 1943 entstandenen Achtteiler *Farewell, Leicester Square!* gebrauchte, der allerdings kein Krimi war.

Auch im Familienkreis konnte nicht genau geklärt werden, weshalb Durbridge in jungen Jahren einige Pseudonyme (ein weiteres war Frank Cromwell) verwendete. Möglicherweise war er mit dem fertigen Werk nicht zufrieden und wollte dafür seinen Namen nicht hergeben. Dies ist jedoch reine Spekulation, denn das in diesem Buch abgedruckte Hörspiel wurde bereits am 15. August 1941 in der *Radio Times* »als Stück eines neuen Autors« angekündigt, der Durbridge zu jenem Zeitpunkt nun wirklich nicht mehr war.

Ungewöhnlich an *Mr Hartington starb morgen*, wie die vorliegende Übersetzung des Originaltextes heißt, ist, dass Durbridge seine Story nicht in Großbritannien, sondern in Hollywood innerhalb einer Gruppe von Briten ansiedelt, die sich in Kalifornien (mehr oder weniger) erfolgreich im Filmgeschäft angesiedelt hat.

Durbridge wählt für die Story eine interessante Erzählweise: Jede Folge beginnt in einer Bar, in der sich zwei Personen Woche für Woche treffen. Dabei erzählt eine Person der anderen die mysteriösen Ereignisse rund um den Tod des Filmmoguls Oliver Hartington. Dies geschieht in Häppchen, da am Ende der jeweiligen Episode der Erzähler einen Termin hat und sich deshalb verabschieden muss.

Mr. Hartington starb morgen ist jedoch mehr als ein Krimi. Durbridge, der später oft in die USA reiste und Ende der 1940er-Jahre auch einige Wochen in Hollywood verbrachte, um zu sehen, ob die Arbeitsweise dort etwas für ihn wäre, nutzt die Geschichte rund um den Mord an einem Filmproduzenten, um dem damaligen Publikum Einblicke in die Vorgänge in der Traumfabrik zu geben und die Studiostrukturen und die Vorgehensweise der Produzenten zu beleuchten. Hinzu kommt eine Liebesgeschichte und die Verwirklichung des amerikanischen Traums: Aus einer Sekretärin wird ein gefeierter Hollywoodstar. Das Filmstudio H.G.T. ist zweifellos an M.G.M. angelehnt, das Lokal *The Blue Stetson* an ein beliebtes Promirestaurant am Sunset Boulevard. Um der Sache noch mehr Authentizität zu geben, lässt Durbridge in einer Szene sogar James Stewart als Gast in dem Lokal auftreten und erwähnt an vielen Stellen damals beliebte Hollywoodstars.

All dies bewirkt, dass der Krimi an manchen Stellen etwas ab- und ausschweift und andererseits einige Redundanzen aufweist. Die oftmalige Wiederholung von Vorkommnissen aus früheren Episoden war auch dadurch bedingt, dass zwischen der Ausstrahlung jeder Episode immer eine Woche Zeit lag und das Publikum sich nicht alle Details merken konnte. Insofern erleichterten die heute als redundant wirkenden Stellen den Zuhörerinnen und Zuhörern das Verfolgen der Geschichte.

Durbridge selbst erkannte offenbar, dass es einfach war, aus den acht Mal fünfundzwanzig Minuten eine einstündige Sendung zu machen, denn bereits ein halbes Jahr nach der Ausstrahlung des Achtteilers *Mr Hartington Died Tomorrow* ging am 30. Oktober 1942 eine einteilige, gekürzte Neufassung über den Äther. Zwischen dem 31. Januar und dem 21. März 1950 wurde ein Remake des Achtteilers ausgestrahlt.

Wie alle Hörspiele in den frühen Jahren des Radios entstand auch *Mr Hartington Died Tomorrow* live. Das heißt: Jede Woche erhielten die Sprecherinnen und Sprecher nur das Manuskript für die jeweilige Episode. Der Regisseur – im Falle der Urfassung von 1942 war dies Val Gielgud (1900–1981), der ältere Bruder des Schauspielers John Gielgud – probte einige Tage, ehe die jeweilige Folge immer montags um 18.45 Uhr live im Programm von *BBC Home Service* auf Sendung ging. Die episodenhafte Ausstrahlung ermöglichte es auch, dass nur Durbridge und der Regisseur wussten, wer der Täter war, denn das Manuskript zur letzten Folge wurde erst wenige Tage vor der Ausstrahlung an die Schauspielerinnen und Schauspieler ausgehändigt.

Da Bandmaterial in jenen Jahren sehr teuer war, wurden die meisten Hörspiele nicht aufgezeichnet. Sie sind daher auch nicht überliefert.

Im Gegensatz zu vielen anderen Durbridge-Hörspielen gab es von *Mr Hartington Died Tomorrow* keine ausländische Fassung.

Für jede Episode erhielt Durbridge rund 31 Pfund (umgerechnet in heutiges Geld etwa 2.200 Euro), und zwar meist nach Ausstrahlung der jeweiligen Episode.

Ausschnitte aus Francis Durbridges Einnahmenbuch, in dem er handschriftlich notierte, wieviel er für *Mr Hartington Died Tomorrow* erhielt.

Abschließend noch ein paar Bemerkungen zur Geschichte. Durbridge verwendet darin verschiedene dramaturgische Mittel: Zunächst die bereits erwähnte Rückblendentechnik, durch die er eine Geschichte in der Geschichte erzeugt. In Episode 3 gibt es sogar eine Rückblende innerhalb der Rückblende. Interessant ist hier, dass Durbridge dieses Mittel nicht wie andere Autoren im Krimi einsetzt: So gut wie nie dient die Rückblende dazu, um die letzten Minuten vor dem Mord zu beleuchten und um zu erklären, wie die Tat geschah. Durbridge verwendet sie meist, um Handlungselemente in der Chronologie des Handlungsablaufs erst später einzubauen. Durch die Aussparung gewisser Szenen kann er dadurch

Spannung aufbauen und meist beim Publikum für das beliebte Rätselraten sorgen. Durbridge spielt in *Mr Hartington Died Tomorrow* außerdem mit falschen Identitäten, in diesem Fall mit jener eines geheimnisvollen Peter London, von dem es anscheinend drei verschiedene geben soll. Ein wichtiger Punkt in der Geschichte ist außerdem der Umstand, dass viele der Figuren an Verdauungsstörungen, so genannter Dyspepsie, leiden und dagegen Tabletten einnehmen, was in den USA der 1940er-Jahre groß in Mode war. Schließlich setzt Durbridge in *Mr Hartington Died Tomorrow* immer wieder Radiomeldungen und Werbeeinblendungen dramaturgisch ein, um dem Publikum handlungsrelevante Informationen zu geben.

Im Anhang finden Sie Stab- und Besetzungslisten der drei verschiedenen BBC-Hörspielproduktionen und als Übersicht eine bereits in anderen Ausgaben dieser Buchserie abgedruckte Liste aller Radiokrimis von Francis Durbridge.

Spannende Lektüre!

Francis Durbridge
Mr. Hartington starb morgen

Die handelnden Personen

Die Hauptfiguren

GAIL HOWARD	Gewinnerin eines Schönheitswettbewerbs
PETER LONDON	Schriftsteller
DALLAS SHALE	Feuilletonist, Drehbuchautor
CAMPBELL MANSFIELD	Autor
JULIUS MARKHAM	Filmregisseur
MARGARET FREEMAN	Schauspielerin
DORIS CHARLESTON	Hartingtons Privatsekretärin
LOUIS CHEYNE	Drehbuchautor
INSPEKTOR O'HARA	Kriminalbeamter der Polizei in L. A.
OLIVER HARTINGTON	Filmproduzent

Weitere Figuren

LEO BARTLETT	Margaret Freemans Exmann
OTTO STULTZ	Filmregisseur
ALDERMAN LOVE	Chef eines Cateringunternehmens
TOM LOVE	Alderman Loves Sohn
SAM LEVINSKY	Journalist
MARY BRAMPTON	Markhams Sekretärin
SERGEANT MOORE	Mitarbeiter von Inspektor O'Hara
SERGEANT QUINN	Kriminalbeamter
SERGEANT DANE	Kriminalbeamter
JOE FRANCINO	Besitzer einer Tankstelle
JOCK REID	Kunde einer Tankstelle
DR. HUGH C. LATIMER	Arzt aus London
SYLVESTOR	Chef des Restaurants *The Blue Stetson*
HENRY K. HAMMERSTON	Kriminalreporter
HORACE WYNDHAM HARRINGFORD	Schottischer Autor

Nebenfiguren

CHARLIE	Barkeeper
MAISIE	Sekretärin in den H.G.T.-Studios
LIONEL	Kellner im Restaurant *The Blue Stetson*
REGAN	Angestellter am Flughafen
ED	Polizeifahrer
SAM	Angestellter in einer Cafeteria
SPENCER	Margaret Freemans Chauffeur
DRAPER	Portier im *Garten Allahs*
TONY	Schauspieler
LARRY	Erster Aufnahmeleiter im Studio
JOE	Zweiter Aufnahmeleiter im Studio
DR. TEAM	Polizeiarzt
JANE WISE	Hollywoodreporterin

Figuren ohne Namen

EIN POLIZEIARZT
EIN TELEGRAMMBOTE
EIN KELLNER
EINE KELLNERIN
EIN PORTIER
DREI MARKTSCHREIER
ZWEI RADIOSPRECHER DES SENDERS KNX
MEHRERE MÄNNER UND FRAUEN JEGLICHEN ALTERS
MEHRERE RADIOSPRECHERINNEN UND RADIOSPRECHER
MEHRERE LEUTE AUF DEM JAHRMARKT

Die Handlung spielt 1938 und 1942 in Hollywood.

Mr. Hartingtons Siesta

MANN:	Zweitausendsiebenhundertvierundfünfzig Meilen von New York City entfernt, im Staat Kalifornien, gibt es einen Ort namens ... Hollywood.

Aufblenden der Musik zu einem dramatischen Crescendo. Als die Musik zu Ende ist, sind die ersten Töne einer Kuckucksuhr zu hören.

	Kuckuck! Kuckuck! Kuckuck! Kuckuck! Kuckuck! Kuckuck! Kuckuck! Kuckuck!

Die Uhr wird ausgeblendet.
Aufblenden der Musik zu einem dramatischen Crescendo.

1. AMERIKANER:	(*Freundlich, überraschter Tonfall*) Hallo, allerseits! Hier ist Jackie Wendlemen, die Stimme von Hollywood! Willkommen in Los Angeles, Leute!!!
2. STIMME:	(*Dröhnend: übertrieben*) STATISTIK!!!!
1. AMERIKANER:	Einhundertsiebenundfünfzig Filmstudios!
2. STIMME:	Sechzehnhundert Scheidungen!!!!
1. AMERIKANER:	Dreihundertachtundsiebzig Schwimmbäder!!!!
2. STIMME:	Neuntausendzweihundertvierundzwanzig Vegetarier!!!!
1. AMERIKANER:	Sechzehntausenddreihundertsiebenundneunzig Autos!!!
2. STIMME:	(*Dröhnend: übertrieben*) STATISTIK!!!!
3. STIMME:	(*Leise*) Pfui! Ein kurzer Blick auf die Musik ... *Slaughter On Tenth Avenue* von Rodgers und Hart
4. STIMME:	(*Mit einem seltsamen Charme*) Zitat: »Amerikanische Freunde hatten mich mehrfach gewarnt, dass ich eine Pilzstadt

17

voller exquisit schöner junger Damen zu erwarten hätte. Mein erster Eindruck war, dass Los Angeles eine Fliegenpilzstadt ist, die mit Hundertjährigen überfüllt ist.« Zitat Ende.

Schnelles Aufblenden von Musik.
Musik ausblenden.

5. STIMME: (*Durchschnittsamerikaner: schnell*) Varieténachrichten!!!! Eilmeldung! »Clark Gable bei Paramount unter Vier-Filme-Vertrag!« Eilmeldung! »H.G.T. vertreibt Wagner.« Eilmeldung! »Rooney sagt Nein zur M.-O.-K.-Einigung.« Eilmeldung! »Bob Taylor lacht …«

Ausblenden.
Schnelles Aufblenden von Musik.
Musik ausblenden.

4. STIMME: (*Freundlich: jovial*) Vergessen Sie nicht, bei *Joe's Place* zu essen … Mary hatte ein Lamm: Was nehmen Sie?

Schnelles Aufblenden von Musik.
Musik ausblenden.

6. MANN: (*Ruft*) Szene sechs … Take vier …

Eine Klappe ist zu hören.

4. STIMME: Ton ab!!!

6. MANN: Kamera!

MÄDCHEN: (*Süß*) Drei Worte, lieber Romeo, und gute Nacht. Wenn deine Liebe und deine Absicht zu heiraten ehrenvoll sind, schick mir morgen eine Nachricht, die ich weiterleiten werde, um …

6. MANN: (*Ruft*) Schnitt!!! Schnitt!!!

MÄDCHEN: (*Genervt*) Was ist los?

6. MANN: Das war schlecht!

Schnelles Aufblenden von Musik.
Musik ausblenden.

FRAU: (*Sehr enttäuscht*) Das ist also … Hollywood.

18

Schnelles Aufblenden von Musik.
Musik in den Hintergrund.

4. STIMME: Halbtropische Blumen, reich an Duft und Farbe ...

5. STIMME: Weiße Stuckhäuser und einladende, nicht eingezäunte Rasenflächen ...

4. STIMME: Trockene Wüste und schneebedeckte Berge ...

Musik aufblenden.

5. STIMME: Grausame Kakteen und freundliche Orangenhaine ...

4. STIMME: Das Trocadero ... Sunset Boulevard.

5. STIMME: La Brea Avenue ... Der Clover-Club ... Harpo's Bar ... The Hollywood Punch Bowl.

4. STIMME: Wilshire Boulevard ... *The Blue Stetson* ... Charlie's Kemenate ...

5. STIMME: *Joe's Place* ...

4. STIMME: Der *Garten Allahs* ...

Musik aufblenden.

EINE FRAU: (*Enttäuscht: fast verächtlich*) Das ist also ... Hollywood!

Die Musik erreicht ein dramatisches Crescendo und dann ertönt die Kuckucksuhr.

Kuckuck! Kuckuck! Kuckuck! Kuckuck! Kuckuck!

Als der letzte Kuckucksschrei aus der Uhr dringt, spricht DALLAS SHALE.

SHALE: Ich nehme noch einen Highball, Charlie.

CHARLIE: Es ist *Ihr* Magen, Sir. (*Er mischt den Drink*) Gehen Sie nicht zur Probevorführung?

SHALE: Zu welcher Probevorführung?

CHARLIE: Drüben im Matamount. Es ist eine Überraschungsshow. Eine Überraschung für alle. Niemand weiß, worum es geht.

SHALE: Lassen Sie uns nicht über Filme reden,

	Charlie. Denken Sie daran, wir sind Männer der Bildung, Männer der Kultur …
CHARLIE:	Sie sagen es! (*Stellt den Drink hin*) Einen Highball, bitte sehr …
SHALE:	Zum Wohl! (*Er trinkt und stößt einen zufriedenen Seufzer aus*) Ah!
CHARLIE:	Wen Sie auf meinen Rat hören wollen, dann verzichten Sie darauf!
SHALE:	(*Vertraulich*) Vor vielen Jahren, Charlie, habe ich einmal ein Buch geschrieben …
CHARLIE:	Sie haben es irgendwie schon mal erwähnt, Mr. Shale.
SHALE:	Ein richtiges Buch … Ein richtiges Buch, Charlie. *Die vergessene Straße* von Dallas Shale … Stellen Sie sich das vor, Charlie … Fünfzehn Kapitel … Fünfundneunzigtausend Worte … Fünfundneunzigtausend Worte …
CHARLIE:	(*Gelangweilt*) Was sie nicht sagen, Sir – ein Buch …
SHALE:	(*Eher sentimental*) *Die vergessene Straße* von Dallas Shale … (*Reißt sich zusammen*) Tja … Das Gleiche noch mal, Charlie!
CHARLIE:	Moment mal, Mr. Shale, Sie hatten schon sieben Highballs und … (*Plötzlich*) He, sehen Sie mal, wer da kommt …
SHALE:	Sie meinen den kleinen Kerl im grauen Anzug?
CHARLIE:	Ja … Campbell Mansfield … der Mann, der die Canterbury-Saga geschrieben hat!
SHALE:	Campbell Mansfield? Was macht er denn in Hollywood?
CHARLIE:	Es heißt, er steht bei Julius Markham unter Vertrag.
SHALE:	Na sowas! Das nenne ich 'nen Aufstieg.

Es gibt eine kleine Pause.

| MANSFIELD: | Guten Abend. |

CHARLIE:	Guten Abend, Sir.
MANSFIELD:	Kann ich einen Brandy und ein Ginger Ale haben?
CHARLIE:	Aber sicher, Sir. (*Mischt den Drink*) Ziemlich warm heute …
MANSFIELD:	Ja. Ja, ziemlich …
SHALE:	Wie gefällt Ihnen unser Klima, Mr. Mansfield?
MANSFIELD:	(*Freundlich*) Man muss es einfach mögen, ob man will oder nicht.
SHALE:	Mein Name ist Shale. Dallas Shale … Feuilletonist für das Ross-Morgan-Syndikat in San Francisco.
MANSFIELD:	Oh – äh – schön, Sie kennenzulernen.
CHARLIE:	Einen Highball.
SHALE:	Oh, danke, Charlie. Wann sind Sie angekommen, Mr. Mansfield?
MANSFIELD:	Um zehn Uhr dreißig heute Vormittag. Und Sie …?
SHALE:	Ich kam am 4. September 1931, um genau sechs Uhr fünfunddreißig abends in Hollywood an. Es regnete in Strömen.
MANSFIELD:	(*Leicht amüsiert*) Sie interessieren sich nicht für Hollywood, Mr. Shale?
SHALE:	Oh, ja. Doch, ich bin verrückt nach Hollywood. Es ist genau wie zu Hause … *genau* wie zu Hause. (*Als Nachsatz*) Es gibt keinen anderen Ort wie diesen.
MANSFIELD:	Ich nehme an, Sie kümmern sich um die meisten Publicity-Geschichten, Interviews mit den Stars und solche Dinge?
SHALE:	Genauso ist es! Ich schreibe, was Miss X gefrühstückt hat und mit wem sie gefrühstückt hat.
MANSFIELD:	(*Verwundert*) Aber sind Sie deshalb überhaupt nach Hollywood gekommen – ich meine, um so etwas zu tun?
SHALE:	Nicht ganz. Ich bin hierhergekommen, um

dasselbe Spiel zu spielen wie Sie. Vertragsautor für H.G.T. Zwölfhundert Dollar die Woche. Egal, was passiert. Egal ob man arbeitet, oder nicht.

MANSFIELD: Ich bin eigentlich bei Julius Markham unter Vertrag. Ich weiß nicht, ob Sie Markham kennen oder nicht?

SHALE: Doch! Ja, ich kenne Markham. Er ist ein toller Rhetoriker. Der Typ mit der silbernen Zunge.

MANSFIELD: Ich mag Julius Markham. Oh, ich weiß, er ist eine etwas verrückte Person, aber er hat Ideen. Die richtige Art von Ideen. Eigentlich war es Julius Markham, der mich schließlich überredete, nach Hollywood zu kommen.

SHALE: (*Leise*) Haben Sie seinen Artikel letzte Woche in der *Variety* gelesen?

MANSFIELD: Ja, und er hat recht, Shale! Keine Frage, er hat recht!

SHALE: Inwiefern?

MANSFIELD: Das Problem mit den Filmen ist im Moment die Frage der Stoffe – oder sagen wir besser: der Mangel an Stoffen. Wie auch immer man es betrachtet, Shale, Hollywood braucht neue Geschichten.

SHALE: Ich schätze, hier könnte ich ins Spiel kommen!

MANSFIELD: Wie meinen Sie das?

SHALE: Mr. Mansfield, seit den Tagen von Pearl White und Buster Keaton verlangen Hollywood und Männer wie Julius Markham nach neuen Geschichten und neuen Ideen. Hunderte und Tausende von Autoren sind nach Hollywood gekommen, aus London, Paris, Berlin, Prag, New York, Chicago, Detroit, Michigan, Kansas und aus dem ganzen Westen – und immer noch, mein

	lieber Mr. Mansfield, ist es die gleiche Geschichte: Junge trifft Mädchen. Und täuschen Sie sich nicht, derselbe Junge trifft dasselbe Mädchen.
MANSFIELD:	(*Verwundert*) Heißt das, dass Sie nicht – äh – daran glauben, dass es etwas bringt, neue Autoren nach Hollywood zu holen? Dass Sie nichts davon halten, Leute vom Kontinent herzuholen, um neue Geschichten zu finden?
SHALE:	Es geht nicht darum, woran Leute wie ich glauben, Mr. Mansfield. Es geht einfach darum, was die entscheidenden Leute sagen! Julius Markham will neue Geschichten ... Okay! Julius Markham besteht auf neuen Geschichten ... Okay! Aber ist Mr. Julius Gabriel Sydney Markham klar, dass *hier ... hier* in Hollywood ... direkt vor seiner illustren Nase, die größte Geschichte aller Zeiten liegt? Die Geschichte von Oliver Hartington. Dem Mann, der morgen starb ...

Leichte Pause.

MANSFIELD:	Oliver Hartington? Ich erinnere mich an diese Geschichte. Hartington wurde um ein Uhr morgens in einem Restaurant in Hollywood tot aufgefunden. Die Nachricht verbreitete sich telefonisch rasch in der ganzen Welt und die Zeitungen brachten eine Sonderausgabe.
SHALE:	Das ist richtig. Obwohl Hartington am Dienstagmorgen im Restaurant *The Blue Stetson* tot aufgefunden wurde, war es dort noch Montagabend, so dass die Zeitungen die Schlagzeile brachten: *Mr. Hartington starb morgen*.
MANSFIELD:	Ja, aber diese Hartington-Sache war doch eine ziemlich einfache, oder? Die Zeitun-

gen …

SHALE: Die Zeitungen waren völlig aus dem Häuschen. Sie bezeichneten Hartington als das größte Filmgenie aller Zeiten – als den Zar von Hollywood!

MANSFIELD: Und war er es nicht?

SHALE: (*Nach einer kleinen Pause: mit einem Lachen*) Ich habe keine Ahnung!

MANSFIELD: Aber Sie kannten Mr. Hartington?

SHALE: Oh, ja. Ja, ich kannte Hartington sehr gut. Mein Büro war nur etwa fünf Meter von der Carnegie Hall entfernt.

MANSFIELD: (*Überrascht*) Von der Carnegie Hall?

SHALE: (*Lacht plötzlich*) Oh … So nannten wir Hartingtons private Stube. (*Amüsiert*) Junge, Sie haben noch nie ein solches Büro gesehen.

MANSFIELD: Ich weiß, dass Hartington Präsident der *H.G.T. Corporation* und Vizepräsident des *M.O.M.-* und *Broadway-Sun*-Syndikats war … (*Verwundert*) Aber was genau hat er gemacht?

SHALE: (*Erstaunt*) Was er genau gemacht hat? (*Überrascht*) Oliver Hartington?

MANSFIELD: Ja.

SHALE: (*Verwirrt*) Nun, ich … ich weiß nicht genau, was er … ähm eigentlich gemacht hat. Ich meine, Hartington war der große Aufreger in Hollywood … der wirklich große Aufreger … Niemand kam irgendwie dazu, ihn zu fragen, was er eigentlich tat.

MANSFIELD: Ja, aber … War das nicht ziemlich offensichtlich?

SHALE: Offensichtlich? Guter Gott, nein!

MANSFIELD: Aber er muss doch etwas getan haben!

SHALE: Nun, ich schätze, dass er fast vierhunderttausend Dollar im Jahr kassiert hat, und es

	war immer ziemlich schwierig, sich mit ihm zu treffen, sogar wenn man einen Termin hatte.
MANSFIELD:	Dann schien er also zumindest immer beschäftigt zu sein?
SHALE:	Er schien beschäftigt zu sein? Er hatte siebenundvierzig Knöpfe auf seinem Schreibtisch, Mr. Mansfield. Mit anderen Worten: siebenundvierzig Signalknöpfe – und Junge, wenn Hartington in der Stimmung war, wie konnte er dann darum herumspielen!

Eine Pause.

MANSFIELD:	Mochten Sie Mr. Hartington denn?
SHALE:	Ob ich ihn mochte? Nun, ich habe dem Kerl Orchideen im Wert von zwanzig Dollar geschickt, als er starb!

CAMPBELL MANSFIELD lacht.

MANSFIELD:	(*Zu CHARLIE*) Noch einen! Dasselbe! … Vorhin sagten Sie …
SHALE:	(*Leise*) … Ich sagte … die Geschichte von Oliver Hartington ist die größte Geschichte aller Zeiten. (*Eine kleine Pause*) Ja … Ja … Ich weiß … Das war wohl etwas unpassend.

Eine Pause.

MANSFIELD:	Mr. Shale …
SHALE:	Ja?
MANSFIELD:	Was ist die wahre Geschichte von Oliver Hartington?

Eine kleine Pause.

SHALE:	Im Frühjahr 1938 gab Hartington bekannt, dass er beschlossen hatte, einen Film zu drehen, der auf einem unbekannten Roman basierte, der von einem Mann namens Peter London geschrieben worden war und den Titel *Der moderne Pilger* trug. Leider wusste jedoch niemand etwas über Peter

London, und jeder Versuch der Studioleitung, den Mann ausfindig zu machen, schlug fehl. Hartington war außer sich vor Wut. Talentsucher und andere aus der Branche von Bangkok bis Bagdad boten fantastische Summen für Informationen, die sie zum Versteck des rätselhaften Autors führen würden …

Kurzes Aufblenden von Musik. Dann wird sie in den Hintergrund geblendet.

Das Geräusch zahlreicher, hektischer Klingeln, Telefone, Schreibmaschinen usw. ist zu hören.
Die folgenden JUNGEN DAMEN sprechen in einem mechanischen Sing-Sang …

1. JUNGE DAME: Tut mir leid, Mr. Hartington, keine Nachricht von Peter London!

2. JUNGE DAME: Tut mir leid, Mr. Hartington, keine Neuigkeiten von Peter London!

3. JUNGE DAME: Hollywood ruft Chicago … Hollywood ruft Chicago …

4. JUNGE DAME: Stockholm, bitte melden … Stockholm, bitte melden … Hollywood ruft Stockholm … Hollywood ruft Stockholm …

1. MANN: (*Dringlich*) Gibt es Neuigkeiten von Peter London? Irgendwelche Neuigkeiten von Peter London? Irgendwelche Neuigkeiten von Peter London? Irgendwelche Neuigkeiten von Peter London? Irgendwelche Neuigkeiten von … (*Stimme ausblenden*)

3. JUNGE DAME: Bleiben Sie dran, New York … Bleiben Sie dran, New York … New York, bitte melden … New York, bitte melden …

4. JUNGE DAME: Hollywood ruft London … Hollywood ruft London an …

3. JUNGE DAME: Bleiben Sie dran, Genf … Bleiben Sie dran, Genf … Hollywood ruft Genf … Hollywood ruft Genf …

1. MANN:	(*Dringlich*) Gibt es Neuigkeiten von Peter London? Irgendwelche Neuigkeiten von Peter London? Irgendwelche Neuigkeiten von Peter London? Irgendwelche Neuigkeiten von … (*Stimme ausblenden*)
4. JUNGE DAME:	Bitte dranbleiben, Kapstadt … Hollywood ruft Kapstadt … Bitte dranbleiben, Kapstadt … Hollywood ruft Kapstadt …
1. JUNGE DAME:	Tut mir leid, Mr. Hartington, keine Nachricht von Peter London!
2. JUNGE DAME:	Tut mir leid, Mr. Hartington, keine Nachricht von Peter London!
1. JUNGE DAME:	Tut mir leid, Mr. Hartington, keine Nachricht von Peter London!
2. JUNGE DAME:	Tut mir leid, Mr. Hartington, keine Nachricht von Peter London!
1. JUNGE DAME:	Tut mir leid, Mr. Hartington, keine Nachricht von … (*Stimme ausblenden*)

Schnelles Aufblenden von Musik.

Ausblenden, die Stimme von DALLAS SHALE ertönt.

SHALE:	Aber nichts geschah, außer dass Hartington mit jedem weiteren Fehlschlag, Peter London zu finden, wütender wurde als zuvor. Dann, eines Abends … in der Nacht vor dem Tod des Mannes … nahm ich an einer Drehbuchbesprechung teil, die in einem an die Carnegie Hall angrenzenden Sitzungssaal stattfand. Hartington war nicht anwesend, aber während der gesamten Konferenz konnten wir hören, wie er Führungskräfte aus den verschiedenen Etagen zusammenrief. Doris Charleston, Hartingtons Privatsekretärin, war bei der Konferenz anwesend, zusammen mit Julius Markham, der bei dem Film Regie führen sollte … die berühmte Schauspielerin Margaret Freeman – die vorläufig für die

Hauptrolle vorgesehen war – und ein Kollege von mir namens Louis Cheyne, der …
(*Stimme ausblenden*)

Aufblendung von Stimmen bei der Drehbuchbesprechung. Es sind die Stimmen von JULIUS MARKHAM, MARGARET FREEMAN, DORIS CHARLESTON, LOUIS CHEYNE und natürlich auch von DALLAS SHALE.
Aus dem Stimmengewirr ist die Stimme von LOUIS CHEYNE als erste deutlich zu hören. Er ist Engländer.

LOUIS: (*Irritiert*) Ich habe in meinem ganzen Leben noch nie so einen Unsinn gehört!

MARKHAM: (*Er ist russischer Jude und etwas schroff in seiner Art*) Unsinn oder nicht, so ist die Lage!

MARGARET: Oh, um Himmels willen, Louis! Du weißt genau, dass wir nichts tun können, bis wir Peter London gefunden haben, also …

MARKHAM: Peter London! Peter London! Ich kann diesen Namen nicht mehr hören! Warum zum Teufel zeigt er sich nicht?

DORIS: Ich weiß nur eines, Julius. Diese Verzögerung kostet H.G.T. sicherlich ein hübsches Sümmchen.

LOUIS: Hartington ist einfach nur stur!

DORIS: Nun, der große Zampano denkt sicherlich sehr viel über diese Produktion nach. Larry Shuker hat mir erzählt, dass er nach dem Mittagessen fast zwei Stunden lang dagesessen und über *Der moderne Pilger* nachgedacht hat.

LOUIS: Nach dem Essen bleibt er immer zwei Stunden sitzen – vor allem, wenn es im *Blue Stetson* ist.

MARKHAM: Ja, ihr wisst doch, wie die Kellner das nennen: Mr. Hartingtons Siesta! – Die armen Teufel wagen es nicht, ihn zu stören, egal aus welchem Grund.

Plötzlich ertönt im Hintergrund ein Signalton. Es herrscht plötzlich Stille.

MARGARET: (*Leise*) Das ist Hartington.

LOUIS: Wen ruft er an?

DORIS: Moment mal!

Der Signalton ertönt zum zweiten Mal.

DORIS: Shackleton.

LOUIS: (*Überrascht*) Shackleton? Was in aller Welt will er denn von Shackleton?

MARKHAM: Jemand muss doch diese Szene neu schreiben!

LOUIS: Jetzt hör mal zu, Markham, nur weil das Drehbuch nicht voller fauler Witze ist, kommst du auf die Idee …

DORIS: (*Ruhig*) Es hat keinen Sinn, sich über das Drehbuch zu streiten. Ich habe es euch schon hundertmal gesagt: Hartington kann kein grünes Licht geben, bevor Peter London nicht die Rechte verkauft hat!

MARKHAM: (*Wütend*) Warum zum Teufel hat er dann eine Drehbuchbesprechung einberufen? Hartington behandelt uns alle wie einen Haufen drittklassiger … (*Er wird durch den Klang eines zweiten Summens aus Hartingtons Büro unterbrochen*) Das ist … das ist wieder Hartington …

DORIS: Ja.

SHALE: Wen ruft er dieses Mal an?

Der Signalton ertönt erneut.

Es entsteht eine kleine Pause.

DORIS: Diesmal Bette Davis, wenn ich mich nicht täusche.

MARGARET: (*Unzufrieden*) Bette Davis?

LOUIS: Was hat er denn jetzt vor? Will er den Film neu besetzen?

Aus Hartingtons Büro ertönt ein dritter Signalton.

SHALE: Was ist das?

DORIS: (*Überrascht*) Das ist einer der Regisseure.

	Ich glaube, es ist Mervyn.
MARKHAM:	Mervyn! Also von diesem Bostoner Schreiberling nehme ich keine Anweisungen entgegen!
LOUIS:	Nach den Aktivitäten zu urteilen, muss Mr. Hartington eine höchst anregende Siesta gehalten haben!

Es klopft und die Tür wird geöffnet.

DORIS:	Ja, Mary?
MARY:	Eine Antwort auf das Telegramm nach New York ist gekommen und auch auf die Telegramme, die Mr. Hartington nach Melbourne und London geschickt hat.
DORIS:	Oh, gut! Danke, Mary.

Die Tür wird geschlossen

| MARGARET: | Hoffen wir, dass zur Abwechslung mal eine gute Nachricht dabei ist. |
| MARKHAM: | Ja. |

Eine kleine Pause.

LOUIS:	Und?
DORIS:	Es kommt von Marshall aus New York. (*Liest*) »Nie von Peter London gehört. Stopp. Noch nie etwas von *Der moderne Pilger* gehört. Stopp. Ich wünschte, ich hätte noch nie etwas von Hollywood gehört. Stopp.«
MARKHAM:	Tsts …
SHALE:	Klugscheißer! Was sagen die Leute in London?
DORIS:	Sie sind etwas informativer. (*Liest*) »Glaube, Peter London arbeitete 1930 im British Museum. Stopp. Ging im selben Jahr nach Paris. Stopp. Keine Ahnung, wo er sich jetzt aufhält. Stopp. Mit freundlichen Grüßen, Carraway.«
MARGARET:	Und Melbourne?
DORIS:	(*Leise, liest*) »Keine Kenntnis von Peter London. Stopp. Schlage vor, Sie versu-

chen es in Sydney. Stopp. Field.«

LOUIS: (*Irritiert*) Ich schlage vor, Sie versuchen es in Sydney! Großer Gott …

DORIS: Ich habe es schon in Sydney versucht! Und in Stockholm! Und in Lissabon! Und in Kapstadt.

Aus Hartingtons Büro ertönt ein weiterer Signalton, der zunächst nicht bemerkt wird.

MARGARET: Was ist mit den Leuten, die den Roman veröffentlicht haben?

SHALE: Ja! Das ist eine gute Idee.

DORIS: Hoffnungslos! Sie sind Peter London nie begegnet.

MARKHAM: Sie sind ihm noch nie begegnet?

DORIS: Nein. Wisst ihr, der Roman hat sich nicht sehr gut verkauft.

Der Summer ertönt weiter.

LOUIS: Das überrascht mich nicht. Von all den prätentiösen, langatmigen …

SHALE: (*Plötzlich*) Moment – hört mal!

Es folgt eine Pause.

SHALE: Das ist wieder Hartington …

MARKHAM: (*Leise*) Ja.

Der Summer ertönt weiter.

Eine kleine Pause.

SHALE: Klingt ziemlich hitzig.

MARKHAM: Mit wem spricht er diesmal?

DORIS: (*Verwirrt*) Ich erkenne es nicht … überhaupt nicht.

Der Summer ertönt weiter.

SHALE: Er gibt ganz schön Gas!

DORIS: (*Plötzlich*) Großer Gott!

SHALE: Was ist?

MARGARET: Was ist denn los?

DORIS: Er will mich! (*Aufgeregt*) Platz da!!!

Die Tür wird geöffnet und wieder geschlossen.

DALLAS SHALE ist amüsiert.

MARGARET: Ich frage mich, ob Hartington die ganze

31

	Sache abblasen will?
MARKHAM:	*(Verärgert)* Was soll das heißen – die Sache abblasen?
LOUIS:	Das kann er nicht tun – nicht jetzt! Wir haben schon fast eine halbe Million für die Sets ausgegeben und wir haben noch nicht einmal mit den Dreharbeiten begonnen!
MARGARET:	Hartington kann nicht weitermachen, bevor er nicht diesen Peter London gefunden und die Filmrechte erworben hat. Das hat er mir selbst gesagt! Und wenn ihr mich fragt: Wenn er Peter London nicht findet, sieht es ziemlich schwarz aus – was uns betrifft.
LOUIS:	Was meinst du damit … Was uns betrifft?
MARGARET:	*(Leise)* Ich glaube, du weißt, was ich damit meine, Louis.
LOUIS:	*(Wütend)* Ich habe keinen blassen Schimmer!
SHALE:	Seien wir doch ehrlich, Louis! Du brauchst diesen Film. Wir alle brauchen ihn. Die letzte Geschichte, die du für M.O.M. geschrieben hast, war ein Flop – ein hundertprozentiger Flop. Der letzte Film, bei dem Markham Regie führte, war ein Erfolg – ein künstlerischer Erfolg – und wir wissen alle, was das bedeutet.
MARKHAM:	Hör mal, Shale, es gibt keinen Grund, persönlich zu werden. Ich bin hier, weil ich denke, dass *Der moderne Pilger* eine ziemlich gute Geschichte für einen Regisseur ist, um …

Die Tür wird geöffnet.

MARGARET:	Ach, Doris!

Eine kleine Pause.

LOUIS:	Und?
MARGARET:	Was hat er gewollt?
DORIS:	Entspannt euch! Hartington fährt jetzt

	weg. Er fährt runter zum *Blue Stetson*.
MARKHAM:	Hat er etwas gesagt?
DORIS:	Nicht sehr viel. Er ist in einer, wie ich es nenne, beeinflussbaren Stimmung. Er wird wahrscheinlich nach dem Abendessen eine Stunde oder so dösen – und dann mit einer völlig neuen Sicht auf die Dinge erwachen.
MARKHAM:	Ja, und Gott weiß, wie diese Sicht auf die Dinge aussehen wird!
MARGARET:	Das Beste, was wir tun können, ist …
LOUIS:	(*Unterbricht MARGARET, ist von den anderen weiter weg*) Da geht er!
DORIS:	Steh nicht zu nah am Fenster, Louis, er wird dich noch sehen.

Eine kleine Pause.

MARKHAM:	(*Nachdenklich*) Er hat zugenommen.
SHALE:	(*Mit sarkastischem Unterton*) Mr. Oliver Hartington geht zum Abendessen und zur Siesta ins *Blue Stetson*!
MARGARET:	Das klingt ganz so, als ob du Hartington nicht magst?
SHALE:	Ich bin verrückt nach ihm!
MARKHAM:	Verdammt, es gibt keinen Grund für *dich*, dich lustig zu machen, Shale. Hartington gönnt *dir* auch gerade eine anständige Pause!
SHALE:	(*Erstaunt*) Eine anständige Pause?

Aus der Carnegie Hall ertönt der Summer.

MARKHAM:	Ja – eine anständige Pause!
SHALE:	Mein lieber Julius, ich bin bereit, eine zweiminütige Szene am Anfang eines drittklassigen Stücks prätentiösen Mists zu schreiben. Wenn du mit deiner etwas begrenzten Intelligenz jedoch zu dem Schluss kommst, dass ein …
DORIS:	(*Unterbricht SHALE*) Sei still!

Der Summer ertönt weiter.

DORIS: Hört mal!

Eine Pause.

Der Summer ertönt ein weiteres Mal.

MARKHAM: (*Erstaunt*) Das kommt ... Das kommt aus
                  Hartingtons Büro ...

MARGARET: Aber ... das kann nicht sein!

Der Summer ertönt weiter.

LOUIS: (*Schnell*) Die Tür geht auf!

Die Tür wird geöffnet

Es entsteht eine angespannte Pause.

*GAIL HOWARD spricht. Sie ist Engländerin, fünfundzwanzig
und ziemlich attraktiv.*

GAIL: Guten Abend.

DORIS: (*Erstaunt*) Wer sind Sie? Was wollen Sie?

GAIL: Ich möchte Mr. Hartington sehen ... (*Als
                  Nachsatz*) ... bitte!

DORIS: Aber ... Wie sind Sie hier hochgekom-
                  men?

GAIL: Neben dem Fahrstuhl war eine Tür. Sie
                  war offen.

LOUIS: (*Leise*) Das ist der private Eingang, Hart-
                  ington muss vergessen haben, die Tür zu
                  schließen.

DORIS: Ja.

GAIL: Ich glaube, mich hat etwas die Panik ge-
                  packt, als ich mich plötzlich in diesem
                  großen Büro wiederfand ... Es ist einfach
                  überwältigend, was? (*Sie kichert*) Ich habe
                  eine Menge bunter Knöpfe auf dem
                  Schreibtisch gedrückt. Tut mir leid, wenn
                  ich Sie damit erschreckt habe.

DALLAS SHALE ist amüsiert.

DORIS: Aber wer sind Sie genau?

GAIL: Mein Name ist Howard – Gail Howard.
                  Ich bin Schriftstellerin.

LOUIS: Und warum wollen Sie Mr. Hartington
                  sehen?

GAIL: Tja, eigentlich möchte ich Mr. Hartington

	nicht sehen … nicht wirklich. (*Leicht amüsiert*) Aber ich glaube, Mr. Hartington will mich sehen.
DORIS:	Er will Sie sehen?
GAIL:	Ja. Wissen Sie, ich habe nämlich ein Buch unter einem Pseudonym geschrieben. Es hieß … *Der moderne Pilger*.
MARKHAM:	(*Erstaunt*) Der … moderne … Pilger!
LOUIS:	(*Erstaunt*) Der … moderne … Pilger!
MARGARET:	(*Verwirrt*) Sie meinen also …?
DORIS:	Dann … Dann sind Sie Peter London?
GAIL:	(*Schlicht und einfach*) Ja, ich bin Peter London.

DALLAS SHANE, MARGARET, DORIS, MARKHAM und LOUIS schreien plötzlich vor Erstaunen auf. Bevor sie sich jedoch von ihrer Überraschung erholen können, setzt Musik ein. Als sie verklingt, hören wir die Stimme von DALLAS SHANE, der CAMPBELL MANSFIELD die Geschichte erzählt.

SHALE:	Das war vielleicht eine Überraschung! Ich glaube, ein dünnes Taschenwörterbuch hätte genügt, um uns damit umzuhauen!
MANSFIELD:	(*Erstaunt*) Und … wie war sie denn so, diese Frau?
SHALE:	Äußerst attraktiv … und mit einem großartigen Sinn für Humor. Jedenfalls setzten wir uns, sobald wir begriffen hatten, was passiert war, in Louis Cheynes Packard und fuhren direkt zum *Blue Stetson*. Als wir am Restaurant ankamen, bekamen wir jedoch einen ziemlichen Schock, denn das gesamte Gebäude war umstellt von …

Ausblenden der Stimme.
Aufblenden von Musik, die dann wieder ausgeblendet wird.

Man hört, wie das Auto zum Stillstand kommt. Im Hintergrund sind laute, aufgeregte Stimmen zu hören, auch das Heulen von Polizeisirenen. Der Motor läuft weiter.

MARKHAM:	(*Überrascht*) Was zum Teufel ist hier los?
DORIS:	Sie haben den Vordereingang abgesperrt!
MARGARET:	(*Verwirrt*) Vielleicht ein Unfall? Ich sehe niemanden ...
SHALE:	So wie es aussieht, ist im Lokal etwas passiert!
MARKHAM:	Ja.
LOUIS:	(*Ruft*) Hallo! Hallo! Officer!!! (*Er hupt*)
DORIS:	Nach wem sucht dieser Junge?
TELEGRAMMBOTE:	Sind Sie Leute von den H.G.T.-Studios?
SHALE:	Ja.
TELEGRAMMBOTE:	Ich suche Sie seit zwanzig Minuten ... Telegramm für Hartington ... Unterschreiben Sie bitte hier ...
SHALE:	Okay. (*Unterschreibt das Formular*) Sag mal, was soll die ganze Aufregung?
TELEGRAMMBOTE:	Was weiß ich! Danke.
LOUIS:	(*Er hupt wieder*) Hallo!!! Hi, Sam!!!
SHALE:	Hör auf zu hupen, Louis, oder sie verpassen dir noch einen Strafzettel!
LOUIS:	Mir doch nicht! (*Hupt neuerlich*) Hi!!! Hallo, Sam!!! (*Ruft*) Sam!!! Sam Levinsky!
DORIS:	Jetzt hat er dich gesehen!

Eine kleine Pause.

SAM LEVINSKY kommt näher.

SAM:	Hallo, Mr. Cheyne.
LOUIS:	Hallo, Sam ... Was ist denn hier los?
SHALE:	Warum dieses ganze Theater?
SAM:	Haben Sie es denn noch nicht gehört? Es ist Mr. Hartington ... Er ist tot!

Es folgt eine Pause.

LOUIS:	Er ist ... Er ist was?
MARKHAM:	Haben Sie gesagt ...?
SAM:	Genau! Er ist tot.
DORIS:	T... tot?
MARGARET:	(*Mit einem gezwungenen Lachen*) Sie machen Witze! Das ist doch ein Scherz!
SAM:	Nein. Nein, es ist ziemlich ernst.

36

MARKHAM:	(*Erschrocken*) Es ist ziemlich ernst!!!
SHALE:	Mein Gott!!!
MARGARET:	Aber … Wann ist das passiert?
DORIS:	(*Fassungslos*) Hartington tot? Ich kann es gar nicht glauben!
SAM:	Hören Sie, Lady! Ich heiße Levinsky, nicht Harpo Marx. Wenn ich sage, der Kerl ist tot, dann ist er auch tot! Mausetot.
DORIS:	Aber …
LOUIS:	(*Ernst*) Okay, Sam. Wer hat hier das Sagen?
SAM:	Inspektor O'Hara, er ist aus Los Angeles. Ich glaube, er würde gerne mit euch Filmleuten sprechen. Da ist ein Eingang auf der anderen Seite …
LOUIS:	Ja … Ja, okay, Sam! Spring auf das Trittbrett!!!

Man hört, wie das Auto wegfährt.
Die Szene wird langsam in die nächste Szene überblendet.

Aufblenden der Stimme von KRIMINALINSPEKTOR O'HARA. *Im Hintergrund unterhalten sich mehrere Personen ziemlich aufgeregt.*

O'HARA:	Diesbezüglich darf es keinen Fehler geben, Doc! Haben Sie das verstanden?
POLIZEIARZT:	(*Leise*) Ich kann nur wiederholen, was ich Ihnen bereits gesagt habe, Inspektor. Mr. Hartington starb an einer Vergiftung – an einer Zyanidvergiftung. Es gibt jedoch keine Spur von irgendeiner Form von Gift in – äh – den Überresten seiner Mahlzeit.
O'HARA:	Hm. Wie spät war es, als Hartington hier ankam?
LOUIS:	Ich würde sagen, es muss so …
O'HARA:	Mit Ihnen rede ich nicht! Um euch Filmleute kümmere ich mich später!
LOUIS:	(*Empört*) Hören Sie … Mein Name ist Cheyne, Louis Cheyne. Ich lasse mich

	nicht beleidigen.
O'HARA:	Dann gewöhnen Sie sich daran, Freundchen!
MARGARET:	Was soll dieser Unsinn, dass Mr. Hartington ermordet wurde? Es ist doch ganz offensichtlich, dass er an Herzversagen gestorben ist, also …
O'HARA:	Oliver Hartington wurde ermordet, Lady! Er wurde vergiftet! Vergiftet mit Zyanid. Wenn wir jetzt (*erhebt seine Stimme*) ein wenig Ruhe haben könnten, dann würde ich gerne meine Arbeit tun!

Die Hintergrundgeräusche verstummen. Eine kurze Pause.

O'HARA:	Also! Wer sind Sie alle?
SHALE:	(*Leise*) Mein Name ist Shale, Dallas Shale. Ich bin Drehbuchautor und stehe bei H.G.T. unter Vertrag. Das ist Mr. Markham, einer unserer Regisseure … Miss Margaret Freeman, die Schauspielerin … Mr. Louis Cheyne, ein Kollege von mir … und Miss Charleston, Mr. Hartingtons Privatsekretärin … Oh, und das hier ist eine gewisse Miss Howard.
O'HARA:	Hm. Und wo ist der Kellner, der Hartington bedient hat?
MOORE:	Ich glaube, dass das der junge Mann da drüben ist.
O'HARA:	(*Ruft*) He! He, Sie!!!

Eine kleine Pause.

O'HARA:	Sind Sie der Kellner, der Mr. Hartington bedient hat?

Der junge Mann ist Engländer. Er spricht sehr gepflegt.

KELLNER:	Ja. Ja, ich habe Mr. Hartington bedient.
O'HARA:	Um wie viel Uhr ist er hier angekommen?
KELLNER:	Ich würde sagen, so gegen halb zwölf.
O'HARA:	War er die ganze Zeit über allein?
KELLNER:	Ja. Ja, die ganze Zeit.
O'HARA:	Sie sind doch kein Amerikaner, oder?

KELLNER:	Nein, Inspektor, ich bin Engländer.
O'HARA:	Wie lange sind Sie schon hier drüben?
KELLNER	Was meinen Sie mit »hier drüben«?
O'HARA:	Sie wissen genau, was ich meine!
KELLNER:	Ich bin seit zwei Jahren in den Vereinigten Staaten von Amerika, seit sechs Monaten im Bundesstaat Kalifornien und seit genau vierundsechzig Tagen im Restaurant *The Blue Stetson* beschäftigt. Mein Alter ist zweiunddreißig Jahre, ich bin fünf Fuß elf groß, habe blaue Augen und liebe leidenschaftlich frittierte Ananas.
O'HARA:	(*Erstaunt*) Sagen Sie, wollen Sie sich über mich lustig machen?
KELLNER:	Nicht im Geringsten.
O'HARA:	Wer zum Teufel sind Sie dann überhaupt?
KELLNER:	Mein Name ist London. Peter London.

Ein weiteres erstauntes Ausatmen der Filmleute, doch dann setzt wieder die vertraute Musik ein: Als sie langsam verklingt, hören wir die Stimme von CAMPBELL MANSFIELD.

MANSFIELD:	(*Verwirrt*) Aber – aber ich dachte, Sie sagten, dieses Mädchen, diese Gail Howard, sei Peter London gewesen?
SHALE:	(*Kichert, sehr amüsiert*) Eine tolle Geschichte, was? (*Plötzlich*) Heiliger Bimbam, geht die Uhr da richtig, Charlie?
CHARLIE:	Ziemlich genau, Mr. Shale.
SHALE:	Dann muss ich gehen.
MANSFIELD:	Aber … Aber Sie können doch nicht einfach so gehen! Ich meine … was … Was ist dann passiert?
SHALE:	(*Amüsiert*) Ich fürchte, darauf kann ich jetzt nicht eingehen … (*Ernst*) Aber wir könnten uns nächste Woche wieder hier treffen, Mr. Mansfield … Gleiche Zeit, gleicher Ort?
MANSFIELD:	Ja, ja, natürlich!

SHALE:	Okay … Okay … Abgemacht. (*Plötzlich*) Oh, übrigens … einen Punkt habe ich vergessen zu erwähnen. Erinnern Sie sich an das Telegramm für Hartington … Das, das der Junge von der *Western Union* ins *Blue Stetson* brachte?
MANSIELD:	Ja.
SHALE:	Nun, als mir klar wurde, was mit Hartington geschehen war, beschloss ich es zu öffnen. (*Nach einer Pause*) Und wissen Sie, was in dem Telegramm stand?
MANSFIELD:	Ich habe keine Ahnung.
SHALE:	»Soeben Nachricht vom Verlag erhalten. Ankunft Hollywood Flugzeug Donnerstag 14.30 Uhr.«
MANSFIELD:	(*Verwirrt*) Ankunft Hollywood Flugzeug Donnerstag 14.30 Uhr? Das verstehe ich nicht!
SHALE:	(*Leise*) Das Telegramm wurde aus einer kleinen Stadt in der Nähe von Indianapolis geschickt.
MANSFIELD:	Ja – aber von wem?
SHALE:	Nun, der Name auf dem Telegramm war … Peter London.
MANSFIELD:	(*Erstaunt*) Peter … London …?
SHALE:	Ja … Peter London! Bis nächste Woche, Mr. Mansfield! Gleicher Ort, gleiche Zeit. Gute Nacht, Charlie.

Es ist jetzt neun Uhr abends und die Kuckucksuhr verkündet dies auch.

	Kuckuck! Kuckuck! Kuckuck! Kuckuck! Kuckuck! Kuckuck! Kuckuck! Kuckuck! Kuckuck!

Die zweite Uhr beginnt zu schlagen, aber die Abspannmusik wird aufgeblendet.

ENDE DER ERSTEN EPISODE.

Episode 2
Wer ist Peter London?

Aufblenden, man hört die Kuckucksuhr in der Bar achtmal schlagen.

Kuckuck! Kuckuck! Kuckuck! Kuckuck! Kuckuck! Kuckuck! Kuckuck! Kuckuck!

Eine zweite Uhr schlägt die volle Stunde.

DALLAS SHALE kommt herein. Er ist leicht außer Atem.

SHALE: Hallo ... Hallo, Sie! Bin ich ... bin ich zu spät?

MANSFIELD: Nein ... Nein, gar nicht. Ich habe Ihnen schon einen Highball bestellt.

SHALE: Oh, prima! (*Macht es sich bequem*) Nun, wie gefällt Ihnen Hollywood, Mr. Mansfield?

MANSFIELD: Hollywood gefällt mir gut ... Aber Sie wollten mir doch die Geschichte weitererzählen ...

SHALE: Oh, ja! Jetzt wollen wir mal sehen ... Wo bin ich stehen geblieben? ... mit der Geschichte, meine ich.

MANSFIELD: Nun, Sie haben mir erzählt, dass Oliver Hartington ... (*Mit einem Lachen*) ... mit anderen Worten der Zar von Hollywood ... sich bemüht hat, einen jungen Romanautor namens Peter London zu finden, weil er – also Hartington – die Filmrechte an Peter Londons Roman *Der moderne Pilger* kaufen wollte.

SHALE: Stimmt. eines Tages, nachdem Hartington ins Restaurant *The Blue Stetson* gefahren war, erschien ein junges Mädchen namens Gail Howard im Studio und ...

41

MANSFIELD:	Und sie sagte, dass ... sie Peter London sei!
SHALE:	(*Amüsiert*) Richtig! Jedenfalls, wir ... das sind Julius Markham, der Regisseur ... Louis Cheyne, der Autor ... Margaret Freeman, die Schauspielerin ... und Doris Charleston ...
MANSFIELD:	Hartingtons Sekretärin?
SHALE:	Ja! Wir sind alle ins Restaurant *The Blue Stetson* geflitzt und haben natürlich dieses Mädchen ... äh ... Gail Howard mitgenommen.
MANSFIELD:	Und vergessen Sie nicht das Telegramm, das Sie erhalten haben – jenes, das für Hartington bestimmt war ... das, das der Telegrammbote Ihnen vor dem Restaurant gegeben hat.
SHALE:	Ach ja! Ja, das stimmt – ich habe es in meine Tasche gesteckt. Wie auch immer, als wir im *Blue Stetson* ankamen, war Hartington bereits ermordet worden und Inspektor O'Hara leitete die Ermittlungen. Er war ein ziemlich aufbrausender kleiner Mann mit ...

Stimme ausblenden.

Aufblenden der Szene im »The Blue Stetson«.
Es findet eine rege Unterhaltung statt.

O'HARA:	Oliver Hartington wurde ermordet, Lady! Er wurde vergiftet! Vergiftet mit Zyanid. Wenn wir jetzt (*erhebt seine Stimme*) ein wenig Ruhe haben könnten, dann würde ich gerne meine Arbeit tun!

Die Hintergrundgeräusche verstummen. Eine kurze Pause.

O'HARA:	Also! Wer sind Sie alle?
SHALE:	(*Leise*) Mein Name ist Shale, Dallas Shale. Ich bin Drehbuchautor und stehe bei H.G.T. unter Vertrag. Das ist Mr. Mark-

	ham, einer unserer Regisseure ... Miss Margaret Freeman, die Schauspielerin ... Mr. Louis Cheyne, ein Kollege von mir ... und Miss Charleston, Mr. Hartingtons Privatsekretärin ... Oh, und das hier ist eine gewisse Miss Howard.
O'HARA:	Hm. Und wo ist der Kellner, der Hartington bedient hat?
MOORE:	Ich glaube, dass das der junge Mann da drüben ist.
O'HARA:	(*Ruft*) He! He, Sie!!!

Eine kleine Pause.

O'HARA:	Sind Sie der Kellner, der Mr. Hartington bedient hat?

Der junge Mann ist Engländer. Er spricht sehr gepflegt.

PETER:	Ja. Ja, ich habe Mr. Hartington bedient.
O'HARA:	Um wie viel Uhr ist er hier angekommen?
PETER:	Ich würde sagen, so gegen halb zwölf.
O'HARA:	War er die ganze Zeit über allein?
PETER:	Ja. Ja, die ganze Zeit.
O'HARA:	Sie sind doch kein Amerikaner, oder?
PETER:	Nein, Inspektor, ich bin Engländer.
O'HARA:	Wie lange sind Sie schon hier drüben?
PETER:	Was meinen Sie mit »hier drüben«?
O'HARA:	Sie wissen genau, was ich meine!
PETER:	Ich bin seit zwei Jahren in den Vereinigten Staaten von Amerika, seit sechs Monaten im Bundesstaat Kalifornien und seit genau vierundsechzig Tagen im Restaurant *The Blue Stetson* beschäftigt. Mein Alter ist zweiunddreißig Jahre, ich bin fünf Fuß elf groß, habe blaue Augen und liebe leidenschaftlich frittierte Ananas.
O'HARA:	(*Erstaunt*) Sagen Sie, wollen Sie sich über mich lustig machen?
PETER:	Nicht im Geringsten.
O'HARA:	Wer zum Teufel sind Sie dann überhaupt?
PETER:	Mein Name ist London. Peter London.

Man hört ein erstauntes Ausatmen.

MARKHAM: Peter ... London!!!

O'HARA: Sagen Sie mal, Sie sind ... Sie sind nicht zufällig der Kerl, den Hartington gesucht hat? Doch nicht dieser Autor, vom dem alle Zeitungen schwärmen?

PETER: Wenn sie damit fragen wollen, ob ich ein Buch mit dem Titel *Der moderne Pilger* geschrieben habe, dann ist die Antwort ... Ja!

O'HARA: Warum, um Himmels willen, haben Sie sich dann nicht gemeldet? Sechs Wochen lang musste sich ganz Amerika eine Menge Gerede über einen schwer fassbaren Autor namens Peter London anhören – und hier, direkt unter ihnen ...

LOUIS: Einen Moment! Einen Moment, Inspektor! *Diese* junge Dame hier behauptet, sie sei Peter London.

O'HARA: Was?!

GAIL: (*Erschrocken*) Nein! Nein, da liegt ein Irrtum vor, ich ... ich ...

MARKHAM: (*Entrüstet*) Ein Irrtum? Sie kamen heute Abend ins Studio und sagten uns, dass Sie die Autorin von *Der moderne Pilger* seien – und dass Sie es unter dem Pseudonym Peter London geschrieben hätten.

DORIS: Genau! Genau so war es!

MARGARET: Wenn Sie nicht Peter London sind, wer sind Sie dann?

GAIL: Mein Name ist Gail Howard ... Ich bin – Ich bin Schauspielerin. Ich habe gesagt, dass ich Peter London bin, damit ich ...

MARKHAM: Oh, mein Gott!

SHALE: (*Leise, aber deutlich*) Moment mal, eine Minute!

Eine kleine Pause.

LOUIS: Was ist?

DORIS:	Was lesen Sie da?
SHALE:	Dieses Telegramm … Es kam für Harting-ton, kurz nachdem wir das Büro verlassen hatten, und …
O'HARA:	Her damit!
MARGARET:	Woher kommt es?
SHALE:	(*Nachdenklich*) Aus Indiana.
LOUIS:	(*Leise*) Was ist damit, Shale?
O'HARA:	(*Erstaunt*) Sagen Sie, was zum Teufel hat das zu bedeuten?
MARKHAM:	(*Gereizt*) Da wir das Telegramm nicht gesehen haben, Inspektor, kann ich leider nicht …
O'HARA:	Es ist aus einer kleinen Stadt in der Nähe von Indianapolis, Mr. Markham, und da steht: (*Liest*) »Soeben Nachricht vom Verlag erhalten. Ankunft Hollywood Flugzeug Donnerstag 14.30 Uhr. Peter London.«
MARKHAM:	Peter London!!!
PETER:	Peter … London!!!
O'HARA:	Ja … Peter London!!! (*Verärgert*) Was zum Teufel hat das alles zu bedeuten?
PETER:	(*Ruhig*) Ich habe Ihnen gerade gesagt, dass ich Peter London bin, der Autor des äußerst langweiligen Buchs *Der moderne Pilger*, und da ich nicht die Angewohnheit habe zu lügen – selbst gegenüber Angehörigen der kalifornischen Polizei – kann ich Ihnen versichern, dass ich Peter London bin.
O'HARA:	Kalifornische Poli… (*Brüllt*) Sergeant!
MOORE:	Ja, Sir?
O'HARA:	Bringen Sie den Kerl aufs Präsidium!
MOORE:	Ja, Sir.
O'HARA:	Und das Mädchen!!!
GAIL:	(*Erschrocken*) Hören Sie, Inspektor, Sie können mich nicht ins Polizeipräsidium bringen, nur weil …

O'HARA:	Das ist nur Ihre Vermutung, dass ich das nicht kann! (*Dreht sich um*) Ich will, dass Sie alle in Hartingtons Büro haben!
LOUIS:	(*Gereizt*) Was? Jetzt?
O'HARA:	Ja ... jetzt! Ich werde das Büro von oben bis unten durchsuchen, und ich will, dass ihr Filmleute alle parat seid.
MARKHAM:	(*Sarkastisch*) Was erwarten Sie zu finden, Inspektor ... Hedy Lamarr?
O'HARA:	Ich erwarte, ein Motiv zu finden, Mr. Markham ... verstehen Sie?

Musik einblenden.

Musik ausblenden.
Überblendung auf ein Auto. Es fährt ziemlich schnell. Der Boulevard ist überfüllt, es herrscht reger Verkehr.

MOORE:	Hör mal, langsam, Ed!
ED:	Nervös?
MOORE:	Nein, ich bin nicht nervös, aber es ist ein bisschen rutschig.

Eine kleine Pause.

PETER:	Stört es Sie, wenn ich rauche?
MOORE:	Keineswegs.
PETER:	(*Bietet GAIL eine Zigarette an*) Miss ... Howard? (*Höflich*) Sie hießen doch – ähm – Howard?
GAIL:	Nein, danke.
PETER:	Sergeant?
MOORE:	Oh ... ähm ... danke!

Die Hupe ertönt als eine plötzliche Warnung für einen unvorsichtigen Fußgänger.

ED:	(*Ruft, verärgert*) Schau doch, wo du hingehst, du ... du ... (*Verärgert*) Mein Gott!
MOORE:	Halt die Augen auf die Straße, Ed!
ED:	Hast du den Kerl gesehen?
MOORE:	Ja ... ja, ich habe ihn gesehen ... aber immer mit der Ruhe!
ED:	(*Grummelnd*) Okay! Aber ich habe um

	zwölf 'ne Verabredung!
MOORE:	Verabredung oder nicht, du musst mich zurück zum *Blue Stetson* fahren! (*Plötzlich*) Was für eine Verabredung ist das überhaupt? Zwölf Uhr nachts ist keine Zeit für eine anständige …
GAIL:	(*Aufgeregt*) Sehen Sie doch dieses Auto!!!
PETER:	Es kommt ins Schleudern!!!
MOORE:	(*Ruft*) Pass auf, Ed!!! Pass auf!!! (*Wütend*) Tu was, du verrückter Spinner!!!
ED:	(*Fassungslos*) Was … Was zum Teufel kann ich tun?
PETER:	(*Leise, eindringlich*) Nehmen Sie den Kopf runter!
GAIL:	Aber … aber …
PETER:	Den Kopf runter!!!

Die beiden Autos krachen zusammen. Es gibt ein aufgeregtes Stimmengewirr. Eine Autohupe ist zu hören.

GAIL:	Sind Sie in Ordnung?
PETER:	Ja …
ED:	(*Ruft*) Warum zum Teufel haben Sie nicht versucht, auf der Fahrbahn zu bleiben?
AUTOFAHRER:	(*Aus dem Hintergrund*) Wenn Sie Ihren Verstand benutzt hätten, wäre das nicht passiert!!!
ED:	(*Erstaunt*) Was denn? Sie …
MOORE:	(*Übernimmt das Kommando*) Schon gut, ich kümmere mich um den Kerl!

Die Autotür wird zugeschlagen.

PETER:	Ich hoffe Sie haben durch den Aufprall keinen Schock erlitten?
GAIL:	Nein. Nein, mir geht es gut.
PETER:	Gut.

Im Hintergrund werden Stimmen laut, die sich ärgern und ihren Unmut äußern.

ED:	Das musste ja passieren! Ich schätze, wir werden die ganze Nacht hier verbringen. (*Wieder verärgert*) Oh, Mann!

PETER:	(*Leise, angespannt*) Hören Sie mal … Kennen Sie sich hier auf dem Boulevard gut aus?
GAIL:	Ja. Ja, ich glaube schon … Warum? (*Plötzlich*) Warum fragen Sie?
PETER:	(*Leise*) Wissen Sie, ich sehe keinen Grund, warum wir nicht einfach verduften sollten …
GAIL:	(*Mit einem kleinen Lachen*) Oh, wir würden … Wir würden nie davonkommen … Aber … na ja … (*Sie denkt darüber nach*)
PETER:	Sind Sie dabei?
GAIL:	Ja, aber …
PETER:	(*Schnell*) Ungefähr hundert Meter weiter, auf der rechten Seite, gibt es einen Jahrmarkt, wissen Sie, welchen ich meine?
GAIL:	Ich glaube schon. Er ist gegenüber von *Wong's Arcade* …
PETER:	Genau das ist er! Gehen Sie direkt zum Haupteingang. Gleich dahinter sehen Sie ein Wachsmodell von Joan Crawford … Dort treffen wir uns. (*Nach einer kleinen Pause*) In Ordnung?
GAIL:	(*Leise*) In Ordnung.

Eine Pause.

PETER:	(*Ein Flüstern*) Viel Glück!

Die Autotür wird geschlossen.

ED:	(*Plötzlich*) He! Sagen Sie mal, was zum Teufel denkt sie denn …

PETER holt mit der Faust aus.

ED:	Au!!! (*Er fällt auf den Sitz*)
PETER:	Tut mir schrecklich leid, alter Junge, aber das musste sein!

Die Autotür wird geöffnet und dann zugeschlagen.
Aufblenden eines Hintergrunds mit wütenden Stimmen.

MOORE:	Hören Sie, es bringt nichts, wenn Sie versuchen, mir zu erzählen, was passiert ist – ich saß selbst im Auto!

48

AUTOFAHRER:	Es ist mir völlig egal, ob Sie im Auto saßen oder nicht. Ich behaupte immer noch, dass, wenn Ihr Fahrer ... (*Verwundert*) Was ist los?
MOORE:	(*Plötzlich zum Handeln entschlossen*) Haltet den Mann! Haltet den Mann auf! Oh, mein Gott!

Es herrscht allgemeiner Aufruhr. Autohupen. Polizeipfeifen.

MOORE:	Haltet ihn auf!!! Lasst mich hier durch!!! Um Gottes willen, lasst mich durch!!! Haltet den Mann auf!!! Ed!!! Ed ... Wo zum Teufel bist du? Haltet den Mann!!! Haltet ihn!!!

Vollständiges Ausblenden der Szene.

Aufblenden von mechanischer Jahrmarktsmusik und Stimmengewirr. Es ist ein gewisses Maß an unflätigem Gelächter zu hören. Es sind zahlreiche Marktschreier zu hören.
PETER kommt an. Er ist ziemlich außer Atem.

PETER:	So ... Sie haben es geschafft! G... gut!
GAIL:	Was ist passiert?
PETER:	(*Schnell*) Lassen Sie uns reingehen ...
GAIL:	Hat er Sie gesehen?
PETER:	Ja, leider hat mich der Sergeant entdeckt. Er ist ... Er ist nicht weit hinter mir!
GAIL:	Ist es dann nicht ziemlich unklug, hier hineinzugehen? Ich meine, wenn es nur einen Eingang gibt ...
PETER:	Wir haben keine andere Wahl, es sei denn ... (*Plötzlich*) Da ist er! Kommen Sie! Schnell?
GAIL:	Wohin ... Wohin wollen wir denn?
PETER:	Schnell!!!

Aufblenden der Jahrmarktsmusik und der Hintergrundgeräusche.
PETER und GAIL drängen sich durch die Menge.

1. MARKTSCHREIER:	Kommen Sie hier entlang! Hier entlang, meine lieben Leute ... für die beste Unter-

	haltung aller Zeiten … sehen Sie selbst, in anschaulichem Detail, man könnte fast sagen, in pornografischem Detail! – wie Ihre Lieblingsfilmstars ihre Freizeit verbringen … zum Beispiel dieser gefeierte junge ... (*Zur Seite*) Ganz ruhig, Sir! Immer mit der Ruhe … Keine Hektik, wenn ich bitten darf … (*Fährt fort*) Zum Beispiel, dieser gefeierte … (*Stimme wird ausgeblendet*)
GAIL:	(*Verwirrt*) Wohin – wohin gehen wir?
PETER:	Ich … Ich denke, wir sollten versuchen, ihn in dieser Menge abzuhängen, sonst …
GAIL:	Er kann uns immer noch sehen …
PETER:	Ja, keine Sorge, den schütteln wir schon ab … Bleiben Sie dicht hinter mir.

Aufblenden orientalischer Musik und der Stimme des ZWEITEN MARKTSCHREIERS.

2. MARKTSCHREIER: Prinzessin Kenzeno stellt sich vor! Eine der glamourösesten und gleichzeitig faszinierendsten Persönlichkeiten der heutigen Zeit. Die Prinzessin hat die seltene – man könnte fast schon sagen: die einzigartige – Erfahrung gemacht, die vertraulichsten Geheimnisse der europäischen Gesellschaft zu erfahren. Heute Abend haben wir sie zum ersten Mal überredet … (*Stimme wird ausgeblendet*)

Einblenden von Zuggeräuschen: eine deutliche Aufnahme einer Zugpfeife, einer Lokomotive, die Dampf ablässt etc. Es ist ein gewisses Maß an aufgeregtem Gelächter zu hören.

3. MARKTSCHREIER: Das ist sie! Das ist sie, Leute! Die einzige wahre, einmalige Geisterbahn! Bitte steigt ein, wenn ihr wollt! (*Zur Seite*) Holt euch eure Tickets an der Kasse, Kumpels! (*Fährt fort*) Hier entlang, Leute!!! Der Nervenkitzel eures Lebens!! Clark Gables beliebteste Nebenattraktion, die einzigartige Geisterbahn! (*Zur Seite*) Keine Sorge,

Kumpel, es ist noch genug Platz!! (*Fährt fort*) Wir garantieren, dass dies der größte Grusel des Jahrhunderts wird ... Hier entlang zur Geisterbahn!!!

Aufblenden von PETER und GAIL.

PETER: (*Atemlos*) Sind Sie ... Sind Sie in Ordnung?

GAIL: Ja ... aber ... aber ich glaube nicht, ... dass ich ... so weiter kann ...

PETER: (*Lacht*) Machen Sie sich diesbezüglich keine Gedanken!

3. MARKTSCHREIER: Hier geht's zur Geisterbahn!! Der Nervenkitzel des Lebens!!! Clark Gables beliebteste Nebenattraktion ... die einzigartige Geisterbahn!!!

GAIL: (*Überrascht*) Moment mal ... Wir gehen da doch nicht rein?

PETER: Keine Sorge, ich weiß, was ich tue ... (*Zur Seite*) Zwei Tickets bitte ... danke ...

Ein kleines Drehkreuz öffnet sich mit einem Klicken. Es gibt einen plötzlichen Luftzug und mehrere hysterische Schreie. Die Geisterbahn kommt an und entlässt eine Menge aufgeregter Menschen.

3. MARKTSCHREIER: Nehmt bitte die Plätze ein! Nehmt die Plätze ein in der Geisterbahn!!!

PETER: Wir steigen hier ein ... Schnell!!!

GAIL: (*Mit einem Seufzer der Erleichterung*) Oh!! Ach ... Jetzt bin ich aber froh, ... dass ich ... sitzen kann ... (*Sie ist außer Atem*)

PETER: (*Plötzlich*) Nach unten!!!

GAIL: Was ist los?

PETER: Der Sergeant ... Er steht am Eingang ... (*Ängstlich*) Ich wünschte bei Gott, der Zug würde endlich losfahren ...

Plötzlich ertönt ein schriller Pfiff. Die Wagons bewegen sich vorwärts. Mehrere nervöse und aufgeregte Stimmen ...

GAIL: Wir fahren los!!!

PETER:	Ja … Ich glaube, er hat uns nicht gesehen!
GAIL:	(*Lacht, nachdem sie wieder zu Atem gekommen ist*) Was ist das für ein Ding? Was passiert hier?
PETER:	(*Imitiert den Marktschreier*) Clark Gables beliebteste Nebenattraktion! Die einmalige Geisterbahn …
GAIL:	(*Amüsiert*) Dummerchen! (*Ernsthaft*) Ich hoffe, der Sergeant hat uns nicht bemerkt! Wenn doch, dann sitzen wir in der Klemme, denn er muss nur warten, bis …
PETER:	(*Unterbricht GAIL*) Immerhin haben wir Zeit zum Nachdenken.

Die Wagons fahren in einen Tunnel ein. Mehrere nervöse Lacher, dann große Aufregung. Plötzlich ertönt im Hintergrund ein wildes, hysterisches Lachen …

GAIL:	(*Plötzlich*) Sehen sie! Da! … Ein Skelett!
PETER:	(*Lacht*) Schon gut! Das ist nur eine Puppe!

Das wilde, hysterische Gelächter ertönt erneut.

GAIL:	(*Schnell, erschrocken*) Etwas hat mein Gesicht berührt!
PETER:	Kein Grund zur Panik. Das ist nur eine nasse Schnur …
EIN MÄDCHEN:	Lass das, du Rüpel!

Eine Ohrfeige ist zu hören.

EIN MANN:	Tut mir leid, Schätzchen …

Eine kleine Pause.

GAIL:	(*Plötzlich*) Was ist das? Was ist das da vorne? Was denn? Ein Löwe!

Ein Löwe ist zu hören, wild und grausam.

PETER:	(*Amüsiert*) Das ist clever!!! (*Er lacht*)

Der Löwe brüllt.

EIN 2. MANN:	Mensch, … mein Gott, hat der mich erschreckt!

Plötzlich ertönt ein Pfiff, laut und furchterregend. Er lässt alle zusammenzucken.

FRAU:	Mein Gott, das ist ja furchtbar!!!

Eine Stimme dröhnt aus dem Hintergrund. Es ist eine laute, entsetzliche Stimme.

STIMME: Köpfe nach unten! Köpfe nach unten! Köpfe nach unten!

Die STIMME kommt näher.

STIMME: Köpfe nach unten! Köpfe nach unten!

Die STIMME wird langsam leiser.

STIMME: Köpfe nach unten! Köpfe nach unten! Köpfe nach unten! Köpfe nach unten!

Die STIMME wird vollständig ausgeblendet.

GAIL: (*Mit einem Seufzer der Erleichterung*) Oh!

EIN 2. MANN: Mensch … Oh, Mann! … Was ich für 'ne Angst!

Es wird ein wenig gelacht. Eine weitere Stimme dröhnt aus dem Hintergrund. Es ist eine FRAUENSTIMME, unheimlich und dämonisch.

FRAUENSTIMME: Willkommen, Fremde! Ihr nähert euch dem Tal der tausend Geister …

Man hört Musik. Es ist eine seltsame, gespenstische Musik.

FRAU: Ich halte das hier nicht länger aus … Ich will raus hier!

MANN: Bleib, wo du bist, Süße! Es kann dir nichts passieren.

EINE FRAU: Nach dieser Fahrt werde ich sicher eine Schönheitskur brauchen!!!

EIN 2. MANN: Mensch! Oh, Mann … was hab' ich für 'ne Angst.

Eine kleine Pause.

PETER: (*Leise*) Die Fahrt wird nicht mehr lange dauern: Wir sollten besser anfangen, Vorbereitungen zu treffen.

GAIL: (*Fast ein Flüstern*) Was, wenn er auf uns wartet?

PETER: Ich glaube nicht, dass er da sein wird, aber wir können kein Risiko eingehen. (*Angespannt*) Hören Sie! Wenn diese Fahrt zu Ende ist, möchte ich nicht, dass Sie Ihren Platz verlassen … Bleiben Sie sitzen und

	drehen Sie eine zweite Runde!
GAIL:	Oh, nicht noch einmal … bitte!
PETER:	Das ist unsere einzige Chance. Ich steige aus und kratze die Kurve. Wenn der alte Knabe auf uns wartet, sollte ihn das ablenken, zumindest eine Zeit lang. (*Nachdenklich*) Bedenken Sie, er hat nie gesehen, dass sie den Jahrmarkt betreten haben, also könnte er sogar glauben, dass ich allein bin.
GAIL:	(*Zögernd*) Ja, aber … dann weiß ich doch nicht, wohin ich soll …
PETER:	Doch! Kennen Sie ein Apartmenthaus namens *Sante Barbara*, das etwa hundert Meter hinter dem *Garten Allahs* liegt?
GAIL:	Ja. Ja, ich glaube schon.
PETER:	Nun, ein Freund von mir hat eine Wohnung dort – im Gebäude von *Sante Barbara*, meine ich. Er ist im Moment nicht in der Stadt und ich benutze seine Wohnung. Und wenn wir uns dort treffen? Das heißt … falls wir beide es schaffen?
GAIL:	Ja. Ja, in Ordnung.
PETER:	Gut. Es ist Wohnung 14 im sechsten Stock … der Name ist Wendleford … Mike Wendleford. Können Sie sich das merken?
GAIL:	Ja. Ja, ich glaube schon … Sante-Barbara-Apartmenthaus … Wohnung 14 … sechster Stock … Mike Wendleford …
PETER:	Genau! (*Leise, eindringlich*) Wir kommen wieder ins Freie!

Aufblenden der Stimme des DRITTEN MARKTSCHREIERS.

3. MARKTSCHREIER: Das ist es, Leute! Die einmalige Geisterbahn! Clark Gables beliebteste Nebenattraktion! Der Nervenkitzel des Jahres! Das Gruselerlebnis des Jahrhunderts!!!

Die Wagons kommen zum Stehen, die aufgeregten, nervösen, amüsierten und verängstigten Fahrgäste steigen aus.

PETER:	Wiedersehen! Bleiben Sie ruhig sitzen!
GAIL:	Ich drücke die Daumen!
PETER:	Wenn der Sergeant da ist, keine Sorge … Ich locke ihn weg!
GAIL:	(*Amüsiert*) Viel Glück!
3. MARKTSCHREIER:	Auf geht's Jungs und Mädels für den größten Nervenkitzel aller Zeiten!!! Nehmt eure Plätze ein für die einmalige Geisterbahn!!!

Einblenden der Zugeffekte.

| 3. MARKTSCHREIER: | Das ist es! Das ist es, Leute!!! Der größte Nervenkitzel der Welt … Nehmt bitte die Plätze ein!!! Clark Gables beliebteste Nebenattraktion!!! Die Nervenkitzelsensation des Jahrhunderts … Das Superereignis … (*Plötzlich, zur Seite*) Immer mit der Ruhe, Süße!!! Immer mit der Ruhe!!! (*Weiter*) Hier sind wir, Leute!!! Hier sind wir!!! Die einmalige Geisterbahn!!! |

Die Zuggeräusche sind zu hören, gefolgt von einem aufgeregten Stimmengewirr. Plötzlich ist die Stimme von SERGEANT MOORE zu hören. Er ist sehr aufgeregt.

| MOORE: | Haltet ihn auf!!! Haltet den Mann!!! Haltet den Mann!!! Um Himmels willen, gehen Sie aus dem Weg!!! Haltet ihn auf!!! Gehen Sie aus dem Weg!!! Aus dem Weg, verdammt noch mal! |
| 3. MARKTSCHREIER: | Meine Güte! Oh, mein Gott!! (*Fährt fort*) Kommt her, Jungs und Mädels … Her mit euch!!! Der größte Nervenkitzel aller Zeiten!!! Der Gänsehautmoment des Jahrhunderts!!! Das Supererlebnis … (*Plötzlich: zur Seite*) Immer sachte, Kleine!!! Immer mit der Ruhe!!! |

Aufblenden von Zugeffekten, aufgeregten Stimmen und allgemeinem Gelächter. Es ertönt die müde, verzweifelte Stimme von SERGEANT MOORE.

| MOORE: | Haltet ihn auf!!! Haltet … diesen … |

Mann!!! Haltet ... diesen ... Mann!!! Haltet ... diesen ... Mann ... (*Stimme ausblenden*)

Überblendung von der Szene zum eindringlichen Klingeln eines Telefons.

O'HARA: (*Zügig*) Ist schon gut, ich geh ran! (*Er hebt den Hörer ab*) Hallo ...? ... Ja, hier ist Hartingtons Büro ... Nein, hier spricht Inspektor O'Hara ... Wer ist da? (*Zur Seite*) Es ist ein Typ namens Webb. Er spricht aus Frisco.

DORIS: In Ordnung, geben Sie ihn mir! (*Am Telefon*) Hallo ... Bist du das, Fred? Ja, hier ist Doris. ... Hm? ... Ja, es ist wahr. ... Vor einer Stunde. ... Tja ... Sie halten es für Mord. ... Keine Ahnung. ... Ja, ich werde es Markham ausrichten. Auf Wiederhören. (*Sie legt den Hörer auf*)

O'HARA: Wer war dieser Kerl?

DORIS: Nur einer der Jungs. Er hatte ein Gerücht über Hartington gehört und wollte wissen, ob es stimmt.

O'HARA: Aha. (*Er durchsucht den Schreibtisch*) Wie lange sind Sie schon hier?

DORIS: In Hollywood?

O'HARA: Nein. Nein ... Wie lange arbeiten Sie schon für Hartington?

DORIS: Neun Jahre.

O'HARA: Mochten Sie ihn?

DORIS: Oh, er war ein netter, einfacher, wohlwollender alter Herr.

O'HARA: Ja! Wo ist der Schlüssel zu dieser Schublade?

DORIS: Vor Ihnen.

O'HARA: Oh! (*Er nimmt den Schlüssel und öffnet die Schublade*) Hm ... (*Zu sich selbst*) Scheckbuch ... Zigarettenetui ... Würfel

	... Füllfederhalter ... Na, was ist das?

DORIS: Es sieht aus wie eine Art Vertrag.

O'HARA: (*Liest*) »Kooperationsvertrag, geschlossen am dreiundzwanzigsten August neunzehnhundertzweiunddreißig zwischen Peter London (im folgenden ›Autor‹ genannt) einerseits und Norman Roger Page (im folgenden ›Agent‹ genannt) andererseits. Es wird vereinbart, dass der Autor für die Summe von fünfzig Pfund (deren Erhalt der Autor hiermit bestätigt) dem Agenten alle Film-, Theater- und Veröffentlichungsrechte an dem von ihm geschriebenen Roman mit dem Titel *Der moderne Pilger* ... (*Verwundert*) Das verstehe ich nicht! Dieser Vertrag bedeutet, dass Hartington die Filmrechte an *Der moderne Pilger* <u>hatte</u> ... Sehen Sie doch! Sehen Sie, er ist auf ihn überschrieben ... (*Liest*) »Alle Rechte werden an Oliver Hartington übertragen ... gezeichnet: Norman Roger Page« ... (*Verwirrt*) Wenn Hartington die Filmrechte bereits hatte, was sollte dann das ganze Tamtam? In den Zeitungen stand, dass er Peter London kontaktieren wollte, um die Filmrechte an seinem Roman zu erwerben ... aber – dieser Verrückte hatte sie schon ... Er hatte alle Rechte!!!

DORIS: (*Leise*) Lassen Sie mich die Vereinbarung sehen.

O'HARA: Sagen Sie, wer ist dieser Typ – Norman Roger Page? Kennen Sie ihn?

DORIS: (*Nachdenklich*) Nein. Er ist sicher keiner von den bekannten Agenten ...

O'HARA: (*Langsam*) Wussten Sie von dieser Vereinbarung?

DORIS: Nein. Nein, ich muss sagen, dass das alles

neu für mich ist.

Es klopft an der Tür und MARY BRAMPTON tritt ein.

MARY: Oh! Tut mir leid, Miss Charleston.

DORIS: Ist schon in Ordnung! Kommen Sie rein, Mary!

O'HARA: Wer ist das?

DORIS: Mary Brampton. Sie ist Markhams Sekretärin. Oh, Mary ... das ist Chefinsp...

O'HARA: Distriktinspektor ...

DORIS: Distriktinspektor O'Hara.

MARY: Sehr erfreut, Inspektor!

O'HARA: Ihr scheint hier alle ziemlich lange zu arbeiten.

MARY: Ich wollte gerade gehen. Ich komme erst am Dienstag wieder, Miss Charleston, und da dachte ich ... (*Sie zögert*) Es tut mir schrecklich leid ... wegen Mr. Hartington ... (*Verwundert*) Aber ... was ist passiert?

O'HARA: Haben Sie jemals für Hartington gearbeitet?

MARY: Nur für etwa vierzehn Tage. Miss Charleston war krank und ...

O'HARA: Wann war das?

MARY: Oh, vor etwa vier oder fünf Wochen.

O'HARA: Hm. Sehen Sie sich das mal an.

MARY: Was ist das?

O'HARA: Es ist ein Vertrag ... Lesen Sie ihn!

Eine Pause.

MARY: Aber ... aber das bedeutet, dass Mr. Hartington tatsächlich die Filmrechte an *Der moderne Pilger* hatte.

O'HARA: Kluges Mädchen!

MARY: Und – was sollte dann die ganze Aufregung? Er ließ praktisch jeden in Amerika nach Peter London suchen, weil er die Filmrechte kaufen wollte, und doch ... und doch ... hatte er sie die ganze Zeit. (*Verwirrt*) Das ergibt doch keinen Sinn.

O'HARA:	Sie sagen es, Lady! Wie auch immer, mich interessiert folgender Punkt: Haben Sie diese Vereinbarung schon einmal gesehen?
MARY:	Nein.
O'HARA:	Sie haben keine Ahnung, von wem er sie hat?
DORIS:	Offensichtlich von diesem Agenten, Norman Roger Page.
O'HARA:	Ja, aber wer ist Norman Roger Page? Der Name ist erfunden, wenn Sie mich fragen.

Die Tür wird geöffnet und SERGEANT QUINN tritt ein.

O'HARA:	Was gibt es, Sergeant?

Im Hintergrund, durch die halb geöffnete Tür, sind Stimmen zu hören.

QUINN:	Sagen Sie, Inspektor, die Leute werden unruhig. Hier draußen ist ein Kerl, der sehr wichtigtuerisch redet.
O'HARA:	Wie ist sein Name?
QUINN:	Markham.
O'HARA:	Sie können Mr. Julius Markham von mir grüßen, Sergeant, und ihm – und dem restlichen oberflächlich glänzendem Pöbel – sagen, dass ich in etwa dreißig Sekunden das zweifelhafte Vergnügen ihrer Gesellschaft haben werde.
QUINN:	Jawohl, Sir.

Die Tür wird geschlossen.

O'HARA:	Okay, Miss Brampton, Sie brauchen nicht zu warten.
MARY:	Oh … äh … gute Nacht, Miss Charleston.

Eine zweite Tür wird geöffnet und wieder geschlossen.

DORIS:	(*Kalt, entrüstet*) Ich bin mir durchaus bewusst, dass dies weder die Zeit noch der Ort ist, um seinen persönlichen Gefühlen Luft zu machen, aber Sie sind ausnahmslos das unhöflichste und beleidigendste Individuum, von dem ich je das Pech hat-

	te, es kennenzulernen ...
O'HARA:	(*Unterbricht DORIS leise: Er liest die Kontrollabschnitte eines Scheckbuchs vor*) »Doris Charleston ... 9. Mai 1940 ... Fünfhundert Dollar ... D. C. ... 7. April 1940 ... Sechshundert Dollar ... D. C. ... 3. Juni 1940 ... Dreihundert Dollar ... Doris Charleston ... 8. Juli 1940 ... Achthundert Dollar ...«
DORIS:	(*Leise*) Was – was ist das?
O'HARA:	Es sind die Kontrollabschnitte eines Scheckbuchs, Miss Charleston – Mr. Hartingtons Scheckbuchs ... eine interessante Lektüre ...
DORIS:	(*Nervös, unsicher über sich selbst*) Ich ... ich habe Mr. Hartington gelegentlich bei ... bei ... bei kreativen Arbeiten geholfen, und er ... er war sehr großzügig.
O'HARA:	Ach ja? Hallo, das ist ja interessant ... (*Liest*) »4. August 1940 ... D. C. ... neunhundert Dollar ... zum letzten Mal« ... Was hat Mr. Hartington damit gemeint – »zum letzten Mal«?
DORIS:	(*Beinahe erschrocken*) Ich ... Ich weiß es nicht.
O'HARA:	Nein? (*Freundlich*) Okay ... Mal sehen, was unser lieber Julius will ...

Die Tür wird geöffnet und man hört ein Gemurmel von Gesprächen. MARGARET FREEMAN, JULIUS MARKHAM, LOUIS CHEYNE, DALLAS SHALE und SERGEANT QUINN.

MARKHAM:	Himmelherrgott nochmal!!! Sollen wir die ganze Nacht hierbleiben und uns lauthals beschweren, bis wir heiser sind, nur damit ...

Bei O'HARAS Erscheinen verstummt das Gespräch.

O'HARA:	Was sagten Sie, Mr. Markham?
MARKHAM:	Oh! Oh, da sind Sie ja ... endlich. Was zum Teufel ging in diesem Büro vor sich?

MARGARET:	Wir sind schon seit Stunden hier!
O'HARA:	Sie sind seit genau fünfundvierzig Minuten hier ... und es waren sehr interessante fünfundvierzig Minuten, Miss Freeman. (*Plötzlich*) Hat einer von euch Prominenten schon einmal von einem Mann namens Norman Roger Page gehört?
LOUIS:	(*Verwirrt*) Norman Roger Page?
SHALE:	Was ist er denn? Ein Schauspieler?
O'HARA:	Nein. Ich vermute, er ist eine Art Agent – vielleicht. Sehen Sie sich das an. Es ist ein Vertrag. Er lag in Hartingtons Schreibtisch.

Es folgt eine Pause.
Sie sind alle sehr erstaunt über den Vertrag.

MARKHAM:	Aber – das ist doch verrückt!!!
LOUIS:	Das verstehe ich überhaupt nicht!!!
MARGARET:	(*Erstaunt*) Das ist ... Das ist doch genau das, was Hartington wollte!!!
SHALE:	Er war doch fest entschlossen, die Filmrechte an *Der moderne Pilger* zu kaufen, weshalb er jeden Agenten in Amerika nach Peter London suchen ließ, damit er den Deal abschließen konnte.
DORIS:	(*Leise*) Nein. Nein, das ist nicht ganz richtig.
SHALE:	Was soll das heißen, Doris?
MARKHAM:	(*Erstaunt*) Was zum Teufel meinen Sie damit – es ist nicht ganz richtig?
DORIS:	Ich meine, dass Hartington nicht an den Filmrechten von *Der moderne Pilger* interessiert war.
MARKHAM:	Woran war er dann interessiert?

Eine kleine Pause.

DORIS:	An Peter London.
LOUIS:	(*Überrascht*) An Peter London?
MARGARET:	(*Verwirrt*) Das verstehe ich nicht.
DORIS:	Vor sechs Wochen hat Mr. Hartington

beschlossen, ein paar ziemlich dramatische Veränderungen beim … wie soll ich sagen? … Studiopersonal vorzunehmen. Er hatte zum Beispiel die Absicht, einige Angestellte von der Stoffentwicklung loszuwerden. Ungefähr zu dieser Zeit kaufte Hartington ein Buch an einem Stand mit gebrauchten Büchern. Es war *Der moderne Pilger* von Peter London. Er las das Buch, und es gefiel ihm. Er beschloss, den Autor nach Hollywood zu holen und ihm die komplette Leitung der Drehbuchabteilung von H.G.T. zu übertragen.

LOUIS: Was!!!

MARKHAM: Soll das ein Scherz sein?

SHALE: (*Kichert*) Mensch … Das klingt ganz nach Hartington.

O'HARA: Fahren Sie fort, Miss Charleston …

DORIS: Hartington wusste natürlich, dass sein Vorschlag auf eine gewisse Ablehnung stoßen würde. Also beschloss er, dass es am besten wäre, alle glauben zu lassen, er sei nur an den Filmrechten des Romans interessiert. Aber niemand konnte Peter London finden – nicht einmal, um die Filmrechte zu kaufen. Niemand hatte je von Peter London gehört!!! Und das brachte Hartington ganz schön auf die Palme! Und wie! Aber nicht, weil er die Filmrechte wollte … Oh nein! … Sondern weil er Peter London wollte. Peter London höchstpersönlich … hier … in Hollywood!

LOUIS: Also … also, ich kann's nicht glauben!

MARKHAM: Sag mal, bist du dir da sicher?

DORIS: Ganz sicher.

SHALE: (*Fast zu sich selbst*) Und die ganze Zeit war Peter London hier … direkt vor seiner Nase … im *Blue Stetson* …

MARKHAM:	Einen Moment! Wir sind nicht sicher, dass dieser Typ Peter London ist! Vergesst nicht das Telegramm aus Indianapolis!
MARGARET:	Ich verstehe trotzdem immer noch nicht, was es mit diesem Vertrag auf sich hat?
O'HARA:	Jemand muss diesen Vertrag an Hartington verkauft haben, oder zumindest versucht haben, ihn an ihn zu verkaufen, in dem festen Glauben, dass das Einzige, was Hartington interessierte, die Filmrechte an dem Roman waren! Jetzt scheint es mir …

O'HARA wird durch das Klingeln des Telefons unterbrochen.

DORIS:	O'Hara? Ja … Ja, er ist hier … Wer ist da, bitte? (*Zu O'HARA*) Es ist Sergeant Moore.
O'HARA:	Sergeant Moore? (*Nimmt den Hörer*) Hallo … Ja … (*Entsetzt*) Was!!! Sie … Sie verdammter Idiot!!! (*Wütend*) Keine Widerrede, Sie Doofmann … Veranlassen Sie eine Durchsage im Radio … Ja … Ja … Schnell!!! (*Er legt den Hörer auf*) Verdammt noch mal!
DORIS:	Was ist los?
O'HARA:	Dieses Mädchen … und der Kellner … sie haben sich aus dem Staub gemacht!!!

Aufblenden von Musik, die schnell und dramatisch ist.

Überblendung zum Klang von Polizeisirenen, gefolgt von Polizeiautos und der Motorradpolizei.
Geräusche ausblenden und folgende Durchsagen aufblenden:

1. STIMME:	An alle Wagen! An alle Wagen! An alle Wagen! An alle Wagen! An alle Wagen! An alle Wagen! …

Überblenden zur ZWEITEN STIMME.

2. STIMME:	… zuletzt gesehen in der Nähe von *Wong's* Arcade, Vine Street … Größe etwa fünf Fuß vier … brünett … trug ein dunkelbraunes Kostüm und …

Überblenden zur DRITTEN STIMME.

| 3. STIMME: | ... Halten Sie Ausschau nach Peter London ... Peter London ... Ungefähr fünf Fuß elf ... bekleidet mit einem weißen Smoking und einer schwarz-weißen ... |

Überblenden zur VIERTEN STIMME.

| 4. STIMME: | An alle Wagen! An alle Wagen! Halten Sie Ausschau nach Peter London und Gail Howard ... An alle Wagen! Aufruf an alle Wagen! |

Überblenden zur ZWEITEN STIMME.

| 2. STIMME: | ... zuletzt gesehen in der Nähe von *Wong's* Arcade, Vine Street ... Größe etwa fünf Fuß vier ... brünett ... trug ein dunkelbraunes Kostüm und ... |

Überblenden zur DRITTEN STIMME.

| 3. STIMME: | ... Halten Sie Ausschau nach Peter London ... Peter London ... Ungefähr fünf Fuß elf ... bekleidet mit einem weißen Smoking und einer schwarz-weißen ... |

Überblenden zur ERSTEN STIMME.

| 1. STIMME: | An alle Wagen! An alle Wagen! An alle Wagen! An alle Wagen! Ich rufe alle ... (*Stimme ausblenden*) |

Aufblenden von Polizeiautos mit heulenden Sirenen und Motorradpolizisten.
Überblenden zur Musik.

Langsames Ausblenden, dann Aufblenden der Stimme von CAMPBELL MANSFIELD.

MANSFIELD:	(*Gespannt*) Aber ... was ist dann passiert? Ich meine – sind der Kellner und diese Frau ... wie heißt sie noch ... Gail Howard ... sind sie tatsächlich entkommen oder ...
SHALE:	Nun, nachdem der junge Mann eine ... (*Plötzlich*) Sagen Sie, geht diese Uhr richtig?
CHARLIE:	Ja, Sir.

SHALE:	Mann, dann mache ich mich besser auf den Weg! Ich habe einen Termin in der Stadt ...
MANSFIELD:	Ja ... aber ... was ist passiert? Ich meine, man – ähm – man kann die Geschichte doch nicht einfach so stehen lassen ... ich meine, das ist doch ... ähm ...
SHALE:	(*Kichert*) Nun, angenommen, wir treffen uns nächste Woche wieder hier?
MANSFIELD:	Ja ... ja, sehr gerne! Auf jeden Fall!
SHALE:	Zur gleichen Zeit?
MANSFIELD:	Ja ... Ja, genau! Auf jeden Fall! (*Mit einem amüsierten, aber verwirrten Kichern*) Das will ich doch sagen!

Die Kuckucksuhr verkündet die Zeit.

Kuckuck! Kuckuck! Kuckuck! Kuckuck! Kuckuck! Kuckuck! Kuckuck! Kuckuck! Kuckuck!

Abschlussmusik.

ENDE DER ZWEITEN EPISODE.

Episode 3
Die Geburt eines Filmstars

Aufblenden, man hört die Kuckucksuhr in der Bar achtmal schlagen.

> Kuckuck! Kuckuck! Kuckuck! Kuckuck!
> Kuckuck! Kuckuck! Kuckuck! Kuckuck!

Eine zweite Uhr schlägt die volle Stunde.
DALLAS SHALE kommt herein. Er ist wieder einmal leicht außer Atem.

SHALE: Hallo ... Hallo, Sie! Bin ich ... Bin ich zu spät?

MANSFIELD: Nein ... Nein, überhaupt nicht. Ich habe Ihnen schon einen Highball bestellt.

SHALE: Oh, prima! (*Nach einer winzigen Pause*) Mal sehen ... Wie weit bin ich gekommen? ... Mit der Geschichte, meine ich ...

MANSFIELD: Nun, Sie haben mir erzählt, dass Oliver Hartington ... (*Mit einem Lachen*) ... mit anderen Worten der Zar von Hollywood ... sich bemüht hat, einen jungen Romanautor namens Peter London zu finden, weil er – also Hartington – die Filmrechte an Peter Londons Roman *Der moderne Pilger* kaufen wollte.

SHALE: Stimmt. Und eines Abends, nachdem Hartington ins Restaurant *The Blue Stetson* gefahren war, erschien eine junge Frau namens Gail Howard im Studio und ...

MANSFIELDD: ... sagte, dass sie Peter London sei ...

SHALE: Richtig! Wie auch immer, wir ... das heißt, Julius Markham, der Regisseur ... Louis Cheyne, der Autor ... Margaret Freeman, die Schauspielerin ... und Doris

Charleston – Hartingtons Sekretärin – sind alle zum *Blue Stetson* geeilt. Als wir im Restaurant ankamen, war Hartington bereits ermordet worden und Inspektor O'Hara leitete die Ermittlungen. Ein ziemlich aufbrausender kleiner Mann, aber er fand sehr schnell heraus, dass der Kellner, der Hartington bedient hatte, behauptete, kein anderer als Peter London zu sein. In diesem Moment legte ich ein Telegramm für Mr. Hartington vor, das gerade eingetroffen war. Und zu unserer Überraschung stand darin, dass Peter London …

MANSFIELD: … am Donnerstag mit dem Flugzeug um 14.30 Uhr aus Indianapolis ankommen sollte.

SHALE: (*Lacht*) Ja! An diesem Punkt verlor O'Hara die Beherrschung und ließ Peter London – also den Kellner – und Gail Howard zum Polizeipräsidium bringen. Auf dem Weg dorthin entkamen sie jedoch und verabredeten sich für später am Abend in einem Apartmenthaus in der Lea Brea Avenue.

MANSFIELD: Ja … Ja, ich erinnere mich daran. (*Verblüfft*) Aber sagen Sie mir … Wer ist dieses Mädchen, diese Gail Howard? Ich meine … Woher kommt sie? Warum ist sie überhaupt nach Hollywood gekommen? Und warum?

SHALE: (*Lacht*) Verzeihen Sie mir das Lachen, aber, das ist genau das, was auch Peter London wissen wollte. (*Plötzlich, ernst*) Jedenfalls war Gail, als sie im Apartmenthaus ankam, überrascht und auch erfreut … (*Stimme beginnt leiser zu werden*) … zu entdecken, dass … (*Stimme wird völlig ausgeblendet*)

Eine Tür wird geöffnet und wieder geschlossen.
GAIL HOWARD ist atemlos und aufgeregt.

GAIL: Guten Abend! Ich – ich möchte bitte zu Mr. Wendlefords Wohnung.

PORTIER: Nehmen Sie den Aufzug ... Nummer 14 ... Sechster Stock.

GAIL: Danke sehr.

Eine Pause.

Es klopft an der Wohnungstür. Das Klopfen wiederholt sich.
Die Tür wird geöffnet.

PETER: (*Erfreut*) Sie haben es also geschafft! (*Mit einem Seufzer der Erleichterung*) Oh, Gott sei Dank! (*Schnell*) Kommen Sie rein!

Die Tür wird geschlossen.

GAIL: Was für ein schöner Kamin!

PETER: Geben Sie mir Ihren Mantel ... (*Nimmt Gails Mantel*) Ah, so ist es besser!

GAIL: Das ist aber wirklich sehr hübsch hier!

PETER: Ja ... Es gehört einem Freund von mir ... Mike Wendleford, er ist Kameramann bei Metro. Meine eigene bescheidene Behausung ist eine Einzimmerwohnung auf der anderen Seite der Stadt. (*Lacht*) Im Moment wird sie wahrscheinlich fröhlich von G-Männern umlagert. (*Zwanglos*) Nehmen Sie sich einen Kaffee ...

GAIL: Meine Güte, Sie waren aber fleißig! Wie lange sind Sie schon hier?

PETER: Oh, etwa zehn Minuten ... An der Ecke der Spielhalle bin ich nur mit knapper Not davongekommen. Übrigens, wie sind Sie durchgekommen?

GAIL: Nicht allzu schlecht. Es war ziemlich einfach, nachdem ich erst einmal aus dem Jahrmarkt draußen war.

PETER: Schön. (*Nach leichtem Zögern*) Ich nehme an, niemand hat gesehen, wie Sie den Auf-

	zug betreten haben, als …
GAIL:	Nur der Portier. Ich habe ihn gefragt, in welchem Stockwerk die Wohnung ist. (*Eine kleine Pause*) Warum?
PETER:	Nun, es scheint hier eine Frau namens Mary Brampton zu geben – sie arbeitet für Hartington … Ich habe es erst heute Abend entdeckt, aber anscheinend wohnt sie hier. Sie hat eine Wohnung im zehnten Stock.
GAIL:	Verstehe.

Es folgt eine Pause.

PETER:	Worüber denken Sie nach?
GAIL:	Ich habe mich nur gefragt, wer Mr. Hartington wohl getötet hat?
PETER:	(*Leise*) Ist das alles, woran Sie gedacht haben?
GAIL:	(*Nach einer Pause*) Nein. (*Plötzlich*) Ihr Name war doch Peter London, nicht wahr?
PETER:	Ja.
GAIL:	Und Sie haben dieses Buch geschrieben … *Der moderne Pilger*?
PETER:	(*Leicht amüsiert*) Ja. Ich habe *Der moderne Pilger* geschrieben. (*Nach einer kleinen Pause*) Warum, glauben Sie mir nicht?
GAIL:	Doch, ja. Ja, ich glaube Ihnen, aber …
PETER:	Aber … was …?
GAIL:	Nun, da ist doch noch dieses Telegramm, das Inspektor O'Hara vorgelesen hat. Darin stand …
PETER:	Darin stand: »Soeben Nachricht vom Verlag erhalten. Ankunft Hollywood Flugzeug Donnerstag 14.30 Uhr. Peter London.«
GAIL:	Ja. (*Leichte Pause*) Wer, glauben Sie, hat dieses Telegramm geschickt?
PETER:	Nun, das ist ziemlich schwer zu sagen, oder? Ich weiß nur, wer es nicht geschickt hat … Peter London. (*Nach einer kurzen*

	Pause) Verzeihen Sie mir die Frage, aber wie lange sind Sie schon in Hollywood?
GAIL:	Etwa zwölf Monate.
PETER:	Und was hat Sie hierhergeführt?
GAIL:	Mir wurde ein Vertrag angeboten …
PETER:	Ein Vertrag?
GAIL:	Ja … mit H.G.T. …
PETER:	(*Überrascht*) Haben sie Sie in einem Theaterstück gesehen?
GAIL:	Sie haben mich in einem Badeanzug gesehen.
PETER:	(*Amüsiert*) In einem Badeanzug!
GAIL:	Ja. Ich habe einen Schönheitswettbewerb gewonnen. (*Lacht*) Bitte schauen Sie doch nicht so überrascht!
PETER:	(*Lacht*) Es tut mir leid, aber … tja … abgesehen davon, dass man eine Schönheit sein muss, wie gewinnt man einen Schönheitswettbewerb?
GAIL:	Ich weiß nicht, ob Sie es bewusst tun oder nicht, aber Sie fragen mich gerade nach meiner Lebensgeschichte!
PETER:	Das kann ich verkraften!
GAIL:	Mein Vater war Arzt und starb im Alter von vierundsechzig Jahren – leider nicht unerwartet an einer Leberzirrhose. Ich war damals zweiundzwanzig Jahre alt und obwohl ich nur wenig Berufserfahrung hatte, nahm ich eine Stelle als Privatsekretärin bei einem Mann namens Alderman Love an. Alderman Love lebte in Northsea, einem kleinen Badeort etwa neun Meilen von Scarborough entfernt. Er war Witwer, aber er hatte einen Sohn … Tom. Nachdem ich etwa achtzehn Monate in Northsea gewesen war, beschloss der Gemeinderat, eine Art … na ja, ich nehme an, man könnte es so nennen … eine Karne-

valswoche zu veranstalten und Alderman Love wurde die volle Verantwortung für das Catering übertragen. Er war natürlich hocherfreut darüber, denn es ermöglichte ihm ...

Aufblenden der Musik. Sie deutet eine Rückblende an.

Die Musik wird abgeblendet, als die Stimme von ALDERMAN LOVE ertönt.

LOVE:	Nun, es scheint, dass wir vorankommen! Da ist aber noch die Sache mit Wellings & Co.
GAIL:	Ich habe Ihnen bereits zweimal geschrieben, aber sie scheinen es zu ignorieren, Sir.
LOVE:	Tja, wir müssen Geduld haben, Miss Howard ... Geduld! Das hat mein Vater immer gesagt – und ich sage unserem Tom dasselbe: Wenn man keine Geduld hat, kommt man nicht weiter. (*Irritiert*) Nicht, dass unser Tom sehr weit käme, Geduld hin oder her, so wie er sich aufführt!
GAIL:	(*Plötzlich*) Oh, ich erinnere mich gerade, Sir, Stadtrat Stone rief gegen halb elf an. Er wollte wissen, ob Sie eine Entscheidung getroffen haben.
LOVE:	Eine Entscheidung? Worüber?
GAIL:	Ich weiß es nicht, Sir. Mehr hat er nicht gesagt.
LOVE:	Mein Gott, der Kerl ist einfach ein Esel, soviel steht fest.
GAIL:	(*Beiläufig*) Würden Sie dies hier ... und diese beiden Vertragsformulare unterschreiben, bitte?
LOVE:	Wir machen einen großen Fehler mit diesem Schönheitswettbewerb ... einen großen Fehler!
GAIL:	Stimmt es, dass Sie dagegen gestimmt

	haben, Mr. Love?
LOVE:	Natürlich stimmt das! Und viele der anderen hätten das auch getan, wenn sie auch nur etwas Verstand gehabt hätten! Ein Schönheitswettbewerb!!! Wozu zum Teufel brauchen wir einen Schönheitswettbewerb?
GAIL:	(*Leicht überrascht von Loves Haltung*) Nun … Ich finde, es ist eine großartige Idee. Es wird bestimmt eine Menge Leute nach Northsea locken und das ist doch der Sinn der Sache …
LOVE:	Ja, aber was für Leute wir anlocken! Wir holen alle Mädchen von Brid bis nach Scarborough und von der ganzen verdammten Küste hierher! (*Gereizt*) Und diese Hollywoodeinlagen! Alles nur oberflächliches Zeugs!
GAIL:	Aber Sie wollen doch sicher auch, dass der Karneval ein Erfolg wird und …
LOVE:	Wir wollen die Klasse – die Elite, wie man so schön sagt. Und die Elite mischt nicht in einen Schönheitswettbewerb mit. Außerdem gibt es da noch etwas Anderes … Wenn nicht eines unserer einheimischen Mädchen gewinnt, dann gibt es einen Mordswirbel …
GAIL:	Aber ein einheimisches Mädchen könnte ihn doch gewinnen …
LOVE:	Unsinn! Keine von ihnen ist es wert, durch das hintere Ende eines Teleskops betrachtet zu werden – außer diese junge Frau, mit der unser Tom herumalbert!
GAIL:	Betty Reeves?
LOVE:	Stimmt, Betty Reeves. (*Plötzlich*) Na, wo ist denn der Kostenvoranschlag von *Sandy Brothers*?
GAIL:	Er liegt auf dem Schreibtisch.

LOVE:	Ah, da ist er ja! Hab' ihn gar nicht gesehen.

Die Tür wird geöffnet und TOM LOVE tritt ein. Er ist groß, extrem schlank und spricht mit dem Akzent, aber nicht mit der Autorität seines Vaters.

TOM:	Viel zu tun?
LOVE:	(*Mit starkem Sarkasmus*) Viel zu tun? Nein! Nein, mein Junge! Komm doch herein! Komm herein. Wir haben jede Menge Zeit.

Die Tür wird geschlossen.

TOM:	Ich wollte gerne mit Miss Howard sprechen, Vater – wenn es dir nichts ausmacht.
LOVE:	Von mir aus, ich habe da nichts mitzureden. (*Zu GAIL*) Also, ich denke, ich habe alles, was ich will … Zumindest für den Moment. Ich bin dann mal weg! Verspäten Sie sich nicht, meine Liebe.
GAIL:	Ist es in der Stadthalle?
LOVE:	Ja, in der Stadthalle.

Die Tür öffnet und schließt sich.

TOM:	(*Unbeholfen*) Ich hoffe, ich störe nicht?
GAIL:	Nun ja … Ich habe im Moment ziemlich viel zu tun, Tom.
TOM:	(*Besorgt*) Können wir uns später unterhalten? Ich meine, hier ist es immer so unpassend … Entweder ist der Alte da, oder …
GAIL:	(*Leise*) Was ist los, Tom?
TOM:	(*Deprimiert*) Oh, ich weiß nicht … Ich habe die Nase voll von den Dingen …
GAIL:	Ist irgendetwas nicht in Ordnung?
TOM:	(*Nach einer kurzen Pause*) Ja. Ich mache mir Sorgen … Ich mache mir Sorgen wegen dieses Schönheitswettbewerbs … Er belastet mich wirklich …
GAIL:	Inwiefern?
TOM:	(*Deprimiert, irritiert und ziemlich verlegen*) Nun, es ist wegen Betty … Sie will

über nichts Anderes reden … Es geht immer nur um diesen verdammten Wettbewerb.

GAIL: (*Lacht*) Ist das nicht normal?

TOM: In gewisser Weise schon … Ja … Aber ich meine, sie ist so selbstsicher … so selbstsicher, dass sie ihn gewinnt.

GAIL: Nun, sie ist doch sehr hübsch, Tom. Warum sollte sie denn nicht selbstsicher sein?

TOM: So ist's gut, muntern sie mich ruhig auf! Sie sind mir eine große Hilfe!

GAIL: (*Amüsiert*) Warum sind Sie so deprimiert? Wenn Betty den Wettbewerb gewinnt, dann …

TOM: Wenn Betty den Wettbewerb gewinnt, würde sie nach Hollywood gehen. Das ist doch der erste Preis, oder? Eine kostenlose Reise nach Hollywood und ein sechsmonatiger Vertrag mit den H.G.T.-Studios. Wenn Betty Reeves nach Hollywood kommt, würde sie dann jemals wieder nach Northsea zurückkehren wollen? Bei Gott, das ist nicht sehr wahrscheinlich, oder?

GAIL: Oh, ich fange an, zu verstehen, was Sie meinen! Das ist es also, was Sie belastet?

TOM: (*Mit einem Seufzer*) Ja, das ist es, was mir wirklich Sorgen macht. Es belastet mich sehr … Ich kann nicht einschlafen, wenn ich darüber nachdenke.

GAIL: (*Ziemlich amüsiert*) Aber wie kann ich Ihnen helfen?

TOM: Nun … (*Zögert*) … Sehen Sie, es ist folgendermaßen: Ich bin mir ziemlich sicher, dass ein Mädchen aus der Gegend den Wettbewerb gewinnen wird. Ich meine, wenn es nicht so wäre, dann …

GAIL: (*Imitiert Alderman Love*) … dann gäbe es

einen Mordswirbel!

TOM: Und da es so sein wird, kann es nur Betty Reeves werden. Das ist so sicher, wie ich Tom Love heiße. Es gibt kein Mädchen in der Gegend, das es mit ihr aufnehmen kann. Es sei denn natürlich …

GAIL: Es sei denn natürlich – was?

TOM: Es sei denn, Sie beschließen, an dem Wettbewerb teilzunehmen, Miss Howard.

GAIL: (*Lacht*) Was denn? Ich hätte doch keine Chance …

TOM: Seien Sie nicht so albern! Warum glauben Sie, arbeiten sie für den Alten? Niemand hat einen besseren Blick für Schönheit als Alderman Love.

GAIL: Aber … Aber ich bin doch kein Mädchen von hier …

TOM: Jeder sieht Sie als Einheimische an … Ich meine … Sie leben hier … Sie sind beliebt … Sowohl bei den Frauen als auch bei den Männern – ein Punkt, der nicht einmal von einem Chauvinisten bestritten werden kann.

GAIL: (*Lacht*) Ja, aber … Tom … Ich – ich kann nicht am Wettbewerb teilnehmen. Ich meine … Was würde Ihr Vater sagen?

TOM: Spielt es denn eine Rolle, was Papa sagt? Haben Sie vor, Ihr ganzes Leben hier zu bleiben … in Northsea …?

GAIL: Gütiger Himmel, nein!

TOM: Ist das dann nicht die Chance, auf die Sie gewartet haben? Ich sage Ihnen: Wenn ich ein junges Mädchen wäre, würde ich nicht zweimal darüber nachdenken. (*Verwirrt*) Was ist los? Wovor haben Sie Angst? Wollen Sie nicht nach Hollywood gehen?

GAIL: Doch … Ja, natürlich will ich das – aber ich bin nicht gerade begeistert von der

	Vorstellung, in einem Sarong am Swimmingpool auf und ab zu stolzieren.
TOM:	Die Parade hoch und runter ist abgesagt! Man muss nur einmal um den Pool laufen, dann ist alles vorbei.

Eine kleine Pause.

GAIL:	(*Nachdenklich*) Wer wird in der Jury sitzen?
TOM:	Ein Kerl namens Julius Markton – oder heißt er Markham? ... Ich weiß es nicht. Jedenfalls ist er einer der großen Tiere in Hollywood, zumindest sagt Betty das.
GAIL:	Dann ist dieses Hollywood-Angebot ... absolut ... echt? Es gibt keinen Haken dabei?
TOM:	Welcher Haken denn? Natürlich ist da kein Haken! Erster Preis: zweihundert Pfund, eine kostenlose Reise nach Hollywood und ein sechsmonatiger Vertrag mit den H.G.T.-Studios. (*Sorgenvoll*) Also, was sagen Sie, Miss Howard, wollen Sie es versuchen?
GAIL:	Es ist doch gar nicht gesagt, dass ich gewinnen würde, selbst wenn ich es versuchte.
TOM:	Natürlich würden Sie gewinnen! Und wenn nicht, dann würde Betty bestimmt nicht gewinnen ... und das ist alles, worüber ich mir Sorgen mache. (*Leicht angespannt*) Was sagen Sie also, Miss Howard? Na kommen Sie schon, seien Sie keine Spielverderberin! Was sagen Sie?
GAIL:	(*Leise, leicht amüsiert*) Ich werde darüber nachdenken, Tom. Ich werde darüber nachdenken.
TOM:	(*Erfreut*) Gut!!! So gefällt mir das!

GAIL lacht.
Musik aufblenden.

76

Überblendung auf eine aufgeregte Kulisse begeisterter Zuschauer. Die Blaskapelle von Northsea spielt mit grenzenloser Begeisterung »The March of the Gladiators«.
Plötzlich brandet Beifall auf.

1. MANN: (*Mit Begeisterung*) Das ist das Mädchen!!!

Es gibt einen zweiten Ausbruch aus der Menge.

MARKHAM: (*Leise*) Ja! ... Ja, das ist das Mädchen.

2. MANN: (*Aufgeblasen*) Hm ... Wissen Sie, sie ist aber kein Mädchen von hier ...

MARKHAM: (*Gelangweilt*) Wen interessiert denn das? (*Erhebt seine Stimme*) Würden Sie bitte die junge Dame herholen?

1. MANN: (*Übereifrig*) Gewiss, Mr. Markham! Gewiss, Mr. Markham! (*Ruft durch ein Megafon*) Nummer vierundzwanzig ... hier entlang, bitte. Nummer vierundzwanzig!!!

Auf die Ankündigung folgt Beifall.
Die Kapelle spielt weiter.
Es gibt einen weiteren Beifallssturm.

MARKHAM: Guten Tag, junge Dame!

GAIL: Guten Tag.

1. MANN: Das ist – äh – Miss Howard ... Miss Gail Howard ... Mr. Julius Markham ...

MARKHAM: Sie wollen also nach Hollywood gehen, Miss Howard?

GAIL: (*Schnippisch*) Das scheint mehr oder weniger die Idee zu sein, Mr. Markham.

MARKHAM: (*Amüsiert*) Okay, junge Dame! Sie sind auf dem Weg dorthin!

1. MANN: (*Durch das Megafon*) Die Gewinnerin des Northsea-Hollywood-Schönheitswettbewerbs ist ... Miss Gail Howard!!!

Aufblenden des Applauses.
Musik der Kapelle wird lauter.

Langsames Ausblenden. Überblendung zu einem privaten Telefongespräch.

MAISIE: (*Singsang*) H.G.T.-Studios ... Anruf für

	Mr. Hartington … Bleiben Sie bitte dran … H.G.T.-Studios … Anruf für Mr. Markham … Bleiben Sie bitte dran … Tut mir leid, Mr. Foster ist in Nebraska … Danke *Ihnen*, Mr. Hartington … H.G.T.-Studios … Anruf für Miss Charleston … Bleiben Sie bitte dran … Tut mir leid, Miss Holt, Mr. Foster ist in Nebraska … Bleiben Sie dran, Mr. Cheyne … Miss Freeman möchte Sie sprechen … Bitte sprechen Sie, Miss Freeman … H.G.T.-Studios … Anruf für Mr. Hartington? Tut mir leid, die Leitung ist besetzt.
GAIL:	(*Kleinlaut*) Ich … Ich bitte um Verzeihung, aber könnte ich bitte Mr. Markham sprechen?
MAISIE:	Haben Sie einen Termin?
GAIL:	Nun, ich denke, er wird mich empfangen … Mein Name ist Gail Howard, ich habe den Schönheitswettbewerb in Northsea gewonnen … letzten August.
MAISIE:	Wer hat das nicht? (*Freundlich*) Okay, Schwester … Immer mit der Ruhe … Ich werde mein Bestes tun … (*Plötzlich*) He, Sie haben Glück … Da kommt Markham!

Eine kurze Pause.

MARKHAM:	Ich erwarte einen Anruf von Lord Mountrose – wenn er nach halb eins anruft, bin ich im *Blue Stetson*.
MAISIE:	Jawohl, Sir.

Eine kleine Pause.

GAIL:	Mr. Markham?
MARKHAM:	Ja?
GAIL:	(*Freundlich*) Ich nehme an, Sie erinnern sich nicht an mich, Mr. Markham. Ich habe den Schönheitswettbewerb in Northsea gewonnen …
MARKHAM:	(*Abwesend*) Ich fürchte, Sie müssen mich

	entschuldigen … Ich habe um elf Uhr fünfzehn eine Vorstandssitzung. (*Dreht sich um*) Vergessen Sie nicht meine Nachricht an Lord Mountrose, Miss.
MAISIE:	Nein, Sir.
GAIL:	Mr. Markham, bitte!
MARKHAM:	(*Zögert*) Vielleicht möchten Sie mit meiner Sekretärin sprechen, Miss Rosenbloom?
GAIL:	(*Schließlich verärgert*) Ich habe schon mit Miss Rosenbloom gesprochen, Mr. Markham. Ich habe sehr viele Worte mit Miss Rosenbloom gewechselt … Ich hatte sogar lange und übermäßig eintönige Gespräche mit Miss Rosenbloom!
MARKHAM:	Sagen Sie, was ist denn das Problem?
GAIL:	Vor sechs Monaten habe ich den Schönheitswettbewerb in Northsea gewonnen und bin nach Hollywood gekommen. Ich kam nach Hollywood, um zu schauspielern, Mr. Markham, um …
MARKHAM:	(*Unterbricht GAIL*) Meine liebe, junge Dame, Sie sind nach Hollywood gekommen, weil die *H.G.T. Corporation* dachte, dass Sie in Hollywood viel, äh … verfügbarer wären als irgendwo sonst. Wisst ihr, was ihr Schönheitswettbewerb-Mädchen begreifen müsst, ist, dass ihr für uns … nur so wie Töpfe mit Marmelade seid.
GAIL:	Töpfe … mit … Marmelade!
MARKHAM:	Genau! Und es ist einfacher für uns, euch alle hier zu haben … im Regal … in Hollywood, als … sagen wir … in Texas, oder Nebraska, oder New Orleans, oder Detroit, oder New York, oder … Northsea! Keine Sorge, eines schönen Tages werden wir euch schon aus dem Regal nehmen …

MARKHAM geht.

Eine kleine Pause.

MAISIE: Ja, sie werden Sie aus dem Regal nehmen, Schwester – wenn Shirley Temple die Altersrente bezieht und Baby Sandy Großmutter ist.

GAIL: (*Fast zu sich selbst*) Nun … Ich muss etwas tun, sonst werde ich noch verrückt! Außerdem läuft mein Vertrag am Samstag aus … und ich bin fast pleite …

MAISIE: Fast pleite? Dann hören Sie zu. Es gibt da einen Typ namens Joe Francino, er betreibt eine Tankstelle mit Café, etwa hundert Meter hinter dem *Garten Allahs* – wenn es Ihnen nichts ausmacht, blaue Hosen und eine gelbe Baskenmütze zu tragen, gibt er Ihnen dreißig Dollar pro Woche.

GAIL: Aber wofür?

MAISIE: Sie bedienen die Kunden mit Essen, während Joe sie mit Benzin bedient – sagen Sie ihm einfach, dass Maisie Sie geschickt hat, dann weiß er schon Bescheid.

GAIL: Nun … Das ist sehr nett von Ihnen, Maisie.

MAISIE: Gern geschehen! Ich weiß, wie Sie sich fühlen, Kindchen! Wissen Sie, ich bin zufällig auch einer jener Marmeladentöpfe, von denen Markham gesprochen hat.

GAIL: (*Leise, überrascht*) Sie?

MAISIE: Ja … Ich war die Gewinnerin des Hollywood-Schönheitswettbewerbs in Bronxville – neunzehnhundertvierundzwanzig!

GAIL: (*Entsetzt*) Neunzehnhundertvierundzwanzig! Und … Sie haben sie nie aus dem Regal genommen!

MAISIE: Oh, doch! Sie haben mich zwar aus dem Regal genommen, aber ich habe mich als Niete entpuppt … (*Plötzlich, schnell*) H.G.T.-Studios … Anruf für Mr. Shale?

… Bleiben Sie bitte dran … H.G.T.-Studios … Anruf für Miss Charleston … Bleiben Sie bitte dran … (*Stimme langsam ausblenden*) Einen Moment, Miss Charleston … Miss Ross-Cooper möchte Sie sprechen … H.G.T.-Studios … Mr. Markham ist leider nicht zu sprechen … (*Stimme komplett ausblenden*)

Musik aufblenden.

Schnelles Ausblenden, die Stimme von JOE FRANCINO ertönt. Er ist ein Italo-Amerikaner, dick und freundlich.

JOE: Das machst du prima, Rosie! Du brauchst dir keine Sorgen zu machen, Joe ist sehr zufrieden mit dir!

GAIL: (*Freundlich, aber etwas müde*) Danke, Mr. Francino, aber … ich wünschte, Sie würden mich nicht Rosie nennen.

JOE: Aber ich mag dich … Ich mag dich wirklich sehr, und Rosie ist so ein schöner Name. Bitte! Bitte lass Joe dich Rosie nennen!

GAIL: Na gut, in Ordnung, Mr. Francino.

JOE: Oh, doch nicht Mr. Francino! Warum sagst du immer Mr. Francino? Joe … So nennen mich doch auch alle anderen … Warum nennst du mich nicht Joe?

GAIL: (*Eher skeptisch*) Ja, in Ordnung, Mr. Francino … ähm … Joe.

JOE: So ist's gut … Du machst Joe sehr glücklich … Das klingt toll, was? Joe und Rosie … Joe und Rosie … Das klingt wirklich gut!

Im Hintergrund ist eine Autohupe zu hören.

GAIL: (*Lacht*) Nun, wir dürfen die Kunden nicht warten lassen, Joe!

Die Hupe ertönt zum zweiten Mal.

JOE: Oh, der hat's immer so eilig! Nimm keine

	Rücksicht!
GAIL:	Aber er wartet schon seit fünf Minuten – und er hat nur eine Waffel bestellt!
JOE:	In Ordnung … in Ordnung … bring ihm die Waffel, aber sag ihm, dass Joe sehr verärgert ist.
GAIL:	(*Amüsiert*) Ja … Okay, Mr. Francino!

Langsames Aufblenden eines Autos. Der Motor ist im Leerlauf. JOCK REID, der Besitzer des Wagens, ist ein Schotte mittleren Alters.

JOCK:	Was soll das? Wieso dauert das so lange?
GAIL:	Tut mir leid, dass du warten musstest, Jock.
JOCK:	Hätte ich gewusst, dass das so lange dauert, hätte ich meine Post hierher nachsenden lassen!
GAIL:	So, bitte schön … nimm dir Sirup.
JOCK:	Was soll das denn? Soll dieses kleine Stück Teig etwa eine Waffel sein???
GAIL:	Iss es lieber, solange es noch heiß ist. Willst du eine Zeitung zum Lesen?
JOCK:	Nein. Nein, ich habe die Zeitungen gesehen, sie sind voll von dieser Peter-London-Sache … Ich habe die Schnauze voll davon!

Es gibt eine kleine Pause.

GAIL:	Was meinst du mit … diese Peter-London-Sache?
JOCK:	Der große Mr. Hartington ist auf der Suche nach einem Mann namens Peter London, der ein Buch mit dem Titel *Der moderne Pilger* geschrieben haben soll, aber niemand scheint ihn zu kennen.
GAIL:	Und was will Hartington von ihm?
JOCK:	Ich nehme an, er will die Filmrechte an dem Buch kaufen – ich weiß es nicht. Ich weiß nur eines: Es wird ein Höllenlärm darum gemacht.

GAIL:	Aber der Name Peter London könnte ein Pseudonym sein ... vielleicht wurde das Buch sogar von einer Frau geschrieben.
JOCK:	Oh, das ist nicht sehr wahrscheinlich! Wenn es eine Frau gewesen wäre, hätte sie von der Publicity profitiert, das steht außer Frage.
GAIL:	(*Leise*) ... Hätte sie von der Publicity profitiert? (*Nachdenklich*) Ja ... Ja, ich denke, das hätte sie ...

Es folgt eine Pause.

JOCK:	Worüber denkst du nach?
GAIL:	(*Plötzlich*) Hm? Oh ... Ach, über nichts! Möchtest du noch eine Waffel?
JOCK:	Ja, aber denk dran ... Ich möchte nicht übers Wochenende hierbleiben!
GAIL:	In Ordnung, Jock!

Aus dem Auto wird zu JOE übergeblendet. Er ist in der Küche beschäftigt. Als GAIL hereinkommt, singt er vor sich hin.

JOE:	Hallo, Rosie! Noch eine Waffel?
GAIL:	Ja.
JOE:	(*Lacht*) Ich dachte es mir schon ... Weißt du, dieser Mann ist sehr lustig, er bestellt immer eine Waffel, meint aber zwei ... vielleicht drei ... Irgendwann vielleicht ... (*Plötzlich*) Was ist los, Rosie? (*Erschrocken*) Ist dir vielleicht schlecht?
GAIL:	(*Leise*) Mr. Francino ... Als ich hierherkam, haben wir doch vereinbart, dass ich gehen kann, wann immer ich will – nicht wahr?
JOE:	Aber, natürlich! (*Verwirrt*) Aber – aber du willst doch nicht gehen ... nicht jetzt?
GAIL:	Doch ... Doch, es tut mir leid, Mr. Francino, aber ... ich möchte morgen gehen.

Es entsteht eine kleine Pause.

JOE:	(*Verbittert*) Es ist wegen dieses Filmbusiness! ... Es ist immer das Gleiche ... Die-

	ses Filmbusiness ... dieses dumme, billige, dreckige, gottverdammte Filmbusiness ...
GAIL:	Mr. Francino, bitte!
JOE:	(*Verletzt*) Hör auf mit diesem »Mr. Francino«-Zeug! Ich verstehe ... Ich verstehe ... Ihr Mädchen macht mich krank ... Immer denkt ihr, ihr werdet der große Star ... Aber immer seid ihr der hundertprozentige Flop! (*Nach einer kleinen Pause*) Oh, Rosie! Rosie, mein Mädchen, sei nicht so dumm! Du verstehst eines nicht ... Dein Name bedeutet nichts in diesem Filmgeschäft ... Du bist nur eine ... eine Nullnummer ...
GAIL:	(*Leise, entschlossen*) Ja, aber ich werde keine Nullnummer bleiben, Joe Francino ... Oh, nein! Ich werde ... Peter London sein ...
JOE:	(*Verwirrt*) Peter London ...?

Aufblenden der Musik. Durch die Musik merkt man, dass die Rückblende zu Ende ist.

Wir kehren von den Rückblendenszenen zurück. Die Musik ist zu Ende.
Aufblenden von GAILS Stimme.

GAIL:	... Jetzt wissen Sie also, *warum* ich nach Hollywood gekommen bin, *wie* ich nach Hollywood gekommen bin und *weshalb* ich mich entschieden habe, Peter London zu sein.
PETER:	(*Amüsiert*) Und alles nur, weil Tom Love Betty Reeves heiraten wollte!
GAIL:	Ja. Aber leider hat er das nicht.
PETER:	Ach nein?
GAIL:	Nein. Sie hat seinen Vater geheiratet.
PETER lacht.	
PETER:	Möchten Sie noch etwas Kaffee?
GAIL:	Ja, ich ...

Ein Schuss ist zu hören.

GAIL: (*Plötzlich*) Was ist los?

PETER: (*Leise*) Haben Sie das gehört ...?

GAIL: Was?

PETER: (*Zögerlich*) Ich dachte, es klang für mich eher wie ... ein Revolverschuss.

Es entsteht eine Pause. Sie lauschen beide.

GAIL: Nein. Das muss ein Auto gewesen sein.

PETER: (*Nachdenklich*) Ja ... Ja, wahrscheinlich ... (*Nach einer kleinen Pause*) Nehmen Sie sich doch Milch ...

GAIL: Danke ... (*Strahlt*) Nun, nachdem ich Ihnen mehr oder weniger ausführlich meine Lebensgeschichte erzählt habe, denke ich, dass ein paar persönliche Erinnerungen Ihrerseits nicht ganz unangebracht wären.

PETER: Das habe ich schon befürchtet! Nun ... Was möchten Sie wissen?

GAIL: Sind sie ... verheiratet?

PETER: Nein.

GAIL: Verlobt?

PETER: Nein. (*Als Nachsatz*) Ich war einmal in eine Lehrerin verliebt ...

GAIL: Ich verstehe ...

PETER: Keine ... sehr gute Lehrerin ... natürlich.

GAIL: (*Amüsiert*) Natürlich. Sagen Sie, wann schrieben Sie eigentlich ...

Es klopft an der Tür.

GAIL hört auf zu sprechen.

PETER: (*Leise*) Hören Sie mal!

Es klopft erneut an der Tür.

GAIL: (*Angespannt*) Da ist jemand an der Tür!

Es gibt ein drittes Klopfen.

Es folgt eine Pause.

Ein viertes Klopfen ist zu hören. Es ist sehr schwach. Dann hört man ein weiteres.

PETER: Ja ...

GAIL:	(*Neugierig*) Wer kann das sein? Jedenfalls ist es nicht O'Hara ... Er würde sicherlich nicht zögern ...
PETER:	Nein! Nein! Nein! Es kann nicht O'Hara sein ...

Das Klopfen ertönt erneut.

Von der Tür aus ist die Stimme von MARY BRAMPTON zu hören.

MARY:	(*Off*) Mike ... Mike ... Öffne ... die ... Tür ...

MARY ist offensichtlich kurz vor einem Zusammenbruch.

GAIL:	(*Erstaunt*) Es ist eine Frau!
PETER:	Ja!

Die Tür wird aufgestoßen und MARY BRAMPTON stürzt in den Raum.

GAIL:	Sie wurde ... erschossen! Sehen Sie doch!
PETER:	(*Grimmig*) Ja ... Helfen Sie mir, sie auf das Sofa zu legen ... Schnell!
GAIL:	Wer ... Wer ist das?
PETER:	Es ist die Frau, von der ich Ihnen erzählt habe ... Mary Brampton ... Sie arbeitet für Markham.
GAIL:	Wir sollten besser einen Arzt holen, oder? Ich meine ...
PETER:	Pst! Moment! Sie versucht, etwas zu sagen!

Es folgt eine Pause.

MARY:	(*Schwach*) Ich ... Ich ... Ich weiß, wer ... Mr. Hartington getötet hat, es ... es ...
PETER:	(*Angespannt*) Ja ... Wer?
MARY:	Es war ... Es ... war ... (*MARYS Stimme versagt*)
GAIL:	(*Erschrocken und verängstigt*) Oh! Sie ist ... Sie ist tot ...
PETER:	(*Leise*) Ja ...

Musik aufblenden.

Musik ausblenden, Aufblenden der Stimme von CAMPBELL MANSFIELD.

MANSFIELD: (*Verwirrt*) Aber ... Aber wie außerge-wöhnlich merkwürdig! Ich meine ... äh ... was ist dann passiert, haben sie beschlos-sen, ...

SHALE: Nun, nachdem sie festgestellt hatten, dass Mary Brampton offensichtlich ermordet worden war, beschloss Peter, dass ... (*Plötzlich*) Meine Güte! Geht diese Uhr da richtig?

MANSFIELD: Hä? Doch, ja. Sie geht ungefähr richtig!

SHALE: Mensch, ich hatte ja keine Ahnung, dass es schon so spät ist! Jetzt sollte ich mich aber besser beeilen. Ich habe um neun Uhr ei-nen Termin in der Innenstadt.

MANSFIELD: (*Aufgeregt, gespannt*) Ja ... Ja ... Aber ... Aber was ist dann passiert? Hören Sie ... Sie können die Geschichte doch nicht ein-fach so stehen lassen ... Ich meine, das ist doch ...

SHALE: (*Kichert*) Was ist, wenn wir uns nächste Woche wieder hier treffen?

MANSFIELD: Ja ... Ja, natürlich! Auf jeden Fall!

SHALE: Zur gleichen Zeit?

MANSFIELD: Ja ... Ja, natürlich! Auf jeden Fall! (*Mit einem amüsierten, aber verwirrten Ki-chern*) Das will ich doch hoffen.

Die Kuckucksuhr verkündet die Zeit.

Kuckuck! Kuckuck! Kuckuck! Kuckuck! Kuckuck! Kuckuck! Kuckuck! Kuckuck! Kuckuck!

ENDE DER DRITTEN EPISODE.

Episode 4
Der zweite Tod

Aufblenden, man hört die Kuckucksuhr in der Bar achtmal schlagen.

Kuckuck! Kuckuck! Kuckuck! Kuckuck!
Kuckuck! Kuckuck! Kuckuck! Kuckuck!

Eine zweite Uhr schlägt die volle Stunde.
DALLAS SHALE kommt herein. Er ist schon wieder leicht außer Atem.

SHALE: Hallo ... Hallo, Sie! Bin ich ... bin ich zu spät!

MANSFIELD: (*Lacht*) Nicht später als sonst! Ich habe schon einen Highball bestellt.

SHALE: Oh, prima! (*Nimmt den Drink*) Prost!

MANSFIELD: Zum Wohl!

SHALE: (*Nach dem Trinken*) Mal sehen ... Wo bin ich stehen geblieben? ... Mit der Geschichte, meine ich?

MANSFIELD: Nun, Sie haben mir erzählt, dass Oliver Hartington ... (*Mit einem Lachen*) ... mit anderen Worten der Zar von Hollywood ... sich bemüht hat, einen jungen Romanautor namens Peter London zu finden, weil er – also Hartington – die Filmrechte an Peter Londons Roman *Der moderne Pilger* kaufen wollte.

SHALE: Richtig. Und eines Abends, nachdem Hartington ins Restaurant *Blue Stetson* gefahren war, erschien ein junges Mädchen namens Gail Howard im Studio und ...

MANSFIELD: ... sagte, dass sie Peter London sei.

SHALE: Richtig! Wie auch immer, wir ... das heißt Julius Markham, der Regisseur ... Louis

88

Cheyne, der Autor ... Margaret Freeman, die Schauspielerin ... und Doris Charleston – Hartingtons Sekretärin – sind alle zum *Blue Stetson* geeilt. Als wir im Restaurant ankamen, war Hartington bereits ermordet worden und Inspektor O'Hara hatte die Ermittlungen aufgenommen. Ein ziemlich aufbrausender kleiner Mann, aber er fand sehr bald heraus, dass der Kellner, der Hartington bediente, behauptete, kein anderer als Peter London zu sein. In diesem Moment legte ich ein Telegramm für Mr. Hartington vor ... das gerade eingetroffen war ... und zu unserer Überraschung stand darin, dass Peter London ...

MANSFIELD: ... am Donnerstag mit dem Flugzeug aus Indianapolis um 14.30 Uhr ankommen würde.

SHALE: (*Lacht*) Ja! An diesem Punkt verlor O'Hara die Beherrschung und ließ Peter London – den Kellner – und Gail Howard zum Polizeipräsidium bringen. Sie konnten jedoch entkommen und gelangten schließlich in ein Apartmenthaus in der Lea Brea Avenue. Während sie vor dem Kamin saßen und Kaffee tranken, wurden sie unterbrochen von ...

DALLAS SHALES Stimme wird ausgeblendet.

Überblendung auf das Klopfen an der Tür des Wohnhauses.

PETER: (*Leise*) Hören Sie mal!

Es klopft erneut an der Tür.

GAIL: (*Angespannt*) Da ist jemand an der Tür!

Es gibt ein drittes Klopfen.

Es folgt eine Pause.

Ein viertes Klopfen ist zu hören. Es ist sehr schwach. Dann hört man ein weiteres.

PETER: Ja ...

GAIL: (*Neugierig*) Wer kann das sein? Jedenfalls
               ist es nicht O'Hara ... Er würde sicherlich
               nicht zögern ...

PETER: Nein! Nein! Nein! Es kann nicht O'Hara
               sein ...

Das Klopfen ertönt erneut.
Von der Tür aus ist die Stimme von MARY BRAMPTON zu hö-
ren.

MARY: (*Off*) Mike ... Mike ... Öffne ... die ...
               Tür ...

MARY ist offensichtlich kurz vor einem Zusammenbruch.

GAIL: (*Erstaunt*) Es ist eine Frau!

PETER: Ja!

Die Tür wird aufgestoßen und MARY BRAMPTON stürzt in den
Raum.

GAIL: Sie wurde ... erschossen! Sehen Sie doch!

PETER: (*Grimmig*) Ja ... Helfen Sie mir, sie auf
               das Sofa zu legen ... Schnell!

GAIL: Wer ... Wer ist das?

PETER: Es ist die Frau, von der ich Ihnen erzählt
               habe ... Mary Brampton ... Sie arbeitet für
               Markham.

GAIL: Wir sollten besser einen Arzt holen, oder?
               Ich meine ...

PETER: Pst! Moment! Sie versucht, etwas zu sa-
               gen!

Es folgt eine Pause.

MARY: (*Schwach*) Ich ... Ich ... Ich weiß, wer ...
               Mr. Hartington getötet hat, es ... es ...

PETER: (*Angespannt*) Ja ... Wer?

MARY: Es war ... Es ... war ... (*MARYS Stimme*
               versagt)

GAIL: (*Erschrocken und verängstigt*) Oh! Sie ist
               ... Sie ist tot ...

PETER: (*Leise*) Ja ...

Es entsteht eine kleine Pause.

GAIL: (*Leise, verzweifelt und ängstlich*) Was ...
               Was sollen wir nur tun?

PETER:	Jetzt können wir nur noch eines tun ... Wir müssen uns stellen und O'Hara holen.
GAIL:	(*Erschrocken*) O'Hara! Aber verstehen Sie denn nicht? Wenn er denkt, dass einer von uns Hartington getötet hat, dann wird er zwangsläufig denken, dass ... wir ... dass wir auch das hier getan haben ...
PETER:	Ja. (*Plötzlich*) Oh, mein Gott, was waren wir für Narren! Was für verdammte Narren!
GAIL:	Wie meinen Sie das?
PETER:	Wir hätten niemals abhauen sollen! Ich glaube nicht, dass O'Hara auch nur einen Moment lang dachte, wir hätten Hartington ermordet, also ...
GAIL:	Warum ließ er uns dann zum Polizeipräsidium bringen?
PETER:	Weil Sie gesagt haben, dass Sie Peter London sind – und weil ich gesagt habe, dass ich Peter London bin ... und wegen dieses verflixten Telegramms.
GAIL:	(*Leise*) Ja ... Ja, wahrscheinlich,
PETER:	Es tut mir leid. Diese Sache ist ganz allein meine Schuld, Sie wären nie ...
GAIL:	Bitte! Bitte, seien Sie nicht albern! (*Mit einem kleinen Lachen*) Wir stecken in der Klemme ... und wir müssen da wieder raus ... Das ist alles!
PETER:	(*Nachdenklich*) Ja ... Ja, aber ich weiß im Moment noch nicht ganz, wie wir da rauskommen sollen.
GAIL:	Glauben Sie, dass diese Frau wusste, was sie sagte ... Über Hartington, meine ich?
PETER:	Ja, sie wusste ganz genau, was sie sagte ... Das arme Kind ...
GAIL:	Und Sie glauben, dass sie deshalb ermordet wurde?
PETER:	Weil sie über die Sache mit Hartington

	Bescheid wusste? Ja … Ja, ich bin mir da fast sicher! (*Plötzlich, fast einen Entschluss*) Wissen Sie, in dieser Angelegenheit können wir nur eines tun – wir müssen O'Hara holen lassen und die Sache aus der Welt schaffen. Wenn wir das nicht tun, werden sich noch mehr Dinge aufhäufen – und ehe wir uns versehen, kommen wir da nicht mehr raus!
GAIL:	Ja. Ich habe keine Zweifel, dass Sie damit recht haben … Aber O'Hara macht mir ziemlich Angst …
PETER:	Das ist seine Methode, fürchte ich. (*Nachdenklich*) Er fuhr zurück zu den H.G.T.-Studios, nicht wahr … mit den Filmleuten?
GAIL:	Ja, aber das ist schon über eine Stunde her.
PETER:	(*Hebt einen Telefonhörer ab, rasch*) Wir werden es also zuerst dort versuchen. (*Ins Telefon*) Hallo? … Vermittlung … Könnten Sie mich bitte mit den H.G.T.-Studios verbinden? Nein, ich weiß die Nummer nicht und … Ja, es ist dringend … sehr dringend … Hm? … Oh, danke! (*Pause*) Hallo? (*Schnell*) H.G.T. …? Verbinden Sie mich mit Mr. Hartingtons Büro. Ja, ja, ich weiß alles darüber. Ich möchte mit Inspektor O'Hara sprechen. Ja, Inspektor O'Hara …

Szene ausblenden.

Aufblenden einer Schreibmaschine. Sie hält an, ein Stück Papier wird herausgezogen.

DORIS:	So, das wär's!
O'HARA:	Danke.
DORIS:	War das alles, was Sie wollen?
O'HARA:	Ja, das ist alles, was ich will, im Moment jedenfalls. (*Nachdenklich*) Hm … Das ist

	aber eine ziemlich beeindruckende Liste.
DORIS:	Tja, das sollte sie auch sein! Vergessen Sie nicht, dass sie die Namen von mehr oder weniger allen enthält, die in den letzten zwei Jahren in ständigem Kontakt mit Mr. Hartington standen. Sie können es in unseren Akten nachlesen, wenn Sie wollen.
O'HARA:	(*Überraschend freundlich*) Nein ... nein ... nein, ich vertraue Ihnen, Miss Charleston ... vorläufig. (*Liest die Liste durch*) He! Wer sind diese Leute da? Die, die Sie markiert haben?
DORIS:	Das sind die Leute, die Sie schon kennengelernt haben.
O'HARA:	Ach ja! Ja, natürlich. (*Liest*) Dallas Shale, Abteilung Drehbuch ... Oh, ja! Ja, ich erinnere mich an Mr. Shale ... Louis Cheyne ... Louis Cheyne ...? Ach, dieser Engländer ... Ja ... Julius Markham ... Ja ... Margaret Freeman, die Schauspielerin ... Ja ... Mary Brampton ... (*Verwundert*) Wer ist Mary Brampton? Ach, die kleine Sekretärin. Ich erinnere mich ... Ja ... Ja ... Doris Charleston. ... In der Tat eine ziemlich beeindruckende Liste, Miss Charleston ... (*Freundlich, sachlich*) Ach, übrigens, ich wollte Sie noch etwas fragen. Wie kamen diese Leute mit Hartington zurecht? Ich meine ... waren sie ... ihm gegenüber freundlich gesonnen?
DORIS:	(*Leicht amüsiert*) Es ging nie darum, wie sie gegenüber Mr. Hartington gesonnen waren – es ging immer darum, wie Mr. Hartington ihnen gegenüber gesonnen war.
O'HARA:	Ja. Das kann ich mir vorstellen. (*Nach einer kleinen Pause*) Sagen Sie mir, jetzt, wo Hartington tot ist, wer genau wird seinen Platz einnehmen?

DORIS:	Oh, Mr. Markham, würde ich sagen. Zumindest hatten wir immer den Eindruck, dass, wenn Hartington etwas zustößt, Mr. Markham übernehmen würde. Er ist ein ziemlich großer Aktionär in der H.G.T.- und M.O.M.-Unternehmensgruppe.
O'HARA:	Tatsächlich? Aha ... Was ist mit dem Engländer, diesem Cheyne?
DORIS:	Louis Cheyne? Ach, der spielt doch keine Rolle! Ich nehme an, er ist mehr oder weniger das, was man einen gut bezahlten Schreiberling nennen würde. (*Nach einer kurzen Pause*) Obwohl ich vermute, dass diese Hartington-Sache in gewisser Weise – was Louis betrifft – ein Glücksfall ist.
O'HARA:	Wie kommen Sie darauf?
DORIS:	Nun ... Wissen Sie, ich weiß zufällig, dass Mr. Hartington nicht die Absicht hatte, seinen Vertrag zu verlängern, wenn er nächsten Monat ausläuft.
O'HARA:	Wusste Cheyne das?
DORIS:	Nein. Nein ... Zumindest glaube ich das nicht.
O'HARA:	Hm. (*Plötzlich*) Wie kam Miss Freeman mit Hartington zurecht?
DORIS:	Oh ... Sehr gut. Mr. Markham hat eine sehr hohe Meinung von Miss Freemans Arbeit.
O'HARA:	Ja, vielleicht – aber ich spreche nicht von Markham, ich spreche von Mr. Hartington.
DORIS:	Ja, aber sehen Sie ... Mr. Hartington hat sich immer, mehr oder weniger, auf Mr. Markhams – äh – Ansichten verlassen ... Sagen wir es mal so? ... In Angelegenheiten, die mit – äh – Künstlern zu tun hatten.
O'HARA:	Verstehe. Und hat Miss Freeman ... (*Er wird durch das Öffnen der Tür unterbrochen. Leise, aber überrascht*) Hallo, Mr.

	Markham! Ich dachte, Sie wären mit den anderen gegangen?
MARKHAM:	(*Leicht nervös, aber er gewinnt die Kontrolle über sich*) Ja ... ja, das bin ich auch ..., aber ... ich bin zurückgekommen, weil ich mit Ihnen sprechen wollte. (*Leise*) Was ist los, Doris? Was starrst du denn so? (*Plötzlich: amüsiert*) Oh! Ach, dieser Ärmel! Ich bin gegen eines der Geländer gestoßen, die sie auf dem Set zu *Hamlet* streichen. Eine üble Sauerei, nicht wahr! Sieht aus, als hätte ich mich in Blut gesuhlt oder so!
O'HARA:	Weswegen wollten Sie mich sprechen?
MARKHAM:	Ach ja! Kennen Sie die Frau, die hierher kam, ... Gail Howard ..., die, die so getan hat, als wäre sie Peter London?
DORIS:	Ja.
O'HARA:	Ich weiß, wen Sie meinen.
MARKHAM:	Nun, wissen Sie, es ist verdammt lustig – vom ersten Moment an, als ich die Frau sah, wusste ich genau, dass ich sie schon einmal irgendwo gesehen hatte. Ich habe den ganzen Abend über versucht, sie einzuordnen – und dann, auf dem Heimweg, fiel mir plötzlich alles wieder ein. Ihr Name ist in Wirklichkeit Howard ... Gail Howard ... Sie hat einen Schönheitswettbewerb gewonnen vor ... ich glaube so etwa achtzehn Monaten ...
O'HARA:	(*Interessiert*) Sind Sie sich da sicher?
MARKHAM:	Ganz sicher! Tatsächlich hat sie mich eines Abends abgepasst und ...

MARKHAM stoppt, als das Telefon klingelt.

| DORIS: | (*Hebt den Hörer ab, ins Telefon*) Hallo? ... Ja ... Ja, er ist hier ... Wer spricht da, bitte? (*Erstaunt*) Was!!! (*Schnell*) Ja ... Ja, bleiben Sie in der Leitung! |

O'HARA:	Was ist?
MARKHAM:	Was ist los?
DORIS:	Es ist … Es ist Peter London … Der Kellner … Der, der entkommen ist …
O'HARA:	(*Sprachlos*) Was?!?
DORIS:	Er will mit Ihnen sprechen …
O'HARA:	(*Aufgeregt*) Geben Sie mir das Telefon!!! (*Er nimmt das Telefon und spricht in den Hörer*) Hallo!!! … Ja, hier ist O'Hara! … Jetzt hören Sie mal zu, Sie Schlaumeier! … Was zur Hölle sollte das? Einfach so abzu… (*Er zögert*) Was? (*Eine kleine Pause*) Ja … Ja … Ich höre … (*Eine Pause*) Okay … Wie heißt es? Sante … Was? … Sante Barbara … Lea Brea Avenue? … Ja … Sicher … Okay … Ja, sofort … (*Er legt den Hörer auf*)
MARKHAM:	(*Beunruhigt*) Was ist los?
DORIS:	Sante Barbara …? (*Plötzlich*) Meinten Sie das Apartmenthaus Sante Barbara … in der Lea Brea Avenue?
O'HARA:	Ja, warum?
DORIS:	Nun, seltsamerweise wohnt dort Mary Brampton, und … (*Es entsteht eine Pause*) … (*Langsam*) Es … ist … doch nichts passiert … mit Mary?
O'HARA:	(*Nach einer kurzen Pause*) Doch. … Sie wurde ermordet …
MARKHAM:	(*Leise, fassungslos*) Ermordet?
DORIS:	(*Schwach*) Oh, mein Gott!
O'HARA:	(*Plötzlich*) Passen Sie auf! Sie wird ohnmächtig!

Musik aufblenden.

Musik ausblenden. Aufblenden der Stimme von INSPEKTOR O'HARA.

O'HARA:	Ja … Ja … Erzählen Sie weiter … Was ist dann genau passiert?

PETER:	Nun …, dann haben wir beschlossen, das Einzige, was wir tun konnten, war, Sie anzurufen und reinen Tisch zu machen.
O'HARA:	Erwarten Sie etwa, dass ich Ihnen diese Geschichte glaube?
PETER:	Es ist zufällig die Wahrheit.
GAIL:	(*Plötzlich sehr verärgert*) Jetzt hören Sie mal zu, Inspektor! Wir sind auf Konfrontation gegangen! Ich weiß nicht, ob Sie den Eindruck haben, dass wir Mr. Hartington ermordet haben oder nicht, aber ich kann Ihnen …
O'HARA:	Immer mit der Ruhe, junge Dame! Immer mit der Ruhe! (*Er kichert*) Wissen Sie, das ist irgendwie lustig! Ich habe Sie beide sofort richtig eingeschätzt, als ich Sie gesehen habe. Ich wusste ganz genau, dass Sie nichts mit der Hartington-Sache zu tun haben.
PETER:	Aber warum haben Sie uns dann zum Polizeipräsidium bringen lassen?
O'HARA:	Weil Sie frech geworden sind! Ich mag keine aufmüpfigen Kinder …
PETER:	(*Ruhig*) Inspektor, wir sitzen in der Klemme … Es nützt nichts, wenn Sie so rumreden … Wenn Sie uns das Leben schwer machen wollen …
O'HARA:	Ich habe nicht den geringsten Wunsch, Ihnen das Leben schwer zu machen! Sie spielen mit mir Ball und ich spiele mit Ihnen Ball!
GAIL:	(*Freundlich*) Nun, wir haben Ihnen alles gesagt, was wir wissen … Mehr können wir nicht tun, Inspektor.
O'HARA:	Da gibt es aber immer noch ein paar Dinge, die ich klären möchte. Zum Beispiel, wenn Sie wirklich Peter London sind …
PETER:	Ich bin Peter London, Inspektor.

O'HARA:	Nun ... Wenn Sie wirklich Peter London sind, warum sind Sie dann nicht in den Studios aufgetaucht, als es das ganze Zeitungsgetöse gab?
PETER:	Aus zwei Gründen! Erstens, weil mich das Filmgeschäft nicht mehr interessiert – ich halte es für ein verrücktes, dummes Geschäft! Und zweitens, weil ... nun ja ... weil es sowieso keinen Sinn gemacht hätte.
O'HARA:	Inwiefern?
PETER:	Wissen Sie ... laut den Zeitungen wollte Hartington die Filmrechte an meinem Roman *Der moderne Pilger* kaufen.
O'HARA:	Ja ...
PETER:	Ich besitze die Filmrechte an *Der moderne Pilger* jedoch gar nicht. Ich habe alle Rechte abgegeben ... vor ... ähm neun oder zehn Jahren.
O'HARA:	An einen Mann namens Norman Roger Page?
PETER:	(*Überrascht*) Ja. Ja ... Woher wussten Sie das?
O'HARA:	Das ist jetzt nicht interessant. (*Plötzlich, wechselt das Thema*) Diese ... äh ... diese Wohnung hier gehört nicht Ihnen, oder?
PETER:	Nein. Das habe ich doch schon erklärt. Sie gehört einem Freund von mir, Mike Wendleford. Er gehört zum Kamerateam der Metro. Im Moment ist er gerade an einem Drehort ... Ich glaube in Mexiko, ich bin mir aber nicht sicher.
O'HARA:	Hat dieses Mädchen – Mary Brampton – Ihren Freund gekannt?
PETER:	Aber ja! Ja, natürlich ...
GAIL:	Das war fast das Erste, was wir hörten, als sie durch die Tür rief. Sie schrie: »Mike, ... Mike ... Öffne die Tür!« ... Stimmt's?

PETER:	Ja.
O'HARA:	Haben Sie den Schuss denn nicht gehört?
PETER:	(*Nachdenklich*) Doch ... Ich glaube schon ... Aber ich bin mir nicht sicher. Aber auch wenn, es hat dann eine ganze Weile gedauert, bis sie an die Tür geklopft hat.
O'HARA:	(*Leise*) Hm. (*Nach einer kleinen Pause*) Diese Wohnungen hier sind doch ziemlich teuer, oder?
PETER:	Das kann ich mir gut vorstellen ... Ja.
O'HARA:	Mary Bramptons Gehalt betrug etwas mehr als einhundertfünfzig Dollar im Monat ... Ich habe das im Büro nachgeprüft.
PETER:	Ich glaube, sie hatte private Mittel – zumindest hat Mike mir immer diesen Eindruck vermittelt.
O'HARA:	Wusste dieser Freund von Ihnen, dieser Mike ... ähm ...
PETER:	Wendleford.
O'HARA:	Mike Wendleford ... Wusste er, dass Sie Peter London sind – *der* Peter London, den Hartington suchte?
PETER:	Ja, aber er kannte meine Meinung über Filmleute – und er wusste auch, dass ich die Filmrechte an *Der moderne Pilger* abgegeben hatte.
O'HARA:	Verstehe. (*Nachdenklich*) Wissen Sie, was mich in dieser ganzen Sache wirklich neugierig macht, ist dieses Telegramm ... jenes, das Dallas Shale mir gegeben hat ... das, das für Hartington bestimmt war ... Sie erinnern sich doch daran? (*Liest*) »Soeben Nachricht vom Verlag erhalten. Ankunft Hollywood Flugzeug Donnerstag 14.30 Uhr. Peter London.« Nun, wenn Sie wirklich Peter London sind ... und regen Sie sich jetzt nicht auf, denn ich persönlich glaube, dass Sie es sind! ..., dann ... dann,

	wer zum Teufel hat es geschickt?
GAIL:	Nun, wir können leicht herausfinden, wer es geschickt hat, nicht wahr?
O'HARA:	Wie meinen Sie das?
PETER:	Was wollen Sie damit sagen?
GAIL:	Ich schlage einfach vor, dass wir uns auf dem Flughafen bei der Landung der 14-Uhr-30-Maschine aus Indianapolis treffen … am kommenden Donnerstag.

Musik aufblenden.

Musik langsam ausblenden.
Im Hintergrund sind allgemeines Geplapper und Restaurant-geräusche zu hören.

KELLNERIN:	Kann ich Ihnen noch etwas bringen?
O'HARA:	Möchten Sie einen Kaffee?
GAIL:	Peter …?
PETER:	Ja … Ja, ich glaube schon.
O'HARA:	Okay … Kaffee für zwei, Miss. (*Plötzlich*) Ach … Übrigens ... wissen Sie zufällig, wo das Büro von Mr. Regan ist?
KELLNERIN:	Mr. Regan?
O'HARA:	Von der Passagierkontrollstelle.
KELLNERIN:	Ach … Ja, ich kenne den Mann, den Sie meinen. Sie finden sein Büro nach der Haupteingangshalle … Ich glaube, es ist auf der linken Seite.
O'HARA:	Okay, danke. (*Zu PETER und GAIL*) Wir treffen uns dann unten, in etwa fünf Minuten.
PETER:	Wie spät ist es jetzt?
O'HARA:	Es ist fast zwanzig nach, aber ich glaube, das Flugzeug hat Verspätung. Warten Sie auf mich neben der Kontrollstelle … Sie wissen schon, was ich meine … Dort, wo die Leute das Ticket kontrollieren.
PETER:	Ja, in Ordnung …
O'HARA:	Bis später, ihr beiden!

Abblenden der Restaurantgeräusche.

Aufblenden von Geräuschen, die zur Haupteingangshalle gehören. Draußen, im Freien, hört man mehrere Flugzeugmotoren.

Es klopft, dann wird eine Tür geöffnet und geschlossen. Die Hintergrundgeräusche verstummen.

REGAN:	(*Überrascht*) Wer sind Sie?
O'HARA:	Distriktinspektor O'Hara. … Mr. Regan?
REGAN:	Ja?
O'HARA:	Ich möchte eine Liste aller Passagiere, die mit der Maschine um 14.30 Uhr aus Indianapolis ankommen.
REGAN:	Ähm … Ja. Ja, natürlich, Inspektor … Nehmen Sie Platz … (*Blättert in den Papieren auf seinem Schreibtisch*) Mal sehen … 14.30 Uhr aus Indianapolis … Das ist vielleicht ein … Ah, da haben wir's ja! Suchen Sie jemand Bestimmtes?
O'HARA:	Warum fragen Sie?
REGAN:	(*Leicht amüsiert*) Nun, es ist … Es ist eine merkwürdige Liste, soweit ich sehen kann.
O'HARA:	Was meinen Sie mit »merkwürdig«?
REGAN:	Tja, alle Passagiere sind Mädchen … vielleicht sollte ich besser junge Damen sagen … Es gibt keinen einzigen Mann an Bord!
O'HARA:	(*Verwirrt*) Sind … sind Sie sicher?
REGAN:	Ganz sicher!
O'HARA:	Gehören die Mädchen alle zusammen, ich meine …
REGAN:	Ja … Ja … Sie nennen sich *The Manhattan Follies* … Hier ist die Liste … Miss Lea … Miss Thompson … Miss Forty … Miss Harper … Miss London … Miss Crouch … Miss …
O'HARA:	Sagten Sie … Miss London?
REGAN:	Ähm … ja … Ja, das ist richtig.
O'HARA:	(*Springt auf*) Okay, Mr. Regan! Okay!!!

	Und vielen Dank.
REGAN:	Gern geschehen …

Die Tür wird geöffnet.
Überblendung auf die Geräusche in der Haupteingangshalle.
Geräusche aufblenden.
Ein Flugzeug ist zu hören.

GAIL:	Da kommt der Inspektor …
O'HARA:	(*Leicht außer Atem*) Hallo! Ist … Ist das das Flugzeug …?
PETER:	Ja. (*Nach einer kleinen Pause*) Sie scheinen ziemlich aufgeregt zu sein, haben Sie etwas herausgefunden?
O'HARA:	Hm … Hm … Es macht sich bereit zur Landung, nicht wahr?
GAIL:	Sieht so aus …

Es folgt eine Pause.
Das Flugzeug kommt näher, der Lärm des Motors wird lauter. Bei der Landung des Flugzeugs wird das Motorengeräusch lauter und dann allmählich leiser, bis es schließlich verstummt.

Aufblenden einer großen Anzahl aufgeregter und offensichtlich höchst amüsierter junger Damen, die sich auf den Weg zur Kontrolle machen.

O'HARA:	(*Erhebt seine Stimme*) Würden alle jungen Damen bitte hierherkommen, vielen Dank!
1. MÄDCHEN:	Was ist los?
2. MÄDCHEN:	Wer ist dieser Kerl?
3. MÄDCHEN:	Egal! Er ist groß, dunkel und gutaussehend!
O'HARA:	Wer von Ihnen ist … Miss London?
1. MÄDCHEN:	Soll das ein Scherz sein?
2. MÄDCHEN:	Hören Sie mal, Bruder, Sie haben ein nettes, freundliches Gesicht, aber wir sind nicht in der Stimmung für Spaß und Spielereien …
O'HARA:	Mein Name ist Inspektor Hara … Und ich möchte Miss London sprechen!

1. MÄDCHEN:	Na und?
2. MÄDCHEN:	Sehen Sie mich nicht an, Clark Gable … Ich bin Rita Thompson …
O'HARA:	(*Verärgert*) Wer von euch jungen Damen ist Miss London?
1. MÄDCHEN:	Wir haben noch nie von der Dame gehört!
O'HARA:	(*Verärgert*) Jetzt hört mal zu! Ich bin nicht in der Stimmung für so ein Theater. Wenn die entsprechende Dame nicht vortritt, dann …
1. MÄDCHEN:	(*Irritiert*) Wie kann sie vortreten, Dusselchen! Wir wissen doch nicht einmal, wer sie ist …
O'HARA:	Ich habe … Ich habe verdammt gute Lust, euch ins Polizeipräsidium zu bringen … den ganzen verdammten Haufen!!!

Die Mädchen lachen.

O'HARA:	(*Wütend*) Wie heißen Sie?
2. MÄDCHEN:	Mickey Mouse.
O'HARA:	Ach! Sie wollen also witzig sein, ja?
1. MÄDCHEN:	(*Zur Seite*) Er begreift schnell …
2. MÄDCHEN:	(*Spielt sich auf*) Tja, das muss man dem Kerl lassen!
O'HARA:	(*Atemlos vor Verzweiflung*) Hört mal … Hört mal zu … Ich bin normalerweise ein sehr geduldiger Typ, aber …
1. MÄDCHEN:	Und hübsch ist er auch.

Es gibt ein allgemeines Lachen.

O'HARA:	(*Völlig erschöpft*) Oh … oh, mein Gott!

REGAN kommt plötzlich.

REGAN:	(*Entschuldigend*) Hören Sie, Inspektor, es tut mir so furchtbar leid …, aber meine Sekretärin hat sich bei zwei Namen auf der Passagierliste aus Indiana vertan. Offenbar wurde die Liste telefonisch durchgegeben, und die Verbindung war schlecht, und … Jedenfalls, statt Crouch sollte es Grange heißen …

1. MÄDCHEN:	Das bin ich, Bruder … Tessa Grange …
REGAN:	Und anstelle von London sollte es Logan heißen …
2. MÄDCHEN:	Für Sie »Fifi«, Inspektor!
REGAN:	Es … tut mir … furchtbar leid, aber … (*Mit einem kleinen Lachen*) … solche Sachen passieren einfach …
O'HARA:	(*Energielos*) Denken Sie sich nichts dabei.

Musik aufblenden.

Musik ausblenden.
Aufblenden der Stimme von CAMPBELL MANSFIELD.

MANSFIELD:	(*Erstaunt*) Nun, diese Geschichte ist wirklich preisverdächtig! Wollen Sie damit also sagen, dass niemand am Flughafen aufgetaucht ist? …. Das heißt, niemand, der behauptet hat, Peter London zu sein?
SHALE:	(*Amüsiert*) Niemand, der behauptet, Peter London zu sein.
MANSFIELD:	Wer um alles in der Welt hat dann dieses Telegramm geschickt?
SHALE:	(*Lacht*) Macht es Ihnen etwas aus, wenn ich noch einen Highball bestelle?
MANSFIELD:	Nein, nur zu!
SHALE:	Das Gleiche noch mal, Charlie! (*Nach einer kleinen Pause*) Also, was wollte ich gerade …? Ach! … Das Telegramm … Ja … Ja … Das Telegramm … Nun, das Telegramm, das für Hartington ankam und auf dem »Ankunft Hollywood Flugzeug Donnerstag 14.30 Uhr. Peter London« stand, wurde von einem Mann namens Leo Bartlett geschickt.
MANSFIELD:	Leo Bartlett? Wer in aller Welt ist denn Leo Bartlett?
SHANE:	Der Exmann von Margaret Freeman.
MANSFIELD:	Der Exmann von Margaret Freeman?
SHALE:	Ja! Während O'Hara, Peter London und

Gail Howard am Flughafen waren, fuhr Margaret hinunter zum Bahnhof ... Dort traf um 14.45 Uhr ein Zug ein ... aus Indianapolis.

Musik aufblenden.

Schnelle Überblendung auf das Geräusch eines Autos. Das Auto kommt zum Stillstand. Der Motor wird abgestellt, die Autotür schlägt zu.

Aufblenden Hintergrundgeräusche eines stark frequentierten Bahnsteigs.
Der Zug fährt in den Bahnhof ein. Viele Menschen betreten den Bahnsteig.

Eine Pause.
LEO BARTLETT trifft MARGARET FREEMAN. Er ist ein höflicher, äußerst selbstbewusster Engländer.

LEO: Margaret, meine Liebe! Das ist ganz entzückend ... Wie schön, dich wiederzusehen! Du siehst sehr süß aus, meine Liebe!

MARGARET: Leo ... Kannst du deine Sachen hierlassen, auf dem Bahnhof? Ich möchte mit dir sprechen, bevor du irgendwelche Verabredungen triffst.

LEO: Aber ja ... Natürlich! Hast du das Auto da?

MARGARET: Ja ... Es steht draußen auf der Straße.

LEO: Dann treffen wir uns am Auto in ... sagen wir ... etwa fünf Minuten?

MARGARET: (*Ruhig*) Ja ... In Ordnung, Leo. Es ist ein blauer Cadillac ... (*Nach einer kleinen Pause*) Warum lächelst du?

LEO: Lächle ich denn? Dann muss es daran liegen, dass ich nicht erwartet habe, dass du in einem blauen Cadillac kommst. (*Geht weg*) Fünf Minuten, Margaret!

Abblenden der Bahnhofsgeräusche.
Die Autotür wird geöffnet.

MARGARET:	(*Überrascht*) Du warst aber schnell!
LEO:	Ich hatte nie viele Tugenden, nicht wahr? Aber Pünktlichkeit war immer eine davon.
MARGARET:	Leo …
LEO:	Ja, meine Liebe?
MARGARET:	Ich möchte, dass du zurück nach Indianapolis fährst.
LEO:	(*Nach einer kleinen Pause*) Hast du mich deshalb gebeten, meine Sachen, auf dem Bahnhof zu lassen?
MARGARET:	Ja.
LEO:	Verzeih mir meine offensichtliche Neugier, Margaret – aber hast du mich nur aus Freude an einem dreiminütigen Gespräch kommen lassen, oder hattest du einen anderen Hintergedanken, den es jetzt nicht mehr gibt?
MARGARET:	Hast du meinen Brief bekommen?
LEO:	Ach, ja! Ja … der Brief! Ich hatte den Brief ganz vergessen. Sag mir: Warum wolltest du, dass ich mich als dieser Schriftsteller ausgeben sollte … als Peter London? Oh, ich weiß, dass Hartington nach ihm gesucht hat. Es stand in allen Zeitungen von Timbuktu bis Tooting – aber warum sollte ich mich gerade für ihn ausgeben?
MARGARET:	Hartington hatte die Absicht – zumindest dachten wir das alle –, *Der moderne Pilger* zu verfilmen. Ich war für die Hauptrolle vorgesehen. Es konnte jedoch nichts in Angriff genommen werden, ehe Hartington nicht Peter London gefunden hatte. Ich war ziemlich verunsichert. Ich wusste, wenn sich die Dinge weiter hinziehen, könnte Hartington seine Meinung über mich als Hauptdarstellerin ändern … Deshalb dachte ich, es wäre vielleicht eine gu-

	te Idee, wenn … wenn du … dich ausgeben würdest als …
LEO:	Wenn ich mich als Peter London ausgeben würde? Verstehe. Nun, eines kann ich dir jedenfalls sagen, Margaret, der Erfolg scheint dich nicht deiner – ähm – Überzeugungskraft beraubt zu haben.
MARGARET:	(*Mit einem leichten Lachen*) Ja, nun, im Moment versuche ich, dich zu überreden, direkt nach Indianapolis zurückzufahren, Leo.
LEO:	Aber warum denn, meine Süße? Nur weil Hartington tot ist, heißt das nicht, dass …
MARGARET:	Ich glaube, du verstehst die Lage nicht ganz. Der *echte* Peter London ist hier – hier in Hollywood.
LEO:	Tatsächlich? Meine Güte, das ist ja interessant. Dann … Ähm … Was ist eigentlich passiert, nachdem mein Telegramm ankam?
MARGARET:	Es wurde direkt der Polizei übergeben. Sie überwachen gerade in dieser Minute den Flughafen. Deshalb habe ich dir telegrafiert, dass du mit dem Zug kommen sollst.
LEO:	Oh. Oh … Ich fange an, zu verstehen. Übrigens, ich nehme an, unser lieber Julius nimmt Hartingtons Platz ein?
MARGARET:	Ja.
LEO:	Ah! Dann kann ich gut verstehen, dass es für mich keine Notwendigkeit gibt, in Hollywood zu bleiben.
MARGARET:	Wie meinst du das?
LEO:	Jetzt, wo der liebe Julius das Sagen hat, sind deine Sorgen doch sicher vorbei? Du kannst dich zurücklehnen – und das tut dir gut …
MARGARET:	Markham hatte schon immer eine sehr hohe Meinung von meiner Arbeit, das

kannst du mir nicht vorwerfen, Leo!

LEO: Dir etwas vorwerfen, Margaret? Meine Liebe, das wäre das Letzte, was ich tun würde.

Es entsteht eine kleine Pause.

MARGARET: Um 16.45 Uhr gibt es einen Zug, der nach Indianapolis zurückfährt. Ich hoffe, dass …

LEO: Ich hoffe, du glaubst nicht, dass ich ihn nehmen werde, denn ich habe nicht die geringste Absicht dazu … Zigarette, meine Liebe?

MARGARET: Dann wirst du also … in Hollywood bleiben?

LEO: Sagen wir: vorläufig.

MARGARET: (*Nach kurzem Zögern*) Leo, ich will nicht, dass du in Hollywood bleibst, ich will dich nicht einmal in Kalifornien haben … Wenn du zurück nach Indianapolis fährst, dann gebe ich dir fünftausend Dollar.

LEO: (*Ignoriert Margrets Äußerung vollkommen*) Zigarette?

MARGARET: Hast du gehört, was ich gesagt habe?

LEO: Ja … Ja, ich habe gehört, was du gesagt hast!

MARGARET: Wie lautet deine Antwort?

LEO: Meine Antwort, liebe Margaret, ist das, was du erwartest … Nein! Ich bin nach Hollywood gekommen, um dir einen Gefallen zu tun. Um jemanden zu spielen … um eine Rolle zu spielen, wenn du willst … jene von Peter London. Durch die Umstände, die sich inzwischen ergeben haben, ist das nicht mehr nötig. Aber ich habe nicht die geringste Absicht, nach Indianapolis zurückzukehren, nur weil du … mit den Fingern schnippst und mir fünftausend Dollar anbietest!

MARGARET:	Was willst du dann tun?
LEO:	Das habe ich dir bereits gesagt. Ich habe die Absicht, in Hollywood zu bleiben … vorläufig jedenfalls.

Es folgt eine Pause.

MARGARET:	(*Leise*) Du scheinst dir deiner Sache sehr sicher zu sein, Leo.
LEO:	Ich bin mir diesbezüglich auch sehr sicher, Margaret …
MARGARET:	Du hast etwas in petto, nicht wahr?

Es entsteht eine kleine Pause.
LEO ist sehr amüsiert.

MARGARET:	Warum … Warum lachst du?
LEO:	Ich lache, weil du mir fünftausend Dollar für die Rückkehr nach Indianapolis angeboten hast.
MARGARET:	Sind fünftausend Dollar denn ein Grund zum Lachen?
LEO:	Wenn du Informationen hast, die mindestens fünfundzwanzigtausend Dollar wert sind … dann ja!
MARGARET:	Was … Was meinst du?
LEO:	(*Freundlich*) Weißt du, Margaret … Ich weiß zufällig, wer Mr. Hartington getötet hat.

Musik aufblenden.

Langsames Ausblenden.
Die Stimme von DALLAS SHALE wird aufgeblendet.

SHALE:	… Als Margaret also merkte, dass Leo es absolut ernst meinte und nicht nur versuchte, etwas zu erfinden … (*Plötzlich*) Heiliger Bimbam! Geht … geht diese Uhr da richtig?
MANSFIELD:	Ich denke schon.
SHALE:	Die Zeit vergeht wie im Flug, wenn man eine gute Geschichte erzählt, was?
MANSFIELD:	Oh nein! Sie meinen doch nicht etwa …?

SHALE:	Leider, ich meine! Ich muss mich sputen!
MANSFIELD:	Aber … Aber Sie können das alles doch nicht einfach so stehen lassen!
SHALE:	Nächste Woche, mein Freund? Gleicher Ort? Gleiche Zeit?
MANSFIELD:	(*Enttäuscht*) In Ordnung …

Die Kuckucksuhr verkündet die Zeit.

Kuckuck! Kuckuck! Kuckuck! Kuckuck! Kuckuck! Kuckuck! Kuckuck! Kuckuck! Kuckuck!

ENDE DER VIERTEN EPISODE.

Episode 5

Das *Blue Stetson*

Aufblenden, man hört die Kuckucksuhr in der Bar achtmal schlagen.

Kuckuck! Kuckuck! Kuckuck! Kuckuck!
Kuckuck! Kuckuck! Kuckuck! Kuckuck!

Eine zweite Uhr schlägt die volle Stunde.

CAMPBELL MANSFIELD kommt herein. Er ist ziemlich außer Atem.

MANSFIELD:	Tut mir … Tut mir schrecklich leid … Ich hätte nie gedacht, dass …
SHALE:	(*Amüsiert*) Ist schon okay! Kann ich Sie auf einen Drink einladen?
MANSFIELD:	Nein! Nein! Nein! Die Runde geht auf mich … Bitte! Zwei … Zwei Highballs, Charlie.
SHALE:	Nun, wie gefällt Ihnen Hollywood, Mr. Mansfield?
MANSFIELD:	Oh, ich mag es schon … Aber es ist auch sehr gewöhnungsbedürftig.
SHALE:	Das kann man wohl sagen! Ah! Danke, Charlie!
MANSFIELD:	Danke. Nun … Prost!
SHALE:	Prost! (*Nach einer kurzen Pause*) Also, mal sehen, wie weit bin ich gekommen? … Mit der Geschichte, meine ich?
MANSFIELD:	Nun, Sie haben mir erzählt, dass Oliver Hartington … mit anderen Worten der Zar von Hollywood … sich bemüht hat, einen jungen Romanautor namens Peter London zu finden – und dass Hartington eines Abends auf mysteriöse Weise ermordet im

111

Restaurant *The Blue Stetson* aufgefunden wurde.

SHALE: Richtig! Nun, als wir ... das heißt Julius Markham, der Regisseur ... Louis Cheyne, der Autor ... Margaret Freeman, die Schauspielerin ... und Doris Charleston – Hartingtons Sekretärin – im Restaurant ankamen, stellten wir fest, dass Inspektor O'Hara die Untersuchung leitete. O'Hara fand sehr bald heraus, dass der Kellner, der Hartington bediente, behauptete, kein anderer als Peter London zu sein. In diesem Moment legte ich ein Telegramm für Mr. Hartington vor, das gerade eingetroffen war – und zu unserer Überraschung stand darin, dass Peter London ...

MANSFIELD: ... mit dem Flugzeug um 14.30 Uhr aus Indianapolis ankommen würde ... am darauffolgenden Donnerstag.

SHALE: Richtig! Aber am darauffolgenden Donnerstag, als Inspektor O'Hara, Peter London – der Kellner – und ein Mädchen namens Gail Howard am Flughafen eintrafen, kam niemand, der auf den Namen Peter London hörte, mit der Maschine um 14.30 Uhr aus Indianapolis an. In der Zwischenzeit kam jedoch Leo Bartlett – Margaret Freemans Exmann – am Bahnhof an. Leo war derjenige, der für das mysteriöse Telegramm verantwortlich war und auf Margarets Bitte hin ...

MANSFIELD: ... nach Hollywood kam, um sich als Peter London auszugeben!

SHALE: Ganz genau! Margaret hat jedoch aufgrund der Ereignisse ihre Meinung darüber geändert und bat Leo nun, nach Indianapolis zurückzukehren. Aber Leo war ein seltsamer und ziemlich selbstbewusster Mensch.

Er war der Meinung, dass er jetzt, da er nach Kalifornien zurückgekehrt war ...

Die Stimme von DALLAS SHALE wird ausgeblendet.

Überblendung zur Stimme von MARGARET FREEMAN.
MARGARET FREEMAN und LEO BARTLETT sitzen im Auto vor dem Bahnhof.

MARGARET: (*Leise*) Du scheinst dir deiner Sache sehr sicher zu sein, Leo.

LEO: Ich bin mir diesbezüglich auch sehr sicher, Margaret ...

MARGARET: Du hast etwas in petto, nicht wahr?

Es entsteht eine kleine Pause.
LEO ist sehr amüsiert.

MARGARET: Warum ... Warum lachst du?

LEO: Ich lache, weil du mir fünftausend Dollar für die Rückkehr nach Indiana angeboten hast.

MARGARET: Sind fünftausend Dollar denn ein Grund zum Lachen?

LEO: Wenn du Informationen hast, die mindestens fünfundzwanzigtausend Dollar wert sind ... dann ja!

MARGARET: Was ... Was meinst du?

LEO: (*Freundlich*) Weißt du, Margaret ... Ich weiß zufällig, wer Mr. Hartington getötet hat.

Es entsteht eine kleine Pause.

MARGARET: Du ... weißt ... wer ... Mr. Hartington ... getötet hat?

LEO: Ja.

MARGARET: Ist das dein Ernst?

LEO: Mein vollkommener Ernst.

MARGARET: (*Nach kurzem Zögern beginnt sie zu lachen*) Du bist ein außergewöhnlicher Mensch, Leo!

LEO: Ach, bin ich das, Margaret?

MARGARET: (*Immer noch scheinbar amüsiert*) Wie ...

	Wie kannst du wissen, wer Hartington ermordet hat? Aber ... (*Etwas beunruhigt*) ... Aber ... Als Hartington ermordet wurde, warst du doch in ... Indianapolis.
LEO:	Ja, aber selbst in Indianapolis kann man zwei und zwei zusammenzählen.
MARGARET:	(*Lacht*) Ich nehme an, du hast alles über den Mord in den Zeitungen gelesen und dir sofort eine ganz wunderbare Theorie zurechtgelegt!
LEO:	(*Völlig sachlich*) Weißt du, Margaret, ich hatte schon immer den Eindruck, dass du eine äußerst schlechte Schauspielerin bist – und jetzt bin ich vollkommen davon überzeugt. In den letzten dreißig Sekunden hast du versucht, mir klarzumachen, dass du einfach nicht glaubst, dass ich weiß, wer Hartington ermordet hat, und dass, selbst wenn ich es wüsste, es dir völlig gleichgültig wäre. Tatsächlich ist es dir gelungen, mich davon zu überzeugen, dass du fest davon überzeugt bist, dass ich weiß, wer Hartington ermordet hat, und dass du ... ähm ... deshalb höllisch beunruhigt bist.
MARGARET:	(*Nach einer Pause, verärgert*) Du hast dich nicht im Geringsten verändert, Leo! Du bist noch genauso dumm, genauso eingebildet, genauso egozentrisch wie du es immer warst!
LEO:	Danke, meine Liebe. (*Sanft*) Und du bist noch genauso süß ... genauso reizend wie immer ... (*Als Nachsatz*) ... aber natürlich eine Nuance intensiver, Margaret.
MARGARET:	(*Verärgert*) Jedes Mal, wenn wir uns treffen, frage ich mich wieder und wieder, warum ... warum ... um Himmels willen ... ich dich jemals geheiratet habe!

LEO:	Nun, ich will hoffen, dass du dir darauf eine zufriedenstellende Antwort geben kannst, denn eine einfachere Frage kann man dir nicht stellen. Du hast mich geheiratet, weil du im Grunde deines Herzens ein Snob bist und immer sein wirst. Mein Vater war der Herzog von Rainford, ein Angehöriger dessen, was wir in Ermangelung eines besseren Begriffs als Landadel bezeichnen würden. Obwohl es immer ein Rätsel für dich war, welches Land er besessen hat. Auf der anderen Seite ... dein Vater war ein Tuchhändler. Er lebte in einem kleinen und – wie man mir sagte – äußerst zugigen Laden am Rande von Detroit. Aber während dein Vater zweifellos ein extrem guter Tuchmacher war, war mein Vater ohne Frage ein extrem schlechter Herzog.
MARGARET:	(*Grimmig*) Leo, ich werde dir jetzt noch einmal das Angebot machen, das ich dir vor ein paar Minuten gemacht habe. Ich biete dir fünf...
LEO:	Verschwende deine Zeit nicht damit, meine Liebe. Und würdest du mich jetzt bitte entschuldigen? Ich möchte meine Sachen vom Bahnhof holen. (*Plötzlich*) Ach! Bevor ich es vergesse ... Ich möchte, dass du heute Abend mit mir im *Blue Stetson* zu Abend isst, Margaret.
MARGARET:	Tut mir leid, aber ich bin schon mit Julius zum Essen verabredet.
LEO:	Ich übernachte im *Garten Allahs*, also sagen wir, dass du mich dort so um halb zehn abholst!
MARGARET:	Ich habe dir doch gesagt, Leo, dass ich mit Julius Markham diniere!
LEO:	(*Freundlich*) Neun Uhr dreißig, Margaret

... im *Garten Allahs* ...

Szene ausblenden.

Aufblenden der Stimme von CAMPBELL MANSFIELD.

MANSFIELD:	(*Lacht*) Ein ganz schön dreistes Kerlchen! Obwohl, was ich eigentlich ... Oh! Noch einen Highball?
SHALE:	Nun ... ähm ... danke ... Warum nicht.
MANSFIELD:	Noch einen Highball für Mr. Shale! Was wollte ich gerade sagen? Ah ... Ich erinnere mich ... Was ich gerne wissen möchte, ist: Was passierte am Flughafen, als niemand auftauchte – das heißt, niemand, der vorgab, Peter London zu sein? (*Lacht*) O'Hara muss doch außer sich gewesen sein!
SHALE:	Zuerst, ja ... Aber ich glaube, er hat sich sehr schnell beruhigt. Dann fuhren die drei – O'Hara, Peter London und Gail Howard – offenbar zurück ins Restaurant. Beim Kaffee sprachen sie dann noch einmal über ...

Szene ausblenden.

Aufblenden der Stimme von O'HARA.

O'HARA:	(*Zur KELLNERIN*): Ja ... Ja, Kaffee für drei, Miss! (*Nachdenklich*) Wissen Sie, das Telegramm aus Indianapolis mag vielleicht gefälscht gewesen sein, aber es war kein Scherz – da bin ich mir ziemlich sicher. Jemand hatte vor, nach Hollywood zu kommen und sich als Peter London auszugeben – und dieser Jemand hat seine Pläne geändert. Aber warum?
GAIL:	Nun, die Antwort darauf ist ziemlich einfach, Inspektor, nicht wahr?
O'HARA:	Wie meinen Sie das?
GAIL:	Die betreffende Person änderte ihre Pläne

	aus dem guten Grund, dass sie herausfand, dass Peter London – der echte Peter London – hier in Hollywood ist.
O'HARA:	Hm … Vielleicht … Vielleicht.
PETER:	Wissen Sie, Inspektor, im Hinterkopf habe ich noch immer das Gefühl, dass Sie mich auch jetzt noch nicht wirklich für Peter London halten.
O'HARA:	Doch, doch, ich glaube Ihnen schon – wenn ich es nicht täte, dann wären Sie nicht hier, mein Junge, machen Sie sich da keine Illusionen. Aber es gibt immer noch ein paar Punkte, die mir nicht ganz klar sind.
PETER:	Welche zum Beispiel?
O'HARA:	Wie kommt der Autor eines Bestsellers wie *Der moderne Pilger* dazu, als einfacher Kellner in einem Restaurant zu arbeiten? Und erzählen Sie mir nicht die Geschichte von der Suche nach Lokalkolorit, sonst breche ich in Tränen aus!
PETER:	Ich dachte, ich hätte Ihnen das schon erklärt, Inspektor! Erstens ist *Der moderne Pilger* kein Bestseller und wird es auch nie werden. Hartington hat es so hochgelobt, weil es ihm gefiel und er die Filmrechte kaufen wollte. Aber ich hatte die Filmrechte bereits verkauft, eigentlich alle Rechte, für die Summe von fünfzig Pfund. (*Nach einer kleinen Pause*) Jedenfalls dachte ich, Sie wüssten das? (*Verblüfft*) Sie müssen es gewusst haben, denn … Sie erwähnten den Namen des Agenten, an den ich die Rechte verkauft hatte: Norman Roger Page.
GAIL:	Ja, ja, natürlich! Sie haben ihn erwähnt!
PETER:	(*Leise*) Wie haben Sie das mit Page herausgefunden?

117

O'HARA:	Das werde ich später erklären. Aber erst einmal: Sagen Sie mir, sind Sie ihm jemals begegnet?
PETER:	Page? Nein, ich bin ihm niemals begegnet. Er hat mir einfach einen Brief geschrieben und mir ein Angebot gemacht ... und ich habe einen Vertrag unterschrieben. Das ist alles, was es zu erzählen gibt.
GAIL:	War das vor der Sache mit Hartington?
PETER:	Gütiger Himmel, ja! Mal sehen, das war ungefähr sechs Monate nach der Veröffentlichung des Buches, und zwar ... Ach, ungefähr 1932, würde ich sagen.
O'HARA:	(*Leise*) Ja, August 1932. Ich fand die Vereinbarung in Hartingtons Schreibtisch.
PETER:	(*Erstaunt*) In Hartingtons Schreibtisch?
GAIL:	Soll das ein Scherz sein?
O'HARA:	Nein. Nein, ich meine es ganz ernst.
GAIL:	Aber ... Wenn Sie die Vereinbarung in Hartingtons Schreibtisch fanden, dann ... dann hatte er ja die Filmrechte an *Der moderne Pilger*.
O'HARA:	Ja.
GAIL:	Aber wenn Hartington die Filmrechte bereits erworben hatte, was sollte dann das ganze Zeitungstamtam?
PETER:	Ja! Was wollte er denn sonst noch?
O'HARA:	Er wollte Sie!
PETER:	Mich! (*Mit einem Lachen*) Ich fürchte, ich verstehe nicht ganz.
O'HARA:	Hartington war nach allem, was man hört, ein ziemlich ungestümer Typ – und als er Ihr Buch *Der moderne Pilger* las, fasste er offenbar den Entschluss, den Mann, der es geschrieben hatte, nach Hollywood zu holen und ihm die komplette Leitung der H.G.T.-Drehbuchabteilung zu übertragen. Natürlich wusste Hartington, dass dieser

Vorschlag auf einen gewissen Widerstand stoßen würde, also ließ er alle glauben, er sei lediglich an den Filmrechten des Romans interessiert und wolle sich nur mit Peter London treffen, um die – ähm – üblichen Details zu besprechen.

PETER: (*Erstaunt*) Sind Sie sich da sicher?

O'HARA: Oh, absolut!

GAIL: Aber das erklärt immer noch nicht die Vereinbarung – dass sie in Hartingtons Schreibtisch gefunden wurde, meine ich.

O'HARA: Nein.

PETER: Wie haben Sie von all dem erfahren, Inspektor?

O'HARA: Die Tatsache, dass Hartington Sie haben wollte und nicht die Rechte an dem Roman? Doris Charleston hat es mir erzählt.

GAIL: Wusste jemand von den anderen Filmleuten, was tatsächlich dahintersteckte?

O'HARA: Das glaube ich nicht. Ich bin mir sogar sicher, dass niemand es wusste. Sie schienen alle ziemlich aus dem Häuschen zu sein, als sie von Doris davon erfuhren. (*Plötzlich*) Warum fragen Sie?

GAIL: (*Nachdenklich*) Ich überlege gerade … Angenommen, jemand wusste, dass dieser Agent Norman Roger Page die Filmrechte an *Der moderne Pilger* hatte … und in dem Moment, in dem Hartington seine Werbekampagne startete, kaufte er den Vertrag von dem Agenten und versuchte dann, ihn mit Gewinn an Mr. Hartington zu verkaufen … nur um dann festzustellen, dass Hartington den Vertrag gar nicht wollte, sondern lediglich die Dienste des Autors. Das wäre eine ziemlich unangenehme Situation für den Betroffenen gewesen, nicht wahr? Vor allem, wenn er

	Norman Roger Page bereits eine beträchtliche Summe gezahlt hat.
O'HARA:	Ja … Ja. Das ist eine ziemlich gute Theorie.
GAIL:	Und das ist auch nicht alles. Angenommen, Hartington mochte diese bestimmte Person nicht – den Mann, der den Vertrag gekauft hat, meine ich. Er hätte einen ziemlichen Spaß daran gehabt, oder?
O'HARA:	Ja … Ja, man kann sich vorstellen, wie Hartington dem Kerl eine lächerliche Summe für etwas anbietet, für das dieser wahrscheinlich zehntausend Dollar bezahlt hat.
PETER:	Das ist sicherlich ein Motiv, soweit es Hartington betrifft – aber wie passt Mary Brampton in diese Sache?
O'HARA:	Mary Brampton war Markhams Sekretärin, aber sie arbeitete etwa vierzehn Tage lang für Hartington, als Doris Charleston krank war.
GAIL:	Und während dieser vierzehn Tage muss das arme Mädchen irgendetwas herausgefunden haben … etwas Wichtiges.
PETER:	Ja. Man weiß nie, vielleicht hat sie die Szene zwischen Hartington und der Person, die den Vertrag hatte, mitbekommen.
O'HARA:	Ja! Ja, das ist sehr wahrscheinlich!
GAIL:	Inspektor, haben Sie irgendeinen Versuch unternommen, den Agenten Norman Roger Page aufzuspüren?
O'HARA:	Sicher, aber es scheint ziemlich hoffnungslos zu sein. Anscheinend verließ er New York 1933 … Das ist alles, was wir über den Kerl herausfinden konnten.
GAIL:	Sie glauben also nicht, dass er hier in Hollywood ist?
O'HARA:	(*Überrascht*) Hier … in Hollywood?

GAIL:	Ja. Wissen Sie, wir könnten mit unserer Theorie nicht ganz richtig liegen. Angenommen, Page geht selbst zu Hartington und versucht, den Vertrag zu verkaufen.
O'HARA:	Ich denke, das ist eine Möglichkeit …
PETER:	(*Leise*) Ja, und angenommen, sein richtiger Name ist nicht Norman Roger Page, sondern … Julius Markham.
O'HARA:	(*Überrascht*) Julius Markham!
PETER:	Oder Louis Cheyne, oder Doris Charleston, oder …
O'HARA:	Mein Gott, es könnte jemand von den Filmleuten sein!
GAIL:	Ja …
PETER:	(*Nachdenklich*) Schade, dass ich nicht mehr im *Blue Stetson* bin. Ein Kellner hört oft Dinge und sieht auch Dinge, die der Durchschnittsmensch nicht mitbekommt.
O'HARA:	Ja … Ich schätze, da haben Sie recht. (*Nach einer kleinen Pause*) Wer ist der Chef im *Blue Stetson*?
PETER:	Ein Mr. Sylvestor.
O'HARA:	Nun, Mr. Sylvestor weiß es noch nicht, mein Freund – aber Sie stehen wieder auf der Gehaltsliste.

Musik aufblenden.

Musik langsam ausblenden.
Aufblenden von Geräuschen in einer Cafeteria. Irgendwo im Hintergrund ist ein Klavier zu hören.

SAM:	(*Leicht verärgert*) Gehen Sie weiter, bitte! Gehen Sie bitte weiter! Holen Sie Ihr Tablett am anderen Ende, Sir … Ja … ja, zahlen Sie am Schalter …

Eine Frauenstimme beschwert sich über den Service.

SAM:	Immer mit der Ruhe, Lady! Immer mit der Ruhe! Hören Sie, das hier ist eine Cafeteria – es liegt an Ihnen selbst, wie gut der

121

Service ist! Holen Sie Ihr Tablett am anderen Ende, Sir ... Weitergehen, bitte!

Abblenden der Stimme von SAM.

Aufblenden der Stimmen von PETER LONDON und GAIL HOWARD. Sie scheinen sich sehr zu amüsieren.

GAIL: (*Lacht*) Das kann ich niemals alles essen! Das ist ja lächerlich!

PETER: So ein Quatsch! (*Plötzlich*) Ah! Heiße Schokoladensauce!!!

GAIL: (*Mit einem Stöhnen*) Oh, keine heiße Schokoladensauce, bitte!

PETER: (*Lacht*) Okay ...

GAIL: Wo wollen wir sitzen?

PETER: Dort ist ein Tisch ... Drüben in der Ecke!

GAIL: Ach ja.

Die Geräusche der Cafeteria werden leiser. Das Klavier hört auf.

PETER: Na ... Das sieht aber ziemlich gut aus!

GAIL: Hungrig?

PETER: Ja, ziemlich,

GAIL: Um wie viel Uhr werden Sie im *Blue Stetson* erwartet?

PETER: Gegen halb sieben ... Zucker?

GAIL: Danke. (*Nach einer kleinen Pause*) Freuen Sie sich darüber, dass Sie wieder in diesem Restaurant arbeiten?

PETER: Nein, nicht wirklich. Es war wohl ein bisschen dumm von mir, O'Hara gegenüber diese Idee zu erwähnen. Aber wenn es hilft, die Sache mit Hartington zu klären, habe ich nichts dagegen.

GAIL: Glauben Sie denn, dass es helfen wird, den Fall zu klären?

PETER: (*Genießt sein Essen*) Was meinen Sie?

GAIL: Nun ... Glauben Sie, dass Sie etwas herausfinden werden, das vielleicht ... ähm ... darauf hindeutet, wer Mr. Hartington ermordet hat?

122

PETER:	Ich weiß nicht so recht, ist doch auch eine ziemlich schwierige Sache, oder?
GAIL:	(*Nachdenklich*) Hartington wurde vergiftet, nicht wahr?
PETER:	Ja. Mit Zyanid, aber wissen Sie, das Außergewöhnliche daran ist, dass man kein Zyanid in den Lebensmitteln gefunden hat.
GAIL:	Vielleicht hatte er das Gift genommen, bevor er ins *Blue Stetson* kam.
PETER:	Nein, ich fürchte, das ist nicht möglich. Sehen Sie, nach der Autopsie hat der Arzt eindeutig festgestellt, dass Hartington das Gift etwa fünfzehn Minuten vor seinem Tod eingenommen hat. Er war jedoch fast zwei Stunden lang im *Blue Stetson*.
GAIL:	Hm. (*Nach einer Pause*) Sie glauben aber nicht, dass Hartington Selbstmord begangen hat?
PETER:	Selbstmord? (*Nachdenklich*) Ich weiß es nicht … (*Plötzlich*) Aber O'Hara glaubt das sicher nicht.
GAIL:	Ja, aber er hat keinen wirklichen Beweis dafür, dass er nicht Selbstmord begangen hat. Er weiß nicht, wie Hartington wirklich gestorben ist.
PETER:	(*Leicht amüsiert*) Was soll das heißen? Natürlich weiß er das! Hartington wurde mit Zyanid vergiftet.
GAIL:	Ja, aber wie hat er das Zyanid eingenommen? Das ist der Punkt!
PETER:	(*Leise*) Nun, er hat es sicher nicht aufgetischt bekommen, da bin ich mir sicher.
GAIL:	Was hat Hartington gegessen, können Sie sich erinnern?
PETER:	(*Plötzlich: amüsiert*) He, was soll das alles? Sie sind … Sie sind ja noch schlimmer als O'Hara.
GAIL:	Nein – nein, wirklich, ich meine das ernst.

PETER:	Nun, er hatte etwas Tomatensuppe … eine gegrillte Seezunge … schwarzen Kaffee … und eine Dyspepsie-Tablette.
GAIL:	Eine Dyspepsie-Tablette?
PETER:	Ja, ob Sie es glauben oder nicht, der große Mr. Hartington litt an einer Verdauungsstörung – und wie er litt! Oh, und Sie brauchen nicht zu glauben, dass die Dyspepsie-Tablette etwas damit zu tun hatte, denn er ließ ein halbes Fläschchen damit zurück, und sie waren alle völlig in Ordnung – das war das Erste, was der Arzt untersuchte. (*Plötzlich*) Hören wir auf, über Hartington zu sprechen!
GAIL:	Nun, worüber möchten Sie dann sprechen?
PETER:	Über Sie!
GAIL:	Über mich?
PETER:	Ja. Ich nehme an, Sie wissen, dass Sie eine furchtbar attraktive Person sind.
GAIL:	Schrecklich attraktiv. Apfelkuchen.
PETER:	Was meinen Sie?
GAIL:	Den … Apfelkuchen.
PETER:	Oh, tut mir leid. (*Er reicht Gail den Apfelkuchen*)

Eine kleine Pause.

GAIL:	Mmmm … Schmeckt köstlich!
PETER:	Gail, sagen Sie mir, was haben Sie vor?
GAIL:	Was ich vorhabe? Was meinen Sie genau?
PETER:	Ich meine … Soweit es Hollywood betrifft. Wollen Sie noch immer in Filmen mitspielen, oder …
GAIL:	Moment mal, meinen Sie nicht, dass ich an der Reihe bin, ein paar Fragen zu stellen? Vergessen Sie nicht, dass ich Ihnen bereits meine Lebensgeschichte erzählt habe!
PETER:	(*Lacht*) Ja. Ja, vielleicht haben Sie recht.
GAIL:	Angenommen, diese Hartington-Sache ist erledigt, was haben Sie dann vor?

PETER:	(*Vage*) Oh, ich weiß nicht … Ich werde mich wohl irgendwie herumschlagen, denke ich. (*Schnell*) Nehmen Sie noch etwas Apfelkuchen …
GAIL:	Hören Sie zu, junger Mann, weichen Sie nicht so aus!
PETER:	Nun, Tatsache ist … Ich weiß nicht wirklich, was ich machen will. Ich hatte damit angefangen, einen Roman zu schreiben, und …
GAIL:	*Der moderne Pilger?*
PETER:	Oh, nein … Der kam später, viel später. Es war ein Roman über das alte Rom … Er wurde aus der Sicht eines römischen Gladiators erzählt …
GAIL:	Ich verstehe.
PETER:	(*Fast als Nachsatz*) Der Schreibstil war furchtbar gut.

GAIL lacht.

GAIL:	Möchten Sie noch etwas Kaffee?
PETER:	Hm? Oh, danke! (*Nach einer winzigen Pause*) Würde es Ihnen sehr viel ausmachen, wenn ich Ihnen eine ziemlich persönliche Frage stelle?
GAIL:	Ich dachte, ich würde die Fragen stellen?
PETER:	Oh, tut mir leid.
GAIL:	Nein, bitte … Was wollten Sie fragen?
PETER:	Ich wollte fragen … Gail … Waren Sie jemals verliebt?
GAIL:	(*Nach einer kurzen Pause*) Einmal … Das ist aber schon lange her.

Das Klavier setzt wieder ein. Es spielt einen gefühlvollen Walzer.

PETER:	Was ist passiert?
GAIL:	Ach … So viele Dinge.
PETER:	(*Ängstlich*) Sie sind aber nicht mehr verliebt … oder doch? (*Schnell*) In … In dieselbe Person, meine ich.

GAIL:	(*Leicht amüsiert*) Nein … nein, ich bin nicht mehr verliebt … in dieselbe Person.
PETER:	(*Hocherfreut, aber etwas durcheinander*) Oh … Oh, nun … Das ist äh … Das ist absolut … äh … absolut … äh … nun … wir … (*Schnell*) Nehmen Sie doch noch etwas Apfelkuchen!

GAIL lacht.
Musik aufblenden.

Musik ausblenden.
Überblenden zum Geräusch eines Autos. Es kommt schließlich zum Stillstand.
Die Autotür wird geöffnet.

MARGARET:	Warte hier, Spencer, wir fahren gleich weiter zum *Blue Stetson*.
SPENCER:	Jawohl, Madam.

Eine Pause.
MARGARET betritt das große Wohnhaus.

DRAPER:	Guten Abend, Miss Freeman.
MARGARET:	Guten Abend, Draper. Mr. Bartlett erwartet mich.
DRAPER:	Ja, Miss Freeman … Apartment 17 … vierter Stock …
MARGARET:	Danke sehr.

Eine Pause.
Aufblenden des Aufzugs, der hochfährt und dann anhält.

Überblenden vom Aufzug auf einen Türsummer, der zu hören ist.
Die Tür wird geöffnet.

LEO:	(*Erfreut*) Ah, hallo, Margaret! Ich bin fast fertig … Komm rein, meine Liebe.

Die Tür wird geschlossen.

MARGARET:	Bist du nicht überrascht, mich zu sehen, Leo?
LEO:	Überrascht? Aber nein! Wir sagten doch halb zehn.

MARGARET:	(*Freundlich*) Du sagtest halb zehn ...
LEO:	(*Mit einem kleinen Lachen*) Ist doch egal, Margaret ... Nun ... Was kann ich dir anbieten? Einen Bronx? Einen Manhattan? Einen Gin und ...
MARGARET:	Ich glaube, ich hätte lieber einen Sherry ...
LEO:	Selbstverständlich.

LEO mischt die Getränke.

MARGARET:	(*Studiert die Wohnung*) Hm ... Du lässt es dir gut gehen, nicht wahr, Leo?
LEO:	Oh, im Moment schon ... Dein Sherry ...
MARGARET:	Oh, danke dir.
LEO:	(*Er hebt sein Glas*) Nun, Margaret ... Auf deine Gesundheit, meine Liebe ... und mögen deine klassischen Züge noch lange über die Leinwand flimmern ...
MARGARET:	Auf deine Rückkehr nach Indiana ...

Sie trinken.

LEO:	Es muss vier Jahre her sein, Margaret, seit wir das letzte Mal zusammen zu Abend gegessen haben.
MARGARET:	Ja, mindestens vier Jahre.
LEO:	(*Nach einer kleinen Pause*) Du siehst heute Abend aber ziemlich selbstzufrieden aus.
MARGARET:	Ja, das bin ich auch, Leo.

Eine kleine Pause.

LEO:	Sie halten dich ganz schön auf Trab, nicht wahr, Margaret?
MARGARET:	Oh ja. Ich habe in den letzten achtzehn Monaten drei Filme gedreht.
LEO:	Hm.
MARGARET:	Hast du meinen letzten Film gesehen?
LEO:	Nein, leider, das habe ich nicht. Ich ... äh ... Ich habe den Trailer gesehen. (*Höflich*) Noch einen Sherry, Margaret?
MARGARET:	Danke sehr.
LEO:	(*Mischt noch mehr Drinks*) Und was hat

127

	unser lieber Julius gesagt, als du – ähm – die Verabredung abgesagt hast?
MARGARET:	Oh, aber ich habe sie nicht abgesagt …
LEO:	Nein?
MARGARET:	(*Leicht amüsiert*) Nein.
LEO:	Heißt das, dass wir das Vergnügen von Markhams Gesellschaft haben werden, wenn …
MARGARET:	Julius hat mich vor etwa einer Stunde angerufen – er isst mit Carl van Schulberg zu Abend.
LEO:	Schulberg … Ist das der Banker?
MARGARET:	Ja, anscheinend ist er gerade aus New York angekommen. Du weißt schon, Schulberg finanziert H.G.T. …
MARGARET:	Ach, tut er das? Das wusste ich nicht. Mensch, der liebe Julius geht tatsächlich aus …
LEO:	Hier, dein Sherry …
MARGARET:	Danke sehr. (*Nach einer kurzen Pause*) Leo …
LEO:	Ja?
MARGARET:	(*Sehr zufrieden mit sich selbst*) Weißt du, was Markham mir gesagt hat?
LEO:	Nein.
MARGARET:	H.G.T. wird *Der moderne Pilger* nun doch nicht machen, sie haben die neue Geschichte von Horace Wyndham Harringford gekauft …
LEO:	*Der Himmel ist stets dunkel*? Das muss sie eine Stange Geld gekostet haben!
MARGARET:	Fast einhunderttausend.
LEO:	Großer Gott! Wer wird die Rolle der Charlotte spielen?
MARGARET:	Kannst du dir das nicht denken?
LEO:	Die Hepburn? (*Nach einer kleinen Pause, erstaunt*) Margaret … Margaret … Du willst doch nicht etwa sagen, dass … dass

	... du die Rolle der Charlotte Early spielen wirst?
MARGARET:	Nun, warum nicht ... um Himmels willen?
LEO:	Aber ... Aber es ist eine Geschichte über den amerikanischen Bürgerkrieg ... Sie spielt in Alabama ... Charlotte soll ein junges Mädchen sein ... etwa ... Mensch! ... etwa achtzehn ...
MARGARET:	(*Leicht verärgert*) Ich weiß! Ich weiß, ich weiß! Ich lese die *Saturday Evening Post* auch!
LEO:	Sie ist eine Südstaatlerin, Margaret ... Ein Mädchen aus Georgia ... Ein junges, unschuldiges Mädchen, das noch gar nicht lange ...
MARGARET:	Verdammt noch mal! Kann ich keine Südstaatlerin spielen, oder was?
LEO:	(*Leise*) Glaubt Markham denn, dass du Charlotte Early spielen kannst?
MARGARET:	Natürlich glaubt er, dass ich Charlotte Early spielen kann!
LEO:	Nun, wenn das so ist, dann brauchst du dir über nichts anderes Sorgen zu machen, Margaret. (*Er hebt sein Glas*) Auf deine Gesundheit, meine Liebe ... und auf eine, da bin ich mir sicher, höchst ... außergewöhnliche ... Leistung.
MARGARET:	(*Mit breitem Südstaatenakzent*) Also, das ist aber mächtig nett von dir, Schatz ... mächtig nett ...

LEO stöhnt. Musik aufblenden.

Musik langsam ausblenden.
Aufblenden von Restaurantgeräuschen.

| SYLVESTOR: | (*Erfreut*) Guten Abend, Mr. Horton ... |
| EDWARD EVERETT HORTON: | Hallo, Sylvestor, wie geht es Ihnen? ... Mann, oh Mann! ... Sie sehen gut aus ... Ich muss schon sagen ... (*Zu |

	seiner Partnerin) Vorsicht, meine Liebe … Vorsicht … (*Er stößt mit jemandem zusammen*) … Oh, Mann! Wirklich, ich … Ich bitte um Verzeihung … (*Wird ausgeblendet*)
SYLVESTOR:	Guten Abend, Mr. Stewart …
JAMES STEWART:	Haben Sie meine telefonische Reservierung erhalten?
SYLVESTOR:	Ja, Sir … Ihr Tisch wartet auf Sie.
JAMES STEWART:	Oh, prima!

Eine Pause.

MARGARET und LEO kommen an.

MARGARET:	Hast du einen Tisch reserviert?
LEO:	Das habe ich.
SYLVESTOR:	Guten Abend, Miss Freeman! Guten Abend, Sir!
LEO:	Guten Abend … Ich habe einen Tisch für 22.15 Uhr reserviert … Bartlett ist der Name …
SYLVESTOR:	Ja, Sir.
MARGARET:	(*Leise, überrascht*) Was denn, Sylvestor … Dieser Kellner arbeitet wieder bei Ihnen … Der, der sagte, er sei … Peter London.
SYLVESTOR:	Ja, gnädige Frau. (*Im Flüsterton*) Im Vertrauen gesagt, wir hatten keine andere Wahl …
MARGARET:	Oh, ich verstehe.
LEO:	Welcher Kellner ist das?
MARGARET:	Der da drüben in der hinteren Ecke.
LEO:	Hm – ein nicht schlecht aussehender junger Mann.
SLYVESTOR:	Hier entlang, gnädige Frau … Wenn ich bitten darf, Sir.

SYLVESTOR führt MARGARET und LEO zu ihrem Tisch.

Eine Pause.

MARGARET:	(*Leicht verärgert*) Sylvestor … Ist das der einzige Tisch, den Sie haben?

SYLVESTOR:	Tut mir leid, so ist es, Miss Freeman, wir sind heute Abend sehr voll.
MARGARET:	Ja, in Ordnung ...
SYLVESTOR:	Vielen Dank, Madame.

SYLVESTOR geht weg.

LEO:	Was ist los mit dir, Margaret? Das ist doch ein perfekter Tisch ...
MARGARET:	Das ist zufällig der Tisch, an dem Hartington immer gesessen hat.
LEO:	Oh! (*Amüsiert*) Du bist doch nicht abergläubisch, meine Liebe, sicherlich nicht mehr in deinem Alter ...
PETER:	(*Geht am Tisch vorbei*) Ich bin gleich bei Ihnen, Sir.
LEO:	Ja, in Ordnung, Kellner. (*Beiläufig*) Zigarette, Margaret?
MARGARET:	(*Sieht sich im Raum um*) Nein ... Nein, danke.
LEO:	(*Lacht*) Es ist nicht mein übliches giftiges Unkraut aus Mexiko.
MARGARET:	Nein, danke, Leo. (*Plötzlich*) Ah, da ist Julius!
LEO:	Und der Herr mit dem Auftreten eines Wall-Street-Manns ist wohl Carl van Schulberg?
MARGARET:	Ja. (*Wendet sich LEO zu, freundlich*) Nun ... Was hast du heute Nachmittag angestellt, Leo?
LEO:	Ein bezauberndes Lächeln, Margaret. Ich bin sicher, dass es mehr zu Markhams Gunsten ist als zu meinem. Was hast du gesagt? Was ich heute Nachmittag gemacht habe? Ach, ich habe ein paar alte Freunde wiedergetroffen.
MARGARET:	Wie zum Beispiel ...?
LEO:	Die üblichen Filmleute ... Dallas Shale ... Louis Cheyne ... Mike Ronson ... Brett McNeal ...

MARGARET:	Sie müssen aber sehr überrascht gewesen sein, dich zu sehen!
LEO:	(*Amüsiert*) Ja … Ja, das waren sie auch …
MARGARET:	Man sagt, dass man einen schlechten Penny nicht aus dem Verkehr ziehen kann, nicht wahr, Leo? (*Nach einer kleinen Pause*) Hallo … Da kommt Julius!

Eine kleine Pause.

MARKHAM:	Hallo, Margaret … Tut mir leid wegen heute Abend, aber du verstehst das sicher?
MARGARET:	(*Mit Charme*) Natürlich, Julius!
MARKHAM:	Ein paar Dinge müssen noch geklärt werden, deshalb hielt ich es für besser, wenn van Schulberg für ein oder zwei Tage herkommt … Ach, übrigens, bevor ich es vergesse … Ich möchte dich morgen in meinem Büro sehen, so gegen halb zwölf … (*Zufrieden mit sich selbst*) Du weißt doch, worum es geht?
MARGARET:	Ja, ich glaube schon, Julius …
MARKHAM:	Wir haben hunderttausend Dollar für diese Geschichte bezahlt, Margaret, und … (*Nach einer kurzen Pause*) Was ist denn mit Ihrem Freund los?
MARGARET:	Oh, tut mir leid … (*Dreht sich zu LEO*) Leo, ich möchte dir Julius Markham vorstellen, unseren neuen … Leo! …

Eine kleine Pause.

MARGARET:	Leo! Was soll der Unsinn … Wach auf!
MARKHAM:	(*Lacht*) Was soll das sein? Eine Imitation von Hartington? Ist das eine Art, sich für eine Rolle zu …

MARKHAM hört auf zu sprechen. In dem Moment, in dem er es tut, fällt LEO nach vorne über den Tisch. Ein Glas zerspringt. Eine angespannte Pause, dann stößt eine Frau plötzlich einen wilden, hysterischen Schrei aus und das Restaurant erstarrt.

MARGARET:	(*Erschrocken*) Oh … oh …
MARKHAM:	Was ist mit ihm? Was ist … Was ist los

mit ihm?

MARGARET: (*Leise*) Er ist tot … Er ist tot … (*Plötzlich hysterisch*) Mein Gott … Es ist Mord! Julius … Julius … Es ist Mord!!!

Musik aufblenden.

Musik langsam ausblenden.
Aufblenden der Stimme von CAMPBELL MANSFIELD.

MANSFIELD: (*Aufgeregt und fassungslos*) Also … Ich muss schon sagen … Was … Was für eine außergewöhnliche Geschichte! Aber … Was passierte, als …

SHALE: Als Julius Markham und Margaret Freeman feststellten, dass Leo, zweifellos … (*Plötzlich*) Sagen Sie, geht … geht diese Uhr richtig?

MANSFIELD: Hm? Oh, ja! Ja … Sie geht ungefähr richtig.

SHALE: Mensch, ich hatte ja keine Ahnung, dass es schon so spät ist! Ich sollte mich besser beeilen. Ich habe um neun Uhr einen Termin in der Stadt.

MANSFIELD: (*Begierig*) Ja … Ja … Aber … Aber was ist dann passiert? Ich meine … Sie können die Geschichte doch nicht einfach so stehen lassen … Ich meine … ähm … Das ist doch …

SHALE: (*Kichert*) Nun, angenommen, wir treffen uns nächste Woche wieder hier?

MANSFIELD: Zur gleichen Zeit?

SHALE: Ja … Ja, gerne! Auf jeden Fall! (*Mit einem amüsierten, aber verwirrten Kichern*)

Es ist neun Uhr. Die Kuckucksuhr verkündet die Stunde.

Kuckuck! Kuckuck! Kuckuck! Kuckuck! Kuckuck! Kuckuck! Kuckuck! Kuckuck! Kuckuck!

ENDE DER FÜNFTEN EPISODE.

Beverly Hills

Aufblenden, man hört die Kuckucksuhr in der Bar achtmal schlagen.

> Kuckuck! Kuckuck! Kuckuck! Kuckuck!
> Kuckuck! Kuckuck! Kuckuck! Kuckuck!

Eine zweite Uhr schlägt die volle Stunde.

DALLAS SHALE trifft ein.

SHALE:	Hallo! Bin ich zu spät?
MANSFIELD:	Nein, nein ... Genau pünktlich! Ich habe Ihnen schon einen Drink bestellt.
SHALE:	Oh, prima!
CHARLIE:	(*Bringt die Getränke*) Einen Highball ... ein Ginger Ale.
SHALE:	Ginger Ale? Sagen Sie mal, ist heute der Unabhängigkeitstag?
MANSFIELD:	(*Er hebt sein Glas*) Prost! (*Nach einer kleinen Pause*) Sie haben mir ... ähm ... erzählt von ...
SHALE:	(*Plötzlich*) Ach, ja! Ja! ... Oliver Hartington ... mit anderen Worten, der Zar von Hollywood ... wurde auf mysteriöse Weise ermordet im Restaurant *The Blue Stetson* aufgefunden. Es war früher Dienstagmorgen, als der Mord entdeckt wurde, aber in London, war es natürlich noch Montagabend – also brachten die englischen Zeitungen eine Sonderausgabe mit der Schlagzeile ...
MANSFIELD:	»Mr. Hartington starb morgen«.
SHALE:	Genau. Nun, einige Tage nach der Ermordung Hartingtons besuchte die Schauspie-

lerin Margaret Freeman das *Blue Stetson* mit ihrem Ehemann, oder besser gesagt, ihrem Exmann, Leo Bartlett. Julius Markham, der berühmte H.G.T.-Regisseur, kam zu ihrem Tisch hinüber. Markham war mehr oder weniger in die Fußstapfen von Mr. Hartington getreten und war gar nicht … (*Stimme wird vollkommen ausgeblendet*)

Szene ausblenden.

Aufblenden der Szene im »Blue Stetson«.
Aufblenden von JULIUS MARKHAM.

MARKHAM: … Ach, übrigens, bevor ich es vergesse … Ich möchte dich morgen in meinem Büro sehen, so gegen halb zwölf … (*Zufrieden mit sich selbst*) Du weißt doch, worum es geht?

MARGARET: Ja, ich glaube schon, Julius …

MARKHAM: Wir haben hunderttausend Dollar für diese Geschichte bezahlt, Margaret, und … (*Nach einer kurzen Pause*) Was ist denn mit Ihrem Freund los?

MARGARET: Oh, tut mir leid … (*Dreht sich zu Leo*) Leo, ich möchte dir Julius Markham vorstellen, unseren neuen … Leo! …

Eine kleine Pause.

MARGARET: Leo! Was soll der Unsinn … Wach auf!

MARKHAM: (*Lacht*) Was soll das sein? Eine Imitation von Hartington? Ist das eine Art, sich für eine Rolle zu …

MARKHAM hört auf zu sprechen. In dem Moment, in dem er es tut, fällt LEO nach vorne über den Tisch. Ein Glas zerspringt. Eine angespannte Pause, dann stößt eine Frau plötzlich einen wilden, hysterischen Schrei aus und das Restaurant erstarrt.

MARGARET: (*Erschrocken*) Oh … oh …

MARKHAM: Was ist mit ihm? Was ist … Was ist los mit ihm?

MARGARET:	(*Leise*) Er ist tot ... Er ist tot ... (*Plötzlich hysterisch*) Mein Gott ... Es ist Mord! Julius ... Julius ... Es ist Mord!!!
MARKHAM:	(*Nervös, betroffen*) Um Gottes willen, Margaret!
SYLVESTOR:	(*Kommt zum Tisch*) Was ist? Was ist los?
MARGARET:	(*Fassungslos, immer noch hysterisch*) Er ist tot ... Oh, mein Gott! Er ist tot ... Er ist tot ... Er ist tot ...
MARKHAM:	Margaret, um Gottes willen ...

PETER LONDON kommt an den Tisch. Er ist aufgeregt und etwas atemlos.

PETER:	Schicken Sie einen Kellner rüber zu *Joe's Place* ... Schnell!
SYLVESTOR:	(*Überrascht*) Zu *Joe's Place*? Was ...? Wovon zum Teufel reden Sie da?
PETER:	(*Übernimmt das Kommando*) Tun Sie, was ich sage!
MARGARET:	(*Verblüfft*) Aber warum?
PETER:	O'Hara ist dort ... Ich habe versprochen, ihn dort zu treffen, wenn wir schließen, und ... (*Plötzlich*) Gehen Sie vom Tisch weg, Sir! (*Zu SYLVESTOR*) Wir brauchen hier einen Sichtschutz ...
SYLVESTOR:	(*Reißt sich zusammen*) Ja ... Ja, in Ordnung. Ich werde mich darum ... Oh! Da kommt ja Lionel ... gut ... er hat einen!
PETER:	Gut! Stellen wir ihn hier auf ...

Sie bringen den Sichtschutz in Position.

PETER:	Gut so! Lionel ... Du kennst doch Inspektor O'Hara, den Beamten, der am Mordabend die Untersuchung leitete ...
LIONEL:	Klar, ich kenne O'Hara ...
PETER:	Gut. Du findest ihn drüben in *Joe's Place*. Hol ihn hierher. Sag ihm, es sei dringend!
SYLVESTOR:	Tun Sie, was er sagt, Lionel.
LIONEL:	Okay ...

LIONEL geht.

MARGARET fängt an zu weinen. Sie ist hysterisch und kann sich nicht beherrschen.

SYLVESTOR: (*Bemüht*) Miss Freeman …, bitte!

MARKHAM: Um Himmels willen, Margaret … Reiß dich doch zusammen!

MARGARET bemüht sich, sich zu beherrschen, aber es gelingt ihr nicht.

SYLVESTOR: Miss Freeman, versuchen Sie doch …

PETER: (*Schnell*) Hier … Halten Sie diese Blumen! (*Er schnappt sich eine Vase*)

MARKHAM: Was haben Sie vor?

SYLVESTOR: (*Besorgt*) Die Vase ist voller Wasser, also passen Sie bloß …

PETER schüttet das Wasser über MARGARET.

MARGARET: (*Schnappt nach Luft*) Oh! … Oh! … Oh! … Oh!

MARKHAM: (*Lacht*) Mensch … Das hat ja gut geklappt!

SYLVESTOR: (*Entschuldigend*) Miss Freeman … Miss Freeman … Es tut mir schrecklich leid … Ich hätte nie gedacht, dass …

MARGARET: Sehen Sie sich doch mal mein Kleid an! Sehen Sie es sich doch an! Sie … Sie ….

MARGARET gibt SYLVESTOR eine Ohrfeige.

MARKHAM: (*Amüsiert*) Das war der falsche Kerl!

MARGARET: (*Leise*) Gott, ich fühle mich schrecklich! Bringt … Bringt mir einen Brandy …

MARKHAM: He, wer ist denn das?

DR. LATIMER kommt heran. Er ist Engländer.

PETER: Verzeihen Sie, Sir, aber bitte …

DR. LATIMER: Kann ich Ihnen irgendwie behilflich sein? Mein Name ist Dr. Latimer, ich war in der Cocktailbar und einer der Kellner sagte mir, dass … (*Er sieht LEO*) He…! Was ist denn mit ihm?

Es folgt eine Pause.

SYLVESTOR: Ist er … tot?

DR. LATIMER: Ja … Leider. Aber – wie ist das passiert?

MARGARET:	(*Verwirrt*) Nun, wir ... Wir wissen es nicht genau. Er saß ganz normal am Tisch und dann ...
MARKHAM:	(*Unterbricht MARGARET, leise*) Was – würden Sie sagen – war die Todesursache?
DR. LATIMER:	Ich möchte mich da auf nichts festlegen, bevor nicht eine Autopsie stattgefunden hat, aber – ähm – ganz inoffiziell würde ich sagen ..., dass Einiges darauf hindeutet, dass er erstickt ist.
MARKHAM:	Erstickt?
DR. LATIMER:	(*Nachdenklich*) Ja ...
SYLVESTOR:	(*Plötzlich*) Da kommt der Inspektor!

Die Stimme von INSPEKTOR O'HARA ist zu hören. Er kommt mit GAIL HOWARD heran.

O'HARA:	Hallo, Sylvestor! Sagen Sie mal, was zum Teufel ist hier eigentlich los?
PETER:	(*Überrascht*) Gail ... Was machen Sie denn hier?
GAIL:	(*Ziemlich überrascht von Peters Tonfall*) Was fragen Sie? Ich war doch mit O'Hara in *Joe's Place*. Sie sagten, Sie würden sich uns anschließen, wenn das Restaurant schließt und ...
PETER:	Ja, aber Sie hätten dortbleiben sollen!
GAIL:	(*Verwirrt*) Peter ... Was ist passiert?
O'HARA:	(*Plötzlich: Übernahme des kompletten Kommandos*) Wo ist das Telefon?
SYLVESTOR:	Eines steht in der Vorhalle und eines ...
O'HARA:	(*Zügig*) Ich möchte, dass jemand das Präsidium für mich anruft ...
SYLVESTOR:	Das mache ich gerne.
O'HARA:	Nein, Sie bleiben hier, Sylvestor! Miss Howard, rufen Sie für mich Plaza 1-1234 an. Fragen Sie nach Sergeant Mallory. Erklären Sie, was passiert ist, und sagen Sie ihm, ich will Quinn, Symons, Dane und Ferdy hier haben ...

GAIL:	Quinn, Symons, Dane, Ferdy …
O'HARA:	Ja … Ach – und sagen Sie Mallory, dass es dringend ist. Er soll sich also sputen!
GAIL:	(*Lacht*) Ja, schon gut …

GAIL geht.

O'HARA:	Ich werde Ihr Büro brauchen, Sylvestor.
SYLVESTOR:	Es steht zu Ihrer Verfügung, Inspektor.
O'HARA:	Gut. Sie könnten Miss Freeman, Mr. Markham und diesen Gentleman hier dorthin mitnehmen …
DR. LATIMER:	Dr. Latimer … Ich war in der Cocktailbar, als es passierte. Als mir einer der Kellner sagte, dass sich hier jemand nicht gut fühlte, bin ich sofort …
O'HARA:	Sicher … Sicher … Sie bleiben bitte hier bei mir, Doktor.
MARKHAM:	(*Gereizt*) Sagen Sie, was soll das, O'Hara? Ich habe einen Gast hier – ich kann ihn nicht einfach so auf dem Trockenen sitzen lassen.
MARGARET:	Wenn Sie irgendwelche Fragen haben, dann stellen Sie sie um Himmels willen jetzt und bringen Sie es hinter sich!
O'HARA:	Hören Sie, Miss Freeman, Zeit bedeutet mir nichts! Wenn Sie frech werden, behalte ich Sie die ganze Nacht hier! Merken Sie sich das.
MARGARET:	(*Wütend*) Sie … anmaßender, kleiner Wicht, ich …
MARKHAM:	(*Schnell*) Margaret!!!

Es entsteht eine Pause, während INSPEKTOR O'HARA MARGA-RET FREEMAN anschaut.

O'HARA:	(*Leise*) Bringen Sie sie hoch ins Büro …
SYLVESTOR:	(*Glättet die Wogen*) Gewiss, Inspektor … Gewiss! Äh … Hier entlang, Miss Freeman, … Mr. Markham.
MARKHAM:	(*Verärgert, geht weg*) Ich muss noch ein Wort mit Schulberg sprechen.

MARGARET:	(*Geht weg*) Was ist mit dem Brandy, Sylvestor?
SYLVESTOR:	Ich werde mich selbst darum kümmern, Miss Freeman.

Eine Pause.

O'HARA:	Jetzt, wo wir die Menagerie losgeworden sind, können Sie's ausspucken. Was genau ist passiert?
PETER:	Nun, ich fürchte, da gibt es nicht viel zu erzählen, Inspektor. Miss Freeman und ihr Exmann kamen vor etwa zehn Minuten an und nach ein oder zwei Worten mit Sylvestor wurden sie an den Tisch gebracht.
O'HARA:	Haben Sie ihre Bestellung aufgenommen?
PETER:	Nein. Leider war ich am anderen Ende des Speisesaals beschäftigt.
O'HARA:	Hatten Sie den Eindruck, dass sie freundlich miteinander umgingen?
PETER:	Ja, ich glaube schon. Er bot Miss Freeman eine Zigarette an und dann ...
DR. LATIMER:	Hat sie eine genommen?
PETER:	Nein ... Nein, ich glaube nicht, dass sie das tat ... Dann kam Markham herüber. Sie drehte sich um, um Markham vorzustellen und ... also ... da fiel er einfach so nach vorne – über den Tisch.
O'HARA:	Hm. (*Er durchsucht LEO*) Zigarettenetui ... Uhr ... Führerschein ... Brieftasche ... He, was ist das ... Oh ... Leo Bartlett, Apartment 17 ... *Allahs Garten* ... (*Nachdenklich*) Hm ... Hat heute Nachmittag eingecheckt, so wie es aussieht. (*Plötzlich: sieht auf*) Was würden Sie sagen, war die Todesursache?
DR. LATIMER:	Ehrlich gesagt, möchte ich mich nicht dazu äußern – jedenfalls nicht ohne eine Obduktion.
PETER:	(*Leise*) Warum haben Sie nach den Ziga-

	retten gefragt?
DR. LATIMER:	Nach den Zigaretten?
PETER:	Ja, Sie haben gefragt, ob Miss Freeman eine genommen hat oder nicht.

Eine kleine Pause.

O'HARA:	Hatten Sie einen Grund für diese Frage?

Eine zweite Pause.

DR. LATIMER:	(*Leise*) Ja. Ich hatte eher den Eindruck – nach einer sehr oberflächlichen Untersuchung, verstehen Sie –, dass er erstickt ist. Dann bemerkte ich die Zigarette, die er geraucht hatte, und ...
O'HARA:	Die Zigarette? Was ist denn damit?
DR. LATIMER:	(*Vorsichtig*) Nun, noch einmal, ich möchte keine professionelle Meinung abgeben, nicht ohne vorher ...
O'HARA:	Ja – ja, aber was glauben Sie, was damit los ist? Hier ... Hier, sehen Sie sie sich an!

Es folgt eine lange Pause.

O'HARA:	Nun?
DR. LATIMER:	Jetzt ist es keine Annahme mehr ... Jetzt bin ich mir sicher! Haben Sie schon einmal von Lokni gehört?
O'HARA:	Lokni? Was soll das ein? Ein Arzneimittel?
DR. LATIMER:	Nein. Es ist eine Droge. In bestimmten Teilen von Niederländisch-Ostindien raucht man es anstelle von Tabak, aber in kleinen ... sehr kleinen Mengen.
O'HARA:	Welche Wirkung hat es?
DR. LATIMER:	Bei einer Person, die an das Rauchen gewöhnt ist, kaum welche – würde ich sagen. Aber bei einer Person, die es nicht ist, kann es ziemlich ernste Folgen haben.
O'HARA:	Ist es das, was ihn Ihrer Meinung nach getötet hat?
DR. LATIMER:	Nun, ich würde nicht so weit gehen, das ... äh ... zu sagen. Falls er ein schwaches

	Herz hatte … dann, ja! Ja, dann würde ich nicht … ich würde nicht zögern.
O'HARA:	Schmeckt es unangenehm beim Rauchen?
DR. LATIMER:	Nein, nein. Im Gegenteil, soweit ich weiß. Übrigens hatten die örtlichen Behörden einmal ein ziemliches Ärgernis damit. Manche ihrer eigenen Leute hatten die Angewohnheit, … ach … aber das ist schon lange her.
O'HARA:	Sicher! Wie können wir uns mit Ihnen in Verbindung setzen, Doktor, wenn wir …
DR. LATIMER:	Bis Dienstag wohne ich im Hotel Waldorf-Astoria, dann reise ich nach New York weiter. Am Siebenundzwanzigsten. Meine ständige Adresse ist 64B Wimpole Street … London … Dr. Hugh C. Latimer.
O'HARA:	(*Nimmt die Daten auf*) Dr. Hugh C. Latimer … (*Zügig*) Danke, Doktor! (*Er steckt sein Notizbuch ein*) Hm … Jetzt wollen wir mal sehen, was Margaret Freeman und ihr Freund zu sagen haben – und wenn sie sich beschweren, dann werde ich … dann werde ich sie niedermähen!!!

PETER *lacht.*
Szene ausblenden.

Überblendung zum Büro von SYLVESTOR.
Aufblenden der Stimme von JULIUS MARKHAM. *Er ist ziemlich müde.*

MARKHAM:	Ich habe es dir nicht nur einmal, ich habe es dir jetzt schon fünfzig Mal gesagt: Ich habe diesen Kerl noch nie zuvor gesehen!
MARGARET:	(*Gereizt*) Julius kam einfach an den Tisch … Ich drehte mich um, um ihn vorzustellen, und Leo fiel nach vorne … Das ist alles, was passiert ist.
MARKHAM:	Außer, dass du völlig durchgedreht bist!
MARGARET:	Nun, was zum Teufel hast du von mir

142

	erwartet? (*Sie ist den Tränen nahe*)
MARKHAM:	Ja, schon gut, Margaret. Okay!
O'HARA:	Lassen Sie uns das mal klarstellen: Leo Bartlett war Ihr Exmann … Er kam vor etwa sechs Monaten nach Hollywood, er wohnte im *Allahs Garten* und Sie waren ziemlich gut befreundet … Ist das richtig?
MARGARET:	(*Nach einer kleinen Pause*) Ja.
O'HARA:	Hm.
MARKHAM:	Inspektor, ich möchte sie nicht drängen … Ich weiß, dass Sie ins Detail gehen müssen, aber ich habe einen sehr wichtigen Gast, und …
O'HARA:	Können wir Sie in den Studios erreichen?
MARKHAM:	Gewiss, gewiss … Morgen den ganzen Tag über … und jeden Tag in dieser Woche.
O'HARA:	(*Nach kurzem Zögern*) Okay. Sie können gehen.
MARKHAM:	Ich danke Ihnen. Morgen am späten Vormittag, Margaret … Um 11.30 Uhr.

Die Tür wird geöffnet und geschlossen.

O'HARA:	Und jetzt, Miss Freeman …
MARGARET:	(*Wütend*) Also jetzt hören Sie mir mal zu! Wenn Markham gehen kann – warum kann ich es dann nicht?
SYLVESTOR:	Miss Freeman, ich bin sicher, der Inspektor tut nur …
MARGARET:	(*Wendet sich an SYLVESTOR*) Halten Sie sich verdammt noch mal raus und kümmern Sie sich um Ihren eigenen verfluchten Kram!
O'HARA:	Immer mit der Ruhe, Lady! Ganz ruhig!

Die Tür wird geöffnet und GAIL kommt herein.

PETER:	Hast du sie erreicht?
GAIL:	Ja. (*Amüsiert*) Symons ist schon da, Inspektor, er macht Fotos.
O'HARA:	Gut!

MARGARET:	Ich … Ich bin in meinem ganzen Leben noch nie so gedemütigt worden! Sie bringen mich hierher und behandeln mich wie eine … wie eine …
O'HARA:	(*Höflich*) Wie eine Lügnerin?
MARGARET:	(*Entrüstet*) Eine Lügnerin? Was … Was wollen Sie damit sagen?
SYLVESTOR:	(*Entschuldigend*) Inspektor, ich habe – äh – ein oder zwei – ziemlich – äh – wichtige – äh – Angelegenheiten, die ich gerne … äh …
O'HARA:	In Ordnung, Sylvestor, wir sehen uns später.
SYLVESTOR:	Oh, äh … danke, Inspektor … äh … Miss Freeman.

Die Tür wird geöffnet und geschlossen. SYLVESTOR hat den Raum verlassen.

MARGARET:	Was … Was soll das, mich einfach als Lügnerin zu bezeichnen?
O'HARA:	Ich habe Sie nicht als Lügnerin bezeichnet, Miss Freeman – aber ich glaube, dass das trotzdem irgendwie hinkommt. Sehen Sie, dieser Bartlett ist doch heute Nachmittag in Hollywood angekommen. Er hat gegen 16.15 Uhr im *Garten Allahs* eingecheckt … Das stimmt doch, oder?
MARGARET:	(*Ändert plötzlich ihre Taktik und ist freundlich*) Ja … Ja, es tut mir leid, Inspektor, ich hätte es Ihnen schon früher sagen sollen. Ich … Ich weiß gar nicht, warum ich es nicht getan habe … (*Mit einem kleinen Lachen*) … Wie dumm von mir. Leo ist heute Nachmittag aus New York angekommen, mit dem Zug um 15.15 Uhr. Ich habe ihn am Bahnhof abgeholt.
O'HARA:	Lebte er denn in New York?
MARGARET:	Ja … Zumindest in den letzten zwei oder

drei Jahren.

GAIL: (*Leise*) Ist das der Grund, warum sein Führerschein vom Staat Indiana ausgestellt
wurde?

PETER: Was meinen Sie?

GAIL: Das hier ist doch sein Führerschein, oder?

O'HARA: Klar!

GAIL: Nun, da steht doch seine Adresse drin ...
(*Liest*) »Leo Bartlett, Silver Springs, Indianapolis, Indiana«!

O'HARA: (*Verwirrt*) Was zum Teufel soll dann ...
(*Wendet sich an MARGARET*) Sagen Sie,
führen Sie mich absichtlich an der Nase
herum?

GAIL: (*Unterbrich O'HARA*) Einen Moment!
(*Nachdenklich*) Indiana ... (*Plötzlich*) Wer
ist dieser Mann ... dieser Leo Bartlett?

O'HARA: (*Perplex*) Was meinen Sie damit ... Wer
soll er denn sein? Es ist der Kerl von unten, der den Löffel abgegeben hat!

GAIL: Nein ... Nein ... Ich meine, wer ...

MARGARET: (*Langsam*) Leo Bartlett war mein Ehemann, oder besser gesagt ... mein Exmann. (*Plötzlich*) Worauf wollen Sie eigentlich hinaus?

GAIL: Was hat ihn nach Hollywood verschlagen,
Miss Freeman?

Es folgt eine Pause.

O'HARA: (*Bellt*) Na los ... Beantworten Sie die Frage! Was hat den Kerl nach Hollywood
verschlagen?

GAIL: (*Amüsiert*) Wissen Sie, warum ich glaube,
dass Leo Bartlett nach Hollywood gekommen ist? (*Nach einer kleinen Pause*)
Um Peter London zu verkörpern ...

PETER: (*Verwundert*) Um mich zu verkörpern?
Aber ...

O'HARA: (*Plötzlich*) He, Moment mal! Da könnte

	etwas dran sein! Erinnern Sie sich nicht an das Telegramm, das …
GAIL:	(*Leise*) Sie haben Ihren Mann veranlasst, herzukommen, nicht wahr? Sie wiesen ihn an, das Telegramm an Hartington zu schicken und sich dann als Peter London auszugeben. Als der echte Peter London auftauchte und Hartington ermordet wurde, haben Sie …
MARGARET:	(*Schnell: emotional*) Ich habe versucht, ihn aufzuhalten … Ich habe mein Bestes getan, um ihn aufzuhalten … Als er hier ankam, bot ich ihm fünftausend Dollar an, damit er nach Indiana zurückkehrt … Aber er wollte das nicht.
GAIL:	Und warum wollte er das nicht?
MARGARET:	Weil er den Eindruck hatte, dass er in Hollywood sehr viel mehr als fünftausend Dollar verdienen konnte, wenn er hierblieb.
O'HARA:	Womit …? (*Eine Pause*) Womit?
MARGARET:	(*Leise*) Erpressung … (*Nach einer kleinen Pause*) Er sagte, er wisse … wer Hartington ermordet hat …
O'HARA:	(*Erschrocken*) Was?!?
PETER:	Mein Gott!
GAIL:	Sieht so aus, als hätte er es tatsächlich gewusst!
O'HARA:	(*Leise*) Ja … (*Nach einer kleinen Pause*) Miss Freeman, wissen Sie, wer Mr. Hartington ermordet hat?
MARGARET:	(*Trotzig*) Nein!!!
O'HARA:	Oder … Mary Brampton?
MARGARET:	Nein!!!
O'HARA:	Oder … Leo Bartlett?
MARGARET:	Nein!!!

Die Tür öffnet sich und SERGEANT DANE *betritt den Raum.*

| DANE: | Wir sind unten mit allem fertig. Sonst |

noch etwas, Inspektor?

Es gibt eine kleine Pause.

O'HARA: Okay, Sergeant. Ich komme gleich runter.

Musik aufblenden.

Musik ausblenden.
Überblenden zu leichten Verkehrsgeräuschen im Hintergrund.

Aufblenden eines Wagens, der sehr langsam fährt, offensichtlich einen sehr steilen Hügel hinauf.

GAIL: (*Amüsiert*) Gut, dass wir es nicht besonders eilig haben ...

PETER: Keine Sorge, der Wagen schafft das schon.

GAIL: Was ist, wenn er in Stücke fällt?

PETER Dann bin ich die erste Rate los. Aber denken Sie nicht an solche Sachen.

GAIL: Sind Sie das erste Mal hier oben?

PETER: (*Amüsiert*) Nein, ich bin an dem Tag, an dem ich in Hollywood ankam, hierhergefahren ... Ich hatte schon so viel über diese berauschende Aussicht gehört, dass ich es mir unbedingt selbst ansehen wollte.

GAIL: (*Lacht*) Bei mir war es genau gleich!

PETER: Waren Sie enttäuscht?

GAIL: Nein, das kann ich eigentlich nicht sagen. Immerhin ist es ziemlich aufregend, nicht wahr?

PETER: Ich fahre mal an den Straßenrand.

PETER bringt das Auto zum Stehen. Der Motor wird abgestellt.

GAIL: Was ist das dort drüben? ... Nein, auf der anderen Seite.

PETER: Ach, das ist der *Hollywood Bowl*. Sieht von hier gar nicht so groß aus, was? (*Nach einer kleinen Pause*) Zigarette?

GAIL: Nein, danke sehr.

PETER: Woran denken Sie?

GAIL: Ich denke gerade an etwas, das ich einmal

	gelesen habe ... über Hollywood, meine ich.
PETER:	(*Zündet seine Zigarette an*) Aha ... Und was war das?
GAIL:	Ich habe nur vergessen, wo ich es gelesen habe. Es war in einer Zeitschrift, glaube ich. Wie auch immer, es hieß: »Hollywood ist am besten als Geisteszustand zu beschreiben, denn es kann alles für alle Menschen sein«.
PETER:	Hört sich so an, als hätten Sie ein paar ziemlich hochkarätige Zeitschriften gelesen.

GAIL und PETER lachen.
Eine Pause.

GAIL:	Peter ...
PETER:	Ja?
GAIL:	Glauben Sie, dass Margaret Freeman Leo Bartlett getötet hat?
PETER:	(*Nachdenklich*) Nein ... Nein, irgendwie glaube ich das nicht.
GAIL:	Was glauben Sie, wer war es?
PETER:	Ich weiß nicht, aber ich habe so ein seltsames Gefühl, was Markham angeht ...
GAIL:	Markham? Nein, ich glaube nicht, dass Markham ihn getötet hat – aber bei einer Sache bin ich mir ziemlich sicher ...
PETER:	Bei welcher?
GAIL:	Ich bin mir ziemlich sicher, dass die Person, die Bartlett getötet hat, auch Mary Brampton und Mr. Hartington getötet hat.
PETER:	(*Leise*) Ja, ich glaube, daran besteht kein Zweifel. (*Plötzlich*) Ich dachte, wir wären hierhergekommen, um die Aussicht zu genießen! Vergessen wir diese Hartington-Sache!
GAIL:	Irgendwie komisch, dass wir es immer die Hartington-Sache nennen.

148

PETER:	Tja, nun, es fing doch mit Hartington an, und ich bin mir ziemlich sicher, dass die anderen beiden Morde nur ... (*Reißt sich zusammen*) Die Aussicht! Die Aussicht, junge Dame!

PETER und GAIL lachen wieder.

GAIL:	Ich glaube, ich nehme jetzt doch eine Zigarette.
PETER:	Sicher ... (*Er holt sein Zigarettenetui heraus*)
GAIL:	Ist das ein Feuerzeug auf dem Armaturenbrett, Peter, oder ... (*Überrascht*) Oh!
PETER:	(*Amüsiert*) Es ist ein Radio ... Zigarette?
GAIL:	Danke sehr.

Aus dem Radio ertönt jetzt Tanzmusik.

PETER:	Sie wissen doch, was das hier für ein verrückter Ort ist. Sehen Sie das rot-weiße Schild da unten ... Nein, das, das sich im Kreis dreht ... Ja, das da! Wissen Sie, wofür es wirbt?
GAIL:	Coca-Cola?
PETER:	Nein. – Es wirbt für ein Krematorium.
GAIL:	Nein!!!
PETER:	Doch! Wirklich. (*Amüsiert*) Und sehen Sie sich nur das andere an ... Das Schild, das blinkt ...
GAIL:	(*Liest*) Was steht darauf? ... (*Liest*) »Wir brauchen ... eure Köpfe ... um ... unser Geschäft ... zu führen ...«.
PETER:	Ja. Das ist *Petes Friseursalon*.
GAIL:	(*Lacht*) Das ist ja prima!

Das Tanzorchester im Radio hört auf zu spielen.

PETER:	Die witzigste Werbung, die ich je gesehen habe, war ...
RADIOSPRECHER:	(*Im Radio*) Achtung, bitte! Achtung, an alle!!!
GAIL:	Was ist das?
PETER:	(*Leise: macht einen Spaß*) Klappern deine

Zähne vor Aufregung? Hast du Pickel unter den Augen? Dann nimm ... (*Er wird von der Stimme aus dem Radio unterbrochen*)

RADIOSPRECHER: Hallo, allerseits ... Hier ist der Sender KNX. Heute Abend präsentieren wir Ihnen mit freundlicher Genehmigung von *The New York Daily Record* und *The Chicago Post* den Kriminalreporter Nr. 1: Henry K. Hammerston ...

HAMMERSTON: Vor nur fünfundsiebzig Minuten wurde Leo Bartlett, der Exmann von Margaret Freeman, Star eines Dutzends erfolgreicher Filme und zweimalige Oscar-Preisträgerin, auf mysteriöse Weise im Restaurant *The Blue Stetson* am Sunset Boulevard in Hollywood ermordet. Da es kaum einen Zweifel daran gibt, dass diese neue Gräueltat auf irgendeine mysteriöse Weise mit dem Mord an Mr. Hartington zusammenhängt, habe ich heute Abend – mit freundlicher Genehmigung der *H.G.T. Corporation* – Miss Doris Charleston, die Privatsekretärin und persönliche Beraterin des verstorbenen Oliver Hartington, bei mir im Studio! Miss Charleston, sagen Sie mir ... Wie lange haben Sie für Mr. Hartington gearbeitet?

DORIS: Neun Jahre lang. Ich begann im Dezember 1929 bei der *H.G.T. Corporation* zu arbeiten. Damals war ich sechzehn Jahre alt.

HAMMERSTON: Hatten Sie während dieser neun Jahre jemals persönlichen Kontakt mit Mr. Bartlett?

DORIS: Ich kann mich vage daran erinnern, dass ich ihn vor zwei oder drei Jahren auf einer Party getroffen habe – aber das ist auch schon alles.

HAMMERSTON:	Hat Mr. Hartington diese Party gegeben?
DORIS:	Nein, sie wurde von einem Drehbuchautor gegeben ... Dallas Shale. (*Leicht amüsiert*) Mr. Hartington hat nie Partys gegeben.
HAMMERSTON:	War Leo Bartlett in irgendeiner Weise mit der Filmindustrie verbunden?
DORIS:	Nicht, dass ich wüsste. Er hatte sicherlich nichts mit H.G.T. zu tun.
HAMMERSTON:	Als Mr. Hartington starb, deutete Ralph Ferguson – mein geschätzter Kollege bei der *New York Mail* – an, dass es sich möglicherweise um Selbstmord und nicht um Mord gehandelt haben könnte. Die Polizei hat sich jetzt definitiv darauf festgelegt, dass es Mord war, und die jüngsten Ereignisse haben diese – äh – Sichtweise sicherlich untermauert. Wie reagieren Sie dennoch auf die Vermutung, dass es Selbstmord war? War Mr. Hartington bei guter Gesundheit?
DORIS:	(*Leicht amüsiert*) Er litt an ziemlich heftigen Verdauungsstörungen.
HAMMERSTON:	(*Leise, ernst*) Bitte bleiben Sie bei ihrem Skript.
DORIS:	Gut ... Mr. Hartington war, soweit ich weiß, bei bester Gesundheit.
PETER:	Soll ich abschalten?
GAIL:	Nein, warten Sie noch einen Moment!
HAMMERSTON:	Miss Charleston, hatten Sie jemals Kontakt mit Mary Brampton? Das ist jene Frau, die man ermordet aufgefunden hat in einem Apartmenthaus in ...
DORIS:	Natürlich ... Ziemlich oft sogar.
HAMMERSTON:	Hat Mary Brampton zu irgendeinem Zeitpunkt für Mr. Hartington gearbeitet?
DORIS:	Ja, einmal ... für etwa vierzehn Tage.
HAMMERSTON:	Nun, Miss Charleston, wenn Sie ganz of-

fen sprechen und eine völlig unvoreinge-
nommene Meinung äußern, würden Sie
sagen, dass Mr. Hartington ein beliebter
Mensch war?

DORIS: (*Liest aus ihrem Skript vor*) Oh ja ... Mr.
Hartington hatte einen großen Charme und
er war immer so ... (*Etwas überrascht von
dem, was sie vorliest*) ... so freundlich und
großzügig, er war wohl eine der beliebtes-
ten Persönlichkeiten in ... (*Plötzlich auf-
brausend*) Sagen Sie mal, wer hat diesen
Quatsch geschrieben? Von all dem letzt-
klassigen Müll ist das hier das Übelste.

GAIL: (*Amüsiert*) Was ist passiert?

PETER: Zuhören!

DORIS: ... Hartington war ein Schuft – können Sie
mir folgen, Mr. Hammerston ... Er war ein
Schuft ... und ein falscher Schuft oben-
drein! Er war so gottverdammt unehrlich
und korrupt, dass selbst wenn er sie über
den Tisch gezogen hat, der halbe Tisch aus
Plastik war! Und da ist noch ein weiterer
Punkt, Freundchen, wenn wir schon beim
Thema sind ... Er war gierig! Ja ... gierig!
Der große Mr. Hartington war gierig!!!

HAMMERSTON: (*Überrascht*) Sie ... Sie mochten Mr.
Hartington also nicht, Miss Charleston?

DORIS: Ob ich ihn mochte? Hören Sie – ich weiß
nicht, wer Hartington beseitigt hat, aber
eines weiß ich ... Es war eine großartige
Idee!!! (*Leise, nach einer Pause*) Gute
Nacht.

HAMMERSTON: (*Aufgeregt*) Gute Nacht, Miss Charleston,
und vielen Dank für das interessante Gespräch!

RADIOSPRECHER: (*Wird schnell eingeblendet*) ... Sie hörten
Henry K. Hammerston, der Ihnen mit
freundlicher Genehmigung des *New York*

Daily Record und …

Das Radio wird abgeschaltet.

GAIL: Nun … Was sagen Sie dazu?

PETER: (*Leise*) Ich weiß nicht, was ich davon halten soll.

GAIL: Sie hörte sich für mich eher so an, als hätte sie irgendeinen Groll.

PETER: Ja. (*Plötzlich*) Oh, mein Gott! Was wir auch tun, immer kommt diese Hartington-Sache ins Spiel! Lassen Sie uns diese Angelegenheit mal vergessen, Gail, nur für eine Stunde …

GAIL: Ja … In Ordnung!

Eine kleine Pause.

PETER: Gemütlich?

GAIL: Mhm. Mhm. (*Beiläufig, nach einer Pause*) Was ist das da drüben?

PETER: Wo?

GAIL: Auf der rechten Seite.

PETER: Oh Gott! Es geht schon wieder los!

GAIL: (*Amüsiert*) Was?

PETER: (*Lacht unwillkürlich*) Das sind die H.G.T.-Studios!

GAIL: Tut mir leid, Peter!

Eine Pause.

PETER: (*Ernst*) Gail … Haben Sie die Absicht, in Hollywood zu bleiben?

GAIL: Was meinen Sie? … Auf unbestimmte Zeit?

PETER: Ja.

GAIL: Das ist ziemlich schwer zu sagen. Warum fragen Sie?

PETER: (*Zögert*) Ich habe heute Abend mit O'Hara gesprochen, bevor wir das *Blue Stetson* verließen und …

GAIL: Ja, ich hab's gesehen. (*Verwundert*) Sie schienen sehr entschlossen zu sein, Peter … Worüber haben Sie beide gesprochen?

PETER:	Über Sie. Gail ... Es gibt keine Notwendigkeit für Sie, in Hollywood zu bleiben, nur ... nur wegen dieser Hartington-Sache.
GAIL:	Was meinen Sie damit? Wollen Sie denn nicht, dass ich in Hollywood bleibe?
PETER:	(*Leise*) Nein.
GAIL:	Warum nicht?
PETER:	(*Nach einer Pause*) Weil ... ich in Sie verliebt bin – und weil ich nur zu gut weiß, was Hollywood bedeutet ..., wenn man einen Menschen liebt.
GAIL:	(*Sanft*) Ich muss hierbleiben, Peter.
PETER:	Und warum?
GAIL:	Oh ... Wegen dem, was Julius Markham einmal gesagt hat, und ein kleiner Mann namens Joe Francino ...
PETER:	Sie sagten, Sie würden in Hollywood nie etwas werden, nicht wahr?
GAIL:	Mhm ... Es tut mir leid, Peter, aber versuchen Sie doch mal ... (*Plötzlich, nach kurzem Zögern*) Was ist denn mit dem Auto dort los?
PETER:	Es fährt in Schlangenlinien ... Mann ... Großer Gott! Der Mann ist betrunken!

Im Hintergrund ist das Geräusch eines Autos zu hören. Plötzlich kommt es mit schleifenden Bremsen ins Schleudern.

GAIL:	Er wird noch in uns hineinfahren!
PETER:	Nein! Nein ... keine Sorge! Mein Gott, es schleudert ganz schön dahin ...
GAIL:	Peter!!!
PETER:	Festhalten!

Das Auto schleudert weiter die Straße entlang und kommt schließlich zum Stehen.
GAIL und PETER seufzen erleichtert auf.
Die Autotür wird geöffnet und dann wieder geschlossen.

GAIL:	(*Überrascht, leise*) Mann! Peter ... Sehen Sie doch ... Es ist Louis Cheyne!
PETER:	Louis Cheyne?

GAIL:	Ja …, der Drehbuchautor … Sie erinnern sich doch, er kam mit Julius Markham und Doris Charleston ins *Blue Stetson* an dem Abend, an dem Hartington …
PETER:	Ja … Ja, natürlich. Meine Güte, er hat nochmal ziemliches Glück gehabt, was?
GAIL:	(*Leise*) Er kommt hierher …

Nach einer kurzen Pause trifft LOUIS CHEYNE ein. Er ist sehr betrunken, aber äußerst zufrieden mit dem Leben. Er findet das Leben sogar gerade äußerst amüsant.

LOUIS:	Tut mir schrecklich leid, dass ich Sie zu Tode erschreckt habe … He, Sie! Sie sind doch Peter London! Wie geht's, Pete, alter Junge … alter Junge … alter Junge …
PETER:	Hallo, Mr. Cheyne …
LOUIS:	Sie erinnern sich an mich? … Ist das nicht schön … Ist das nicht … schön …
GAIL:	Ich an ihrer Stelle würde das Auto hier stehen lassen, Mr. Cheyne … Wir bringen Sie in die Stadt zurück!
LOUIS:	(*Plötzlich*) Hallo!!! (*Lacht*) Ich … Ich hab' Sie gar nicht gesehen! Donnerwetter, Sie sind aber hübsch … Ist sie nicht hübsch, Pete, alter Junge?
PETER:	(*Leise*) Das finde ich auch.
LOUIS:	Meine Güte, sind Sie aber hübsch … wie im Film. (*Schnell*) Aber nicht wie in einem H.G.T.-Film! Oh, mein Gott – nein! (*Er erschaudert bei dem Gedanken*) Brr!!!
PETER:	(*Amüsiert*) Steigen Sie ein, Mr. Cheyne … Wir fahren Sie zurück.
LOUIS:	Keine Eile … Keine Eile, alter Junge … Bin hier hochgekommen, um die Aussicht zu genießen … Sehen Sie dieses Panorama, Miss … Miss …?
GAIL:	Howard.
LOUIS:	Miss Howard … Wir sind in Hollywood. Hollywood … Nackt und unverschämt …

	Stadt des Zelluloids und des Glamours. Baloney und Ballyhoo …
PETER:	Na los, kommen Sie, alter Freund … Springen Sie in den Wagen!
LOUIS:	Bei mir ist alles okay … Keine Sorge! Mir geht's gut! (*Plötzlich*) Lasst uns doch Musik machen! Ja … Warum denn nicht? … Machen wir etwas Musik.
GAIL:	Ich schalte das Radio ein.
LOUIS:	Ihr zwei denkt, dass ich ganz schön betrunken bin, was? (*Lacht*) Nun … Nun, ich bin es! Und wen kümmert's …? Wen kümmert's?

Das Radio wird lauter. Eine Tanzkapelle beendet das Programm.

RADIOSPRECHER:	Hier ist der Sender KNX. Halten Sie sich bereit für eine wichtige Kurzmeldung aus Hollywood, Kalifornien …
RADIOSPRECHER 2:	(*Schnell, aufgeregt*) Margaret Freeman, Top-Star der H.G.T.-Studios und zweimalige Gewinnerin des Academy Award, wurde wegen des Mordes an Oliver Hartington verhaftet! Diese Information wurde unserem Sonderkorrespondenten in Los Angeles in …

Die Stimme fährt fort, sie ist aber wegen GAIL, PETER und LOUIS nicht deutlich zu hören.

GAIL:	(*Erstaunt*) Peter! Peter … Haben Sie das gehört? Sie haben … Sie haben Margaret Freeman verhaftet …
PETER:	(*Fassungslos*) Margaret … Freeman!!!
LOUIS:	(*Amüsiert, aber überrascht*) Nun … Was wisst ihr darüber?

Plötzlich fängt LOUIS an zu lachen. Er lacht ziemlich schallend, als die Musik aufgeblendet wird.

Musik ausblenden.
Aufblenden der Stimme von CAMPBELL MANSFIELD.

MANSFIELD: Wissen Sie, Shale, diese – äh – diese Ge-
               schichte raubt mir wirklich – äh – den
               Atem. Was soll das? Warum wurde Mar-
               garet Freeman verhaftet? O'Hara hat doch
               sicher nicht ...

SHALE: Na ja, O'Hara hat irgendwie gedacht, dass
               ... (*Plötzlich*) Jetzt sehen Sie sich nur mal
               die Uhr an! Mensch, wie die Zeit vergeht!

MANSFIELD: (*Schnell*) Noch einen ... äh ... äh ...
               Highball?

SHALE: Tut mir leid, ich habe um neun Uhr einen
               Termin in der Stadt. Sagen Sie ... Was,
               wenn wir uns nächste Woche wieder tref-
               fen ... zur gleichen Zeit ... am gleichen
               Ort?

MANSFIELD: Ja. Ja, unbedingt. Auf jeden Fall ... (*Mit
               seinem amüsierten, aber verwirrten Ki-
               chern*) Das meine ich doch ...

Die Kuckucksuhr verkündet die Stunde.

               Kuckuck! Kuckuck! Kuckuck! Kuckuck!
               Kuckuck! Kuckuck! Kuckuck! Kuckuck!
               Kuckuck!

               ENDE DER SECHSTEN EPISODE.

Das merkwürdige Verhalten
von Otto Stultz

Aufblenden, man hört die Kuckucksuhr in der Bar achtmal schlagen.

Kuckuck! Kuckuck! Kuckuck! Kuckuck!
Kuckuck! Kuckuck! Kuckuck! Kuckuck!

Eine zweite Uhr schlägt die volle Stunde.

DALLAS SHALE trifft ein.

SHALE: Hallo, Sie! Bin ich zu spät?

MANSFIELD: (*Lacht*) Nicht später als sonst, Mr. Shale! Ich habe Ihnen schon einen Drink bestellt.

SHALE: Den kann ich auch brauchen!

MANSFIELD: (*Er hebt sein Glas*) Prost!

SHALE: Prost! (*Nach dem Trinken*) Mal sehen ... Wie weit bin ich gekommen – mit der Geschichte, meine ich?

MANSFIELD: Nun, Sie erzählten mir zuletzt, dass Gail Howard, Peter London und Louis Cheyne plötzlich über das Radio hörten, dass Margaret Freeman wegen des Mordes an Mr. Hartington verhaftet worden war.

SHALE: Ja, stimmt! Nun, Sie können sich vorstellen, was für eine Sensation das in Hollywood ausgelöst hat! Junge, der ganze Gegend war in Aufruhr! Am Tag nach Margarets Verhaftung hatte Julius Markham eigentlich ein Treffen mit Margaret in seinem Büro verabredet, um ihre Rolle in dem neuen H.G.T.-Epos *Der Himmel ist stets dunkel* zu besprechen. Markham hatte die Carnegie Hall, also das Büro von Mr.

Hartington, übernommen, und gegen elf Uhr dreißig schlenderte ich aus einem nahegelegenen Konferenzraum und machte mich auf den Weg zu …

Die Stimme von SHALE *wird komplett ausgeblendet.*
Szene ausblenden.

Ein Klopfen ertönt und eine Tür öffnet sich.

MARKHAM: (*Äußerst gereizt, besorgt und irritiert*) Hallo, Shale … Was zum Teufel willst du denn?

SHALE: Ich würde gerne mit Doris sprechen.

MARKHAM: Sie ist in dem anderen Büro.

SHALE: Okay.

MARKHAM: (*Nach einer kleinen Pause*) Ach, Shale …

SHALE: Ja …?

MARKHAM: Hast du gestern Abend die Sendung gehört?

SHALE: (*Amüsiert*) Mhm. Mhm.

MARKHAM: Was zum Teufel hat Doris da von sich gegeben?

SHALE: (*Lacht*) Sie hat auf jeden Fall alles über Hartington ausgeplaudert.

MARKHAM: Ja – eine tolle Werbung, die wir in diesen Tagen bekommen!

SHALE: Sag, was wird mit Margaret geschehen?

MARKHAM: Keine Ahnung …

SHALE: Ist sie draußen auf …

MARKHAM: (*Unterbricht* SHALE) Ja … Ich erwarte sie jede Minute.

SHALE: Weißt du, Markham, die Jungs sind nicht allzu glücklich über diese Geschichte von Horace Wyndham Harringford … *Der Himmel ist stets dunkel.*

MARKHAM: Was meinst du mit nicht »allzu glücklich«? Wir haben nicht hunderttausend Dollar bezahlt, um die Drehbuchabteilung glücklich zu machen! Wir haben hundert-

	tausend Dollar bezahlt, weil es eine groß-artige Geschichte ist!
SHALE:	Ja, die Geschichte ist okay – wenn man so etwas mag. Aber ehrlich gesagt, wir ... Nun, wir können uns Margaret einfach nicht in der Rolle vorstellen.
MARKHAM:	Was ist das, eine Verschwörung? Otto Stultz hat genau das Gleiche gesagt!!

Es ertönt ein Summer. Dann folgt die Betätigung eines Knopfes auf einer Gegensprechanlage.

MARKHAM:	Ja?
DORIS:	(*Durch die Gegensprechanlage*) Mr. Horace Wyndham Harringford ist eingetroffen.
MARKHAM:	Schicken Sie ihn hoch ... Oh, und sagen Sie – wo haben Sie meine Verdauungstabletten hingetan, ich kann die verdammten Dinger nirgends finden!
DORIS:	Ich habe sie nicht gesehen.
MARKHAM:	(*Sarkastisch*) Wenn es keine allzu große Mühe ist, Miss Charleston, würden Sie dann bitte danach suchen?
DORIS:	(*Unerschrocken*) Sicher, ist mir ein Vergnügen.

Die Gegensprechanlage wird abgeschaltet.

SHALE:	Horace Wyndham Harringford? Das ist doch der Autor von *Der Himmel ist stets dunkel*.
MARKHAM:	Natürlich.
SHALE:	Und ... Was macht er in Hollywood?
MARKHAM:	(*Leicht verärgert*) Was meinst du, dass er in Hollywood macht? Er ist hier, um euch Jungs beim Schreiben des Drehbuchs zu helfen ...
SHALE:	Soll das heißen, er wird an all unseren Drehbuchkonferenzen teilnehmen?
MARKHAM:	Aber sicher! Er wollte sich nur unter dieser Bedingung von den Filmrechten tren-

nen.

SHALE: Auf die Hunderttausend kommt es ihm wohl gar nicht an, nehme ich an? Wie ist er denn so?

MARKHAM: (*Leicht verwirrt*) Nun, ich habe nur am Telefon mit ihm gesprochen – ich musste mich höllisch anstrengen, um den Kerl zu verstehen …

SHALE: Was ist er denn für ein Landsmann?

MARKHAM: Ich nehme an, dass er dem Akzent nach Schotte ist …

Es klopft und die Tür wird geöffnet.

DORIS: Mr. Horace Wyndham Harringford.

Die Tür wird geschlossen. Mr. HORACE WYNDHAM HARRING-FORD ist tatsächlich ein Schotte. Er ist keineswegs leicht zu verstehen.

HARRINGFORD: Mr. Markham, nehme ich an? Ich bin sehr erfreut, Sie kennenzulernen, Mr. Markham!

MARKHAM: Freut mich auch, Sie kennenzulernen, Mr. Harringford. Das ist Mr. Dallas Shale – Mr. Shale gehört zu unserer Drehbuchabteilung.

SHALE: Ich freue mich, Sie kennenzulernen, Mr. Harringford.

HARRINGFORD: Sehr erfreut, Sie kennenzulernen, Mr. Whale.

SHALE: Shale …

HARRINGFORD: Mr. Shale. (*Spürt die Hitze*) Stört es Sie, wenn ich den Mantel ausziehe, Mr. Markham?

MARKHAM: Ganz und gar nicht.

HARRINGFORD: (*Zieht seinen Mantel aus*) Tha e blàth.

SHALE: Wie?

HARRINGFORD: Tha e blàth … Ach – daran hab ich gar nicht gedacht … Sie sprechen wohl kein Gälisch, oder?

SHALE: (*Zieht HARRINGFORD auf*) Nur sehr mäßig.

SHALE:	Ich habe gerade gesagt: Es ist sehr warm.
MARKHAM:	(*Verblüfft*) Es ist sehr ... Ach, sicher! Natürlich!
SHALE:	Möchten Sie eine Zigarette?
HARRINGFORD:	Danke, aber ich rauche nicht. Nun, Mr. Markham, wenn Sie nichts dagegen haben, dann möchte ich gerne Tacheles reden.
MARKHAM:	Wie bitte?
HARRINGFORD:	Ich sagte: Ich möchte gerne Tacheles reden.
MARKHAM:	Sie möchten gerne ... Ach – ja! Ja, ich verstehe, was Sie meinen.
HARRINGFORD:	Ich möchte mit Ihnen über Miss Freeman sprechen ... Miss Margaret Freeman ...
MARKHAM:	Ja?
HARRINGFORD:	Ist es tatsächlich Ihre Absicht, dass sie die Rolle der Charlotte Early in meiner Geschichte *Der Himmel ist stets dunkel* spielen soll?
MARKHAM:	Ja ... Das ist – äh – das ist das, was wir im Sinn haben.
SHALE:	Finden Sie den Vorschlag nicht gut?
HARRINGFORD:	Ich glaube, das ist der tollkopfigste Vorschlag, den ich je in meinem Leben gehört habe!
MARKHAM:	(*Zu SHALE*) Tollkopfig ... Was ist das? Gälisch?
SHALE:	Ihm gefällt die Idee nicht.
MARKHAM:	Ihm gefällt die Idee nicht? (*Gibt den großen Filmmagnaten*) Mr. Harringford, Miss Margaret Freeman ist die größte Schauspielerin, die Hollywood je hatte ...
HARRINGFORD:	(*Unterbricht MARKHAM*) Ich will von Ihnen keine Werbung für die junge Dame hören und auch nicht, dass Sie sie unterstützen! Ich sage Ihnen nur, was die Rolle der Charlotte Early betrifft, ist sie kein Thema.

MARKHAM:	(*Erstaunt*) Sie ist kein Thema?
HARRINGFORD:	(*Völlig unbeeindruckt*) Das habe ich doch gesagt ...
MARKHAM:	(*Nach einer Pause: schwächlich*) Shale ... Shale, hol mir ein Glas Wasser.
SHALE:	Natürlich.
HARRINGFORD:	(*Höflich*) Ist es wegen dieser Hitze, Mr. Markham?
SHALE:	(*Von der anderen Seite des Raumes*) Ja – Sie haben es hier irgendwie sehr heiß gemacht! (*Er kichert*)

Die Tür wird geöffnet.

DORIS:	Da ist ein Anruf aus Philadelphia für Mr. Harringford: ein Mr. Belmost von der *Saturday Evening Post*.
HARRINGFORD:	Oh – ja. Den erwarte ich schon. Denken Sie, ich könnte vielleicht ...
SHALE:	Mr. Harringford kann den Anruf in meinem Büro entgegennehmen, Doris.
HARRINGFORD:	Vielen Dank, Mr. Shale, ich bin Ihnen sehr verbunden ...
DORIS:	Hier entlang ...
HARRINGFORD:	Danke sehr.

Die Tür wird geschlossen.

MARKHAM:	Shale ... Shale, hast du gehört, was dieser verrückte Kerl gesagt hat!!!
SHALE:	(*Leise*) Ja ... Ja, ich hab's gehört.
MARKHAM:	(*Verwirrt, wiederholt Harringfords Worte*) »Ich sage Ihnen nur, was die Rolle der Charlotte Early betrifft, ist sie kein Thema.« Sie ist kein Thema!!! Was glaubt er eigentlich, wer er ist ... dieser Kerl?
SHALE:	Hier ... trink das.

MARKHAM trinkt.

| MARKHAM: | Was für eine Frechheit! Um ein Haar hätte ich ... |
| SHALE: | (*Unterbricht MARKHAM*) Was für ein ulkiger kleiner Kerl ... und schwer zu verste- |

	hen … aber weißt du, Markham, er hat recht …
MARKHAM:	Was soll das heißen, er hat recht?
SHALE:	Was Margaret betrifft … Sie ist genauso wenig meine Vorstellung von Charlotte Early, wie ich … Scarlett O'Hara bin.
MARKHAM:	(*Ungestüm, aber schwächer werdend*) Aber – Aber wenn wir Margaret nicht nehmen, wen … wen zum Teufel sollen wir dann nehmen?
SHALE:	Genau das bereitet mir auch Kopfschmerzen …
MARKHAM:	Vivien Leigh wäre großartig, aber sie ist vertraglich noch gebunden an …

Die Tür wird geöffnet.

MARKHAM:	Was ist?
DORIS:	Miss Freeman ist hier. Sie würde Sie gerne sofort sehen, wenn möglich.
MARKHAM:	Okay – und finden Sie mir um Himmels willen meine Tabletten gegen Verdauungsstörungen!
SHALE:	Ich bringe Harringford dann mal runter und stelle ihn den Jungs vor …
MARKHAM:	Es ist mir egal, was du mit ihm machst, aber halte mir diesen Mistkerl vom Leib!
SHALE:	(*Lacht*) Okay!
MARKHAM:	(*Plötzlich*) Margaret! Margaret, meine Liebe … komm herein!
MARGARET:	Hallo, Julius! Mein Gott, was habe ich für eine Nacht hinter mir …
MARKHAM:	Setz dich, Margaret! Setz dich … Ich hole dir einen Drink.
MARGARET:	Nein. Nein, mir geht's gut …
MARKHAM:	Aber was ist passiert … gestern Abend, meine ich?
MARGARET:	Sie nahmen mich mit aufs Präsidium und unterzogen mich einer Art Verhör dritten Grades. Mein Gott, es war furchtbar, Juli-

	us … Reden! Reden! … So etwas ist mir noch nie passiert!
MARKHAM:	(*Verwirrt*) Reden! Worüber haben sie denn geredet?
MARGARET:	Was glaubst du denn, worüber sie geredet haben … über das Wetter?
MARKHAM:	Aber ich dachte, man hätte dich verhaftet? Hast du denn nicht gestanden?
MARGARET:	Gestanden? Was denn? (*Plötzlich*) Großer Gott, Julius, du glaubst doch nicht, dass *ich* Hartington getötet habe!
MARKHAM:	Nein. Nein, natürlich nicht, aber als sie über das Radio verkündeten, dass man dich verhaftet hat, habe ich natürlich …
MARGARET:	Das war ein Bluff. Ich glaube, O'Hara hatte die verrückte Idee, dass der wahre Mörder sich aus dem Staub machen würde, sobald das bekannt gegeben würde. Sie haben seit gestern Abend um elf Uhr jeden Weg aus der Stadt überwacht.
MARKHAM:	Aber wie ist die Situation – soweit es dich betrifft?
MARGARET:	Oh, bei mir ist alles okay. Ich kann tun und lassen, was ich will.
MARKHAM:	Haben sie dich freigelassen?
MARGARET:	(*Ziemlich überrascht über Markhams Haltung*) Natürlich haben sie mich freigelassen! (*Freundlich*) Ich bin bereit für die Arbeit, Julius – Arbeit ist sogar genau das, was ich jetzt brauche. Sie wird mich auf andere Gedanken bringen. Du wolltest mich wegen der Rolle der Charlotte Early in *Der Himmel ist stets dunkel* sprechen, nicht wahr?
MARKHAM:	Mhm. (*Plötzlich*) Oh, ja, Margaret, genau … die Rolle der Charlotte Early.
MARGARET:	Das ist eine schöne Geschichte, Julius, und eine tolle Rolle.

MARKHAM:	Ja … Ja, das vermute ich.
MARGARET:	(*Überrascht*) Was denn, hast du das Buch etwa nicht gelesen?
MARKHAM:	Nein. Nein, leider, das habe ich nicht. Ich war in letzter Zeit ziemlich beschäftigt und … (*Nach einer Pause*) Margaret, glaubst du, die Rolle ist wirklich … wirklich …
MARGARET:	Wirklich … Was?
MARKHAM:	Wirklich geeignet für dich?
MARGARET:	Aber natürlich ist sie geeignet für mich! Es ist eine schöne Rolle – das habe ich doch schon gesagt.
MARKHAM:	Ich weiß nicht genau. Die Figur scheint mir irgendwie zu jung zu sein …
MARGARET:	Was meinst du mit »irgendwie zu jung«?
MARKHAM:	Nun, Charlotte ist am Anfang nur sechzehn oder siebzehn, dann ist sie eine junge Frau von etwa zweiundzwanzig Jahren, und dann …
MARGARET:	Was erzählst du mir da? Ich habe das Buch gelesen! Sag mal, Julius, worauf zum Teufel willst du hinaus?
MARKHAM:	(*Leise*) Ganz ruhig, Margaret! Immer mit der Ruhe!
Eine kleine Pause.	
MARGARET:	(*Leise*) Du willst nicht, dass ich die Rolle spiele, oder?
MARKHAM:	Nun …
MARGARET:	Stimmt's?
MARKHAM:	Es geht nicht darum, was ich will, Margaret, es geht darum, was …
MARGARET:	(*Wütend*) Halte mich nicht hin, Julius! Um Himmels willen, mach keine Ausflüchte! Entweder du willst, dass ich die Rolle spiele, oder du willst nicht, dass ich sie spiele.
MARKHAM:	Nun, wenn du es unbedingt wissen willst: Es ist Stultz. Er glaubt nicht, dass du für

	die Rolle taugst.
MARGARET:	(*Überrascht*) Stultz!!! Was denn – wird er bei dem Film Regie führen?
MARKHAM:	So ist es.
MARGARET:	(*Erstaunt*) Stultz … Otto Stultz …? Julius, das meinst du doch nicht ernst?
MARKHAM:	Natürlich meine ich das ernst!
MARGARET:	Um Himmels willen!!! Was zum Teufel weiß Stultz schon davon? Er ist doch nichts weiter als ein Ja-Sager, der nach der Pfeife anderer tanzt.
MARKHAM:	Sei nicht albern, Margaret. Wir dürfen nicht voreingenommen sein. Schließlich hat Otto Regie geführt bei …
MARGARET:	Hör zu, Julius! Hör zu! Da steckt mehr dahinter, als man auf den ersten Blick sieht. Warum will Otto nicht, dass ich die Rolle der Charlotte Early spiele? Ich will das wissen!
MARKHAM:	Weil …
MARGARET:	Was?
MARKHAM:	Wegen der ganzen Publicity mit Hartington. Publicity ist schön und gut, wenn es die richtige Art von Publicity ist, Margaret.
MARGARET:	Publicity! Was zum Teufel meinst du mit Publicity? Glaubst du, es hat mir Spaß gemacht, verhaftet zu werden? Glaubst du, es hat mir Spaß gemacht, die Nacht mit einem halben Dutzend Bullen zu verbringen?
MARKHAM:	Ja, ich weiß, das waren keine schönen Stunden, Margaret. Das weiß ich … und ich habe Mitleid …
MARGARET:	Mitleid – zum Teufel damit! Hör zu, Julius, ich will die Rolle der Charlotte Early spielen, und ich habe mich entschlossen, die Rolle der Charlotte Early zu spielen,

denn wenn ich es nicht tue – nun ja – dann möchte ich nicht in der Haut von Otto Stultz stecken ... So ist das!

MARKHAM: (*Leise, überrascht*) Sag mal ... Sag mal, willst du Otto damit drohen?

Eine kleine Pause.

Plötzlich lacht MARGARET.

MARGARET: (*Süß*) Jetzt sei nicht albern, Julius. Ich gehe jetzt nach Hause ins Bett, Liebling. Nach der letzten Nacht brauche ich unbedingt etwas Schlaf. Wenn du mich brauchst, Julius, wenn du irgendetwas brauchst, dann ... äh ... weißt du, wo du mich findest. Auf Wiedersehen, Darling!

Die Tür wird geöffnet und wieder geschlossen.

Der Summer der Gegensprechanlage ist zu hören. MARKHAM drückt auf den Knopf.

MARKHAM: Ja?

DORIS: (*Aus der Gegensprechanlage*) Hier draußen ist eine junge Dame. Sie sagt, sie würde Sie gerne sehen. Eine Miss Howard ...

MARKHAM: Ich bin beschäftigt! Und um Himmels willen, finden Sie die Tabletten gegen Verdauungsstörungen!!!

DORIS: (*Müde*) Okay.

MARKHAM: (*Plötzlich*) Hören Sie, einen Moment ... Miss Howard sagten Sie? Ist das die Frau, die vorgab, Peter London zu sein?

DORIS: Mhm.

MARKHAM: Was will sie denn?

DORIS: (*Mechanisch*) Sie ... sagt ... sie will Sie sehen ...

MARKHAM: Ja ... Aber weswegen?

DORIS: (*Verwirrt*) Ich habe es nicht verstanden ... Sie sagt, es geht um einen Topf Marmelade.

MARKHAM: Einen Topf Marmelade! (*Plötzlich amüsiert*) Okay, schicken Sie sie rein, Doris.

(*Er legt den Schalter um und hebt einen Telefonhörer ab*) Beverley? Markham hier … Hören Sie, machen Sie noch nichts mit den Kleidern … Ja … mit denen für Miss Freeman … Nein, ich sage Ihnen Bescheid … Nun, Sie müssen ihn ein oder zwei Tage aufhalten! … Okay … (*Er legt den Hörer auf*)

Während des Telefongesprächs wurde die Tür geöffnet und GAIL betrat das Büro.

GAIL: (*Freundlich*) Guten Tag …

MARKHAM: Guten Tag, was kann ich für Sie tun?

GAIL: Mr. Markham, erinnern Sie sich noch daran, als ich Sie eines Tages im Vorzimmer ansprach?

MARKHAM: Sicher! Sicher!

GAIL: Sie haben mir damals gesagt, dass wir Schönheitswettbewerbsmädchen für Sie Filmleute nur viele Töpfe mit Marmelade sind, und dass Sie, wenn Sie einen brauchen …

MARKHAM: … einen aus dem Regal nehmen. Klar, ich erinnere mich.

GAIL: Nun, korrigieren Sie mich, wenn ich mich irre, Mr. Markham, aber es scheint mir, dass Sie, was diesen speziellen Topf Marmelade betrifft, mich jetzt brauchen!

MARKHAM: Ich verstehe nicht, was Sie meinen!

GAIL: Soll ich auf den Punkt kommen?

MARKHAM: (*Genervt*) Wenn Sie nicht auf den Punkt kommen, junge Dame, werden Sie vielleicht bald mit sich selbst reden!

GAIL: H.G.T. hat doch die Filmrechte an der Geschichte *Der Himmel ist stets dunkel* von Horace Wyndham Harringford gekauft.

MARKHAM: Stimmt.

GAIL: Die Hauptfigur der Geschichte ist ein

	Mädchen namens Charlotte Early.
MARKHAM:	Stimmt!
GAIL:	Nun … Ich möchte die Rolle der Charlotte Early spielen … (*fast als Nachsatz*) …, bitte.
MARKHAM:	Sie … Sie wollen die Rolle der … Charlotte Early … spielen? (*Plötzlich brüllt er vor Lachen*)
GAIL:	Warum lachen Sie?
MARKHAM:	Warum ich lache??? Warum ich … (*Er ist fast sprachlos*) Diese Dreistigkeit des Mädchens!!! Die schiere Dreistigkeit!!! Begreifen Sie denn nicht … Begreifen Sie nicht, dass jede Schauspielerin in Hollywood … jede Schauspielerin in Amerika … die Rolle der Charlotte Early spielen will!!!
GAIL:	(*Höflich*) Was ist mit den Männern?
MARKHAM:	Was ist mit … (*Plötzlich*) Sagen Sie, wollen Sie witzig sein?
GAIL:	Mr. Markham, ich möchte Ihnen einen Vorschlag machen.
MARKHAM:	Sie wollen *mir* einen Vorschlag machen!
GAIL:	Richtig. Haben Sie die Geschichte von *Der Himmel ist stets dunkel* gelesen?
MARKHAM:	Nein – aber meine Drehbuchabteilung hat eine Synopse erstellt, ich weiß, worum es geht.
GAIL:	Gut. Dann wissen Sie zum Beispiel, dass Charlotte am Anfang ein Mädchen von etwa sechzehn oder siebzehn Jahren sein soll – und dann eine junge Frau von etwa zweiundzwanzig, und dann eine Frau von etwa dreißig.
MARKHAM:	Stimmt!
GAIL:	Dann … sehen Sie mich doch mal gut an!
MARKHAM:	Was soll das heißen – ich soll Sie gut ansehen?

GAIL:	Schauen Sie mich an!

Eine Pause.
MARKHAM schaut GAIL an.

MARKHAM:	Hm ...
GAIL:	Und?
MARKHAM:	Nicht schlecht ... Nicht schlecht.
GAIL:	Wie alt sehe ich aus?
MARKHAM:	Zweiundzwanzig ... dreiundzwanzig ...
GAIL:	Ich bin vierundzwanzig. Und ich kann siebzehn aussehen, wenn ich will, und ich kann zweiundzwanzig aussehen, und ich kann dreißig aussehen – Mr. Markham, ich kann genau so aussehen, wie Charlotte Early aussehen sollte, aber wahrscheinlich nicht aussehen wird, wenn Sie jemanden wie Margaret Freeman für diese Rolle besetzen.
MARKHAM:	Sie sind verrückt!
GAIL:	Angenommen, ich spiele die Rolle der Charlotte und habe Erfolg damit ... Was werden die Leute sagen?
MARKHAM:	Es ist ein Wunder!
GAIL:	Sie werden fragen, wer ist dieses Mädchen? Woher kommt sie? Und wer hat sie entdeckt? Und die Antwort darauf wird sein: Sie wurde von Julius Markham entdeckt, dem neuen Chef der *H.G.T. Corporation*.
MARKHAM:	Hm ... Das ist nicht schlecht! Vielleicht haben Sie recht! Vielleicht haben Sie tatsächlich recht ...
GAIL:	Wie lange würde es dauern, bis Sie eine Probe organisieren könnten?
MARKHAM:	Eine Probe? Das können wir fast jederzeit organisieren ...
GAIL:	Und wenn wir sagen, heute Nachmittag um halb vier, ist das in Ordnung?
MARKHAM:	Heute Nachmittag um ... (*Plötzlich*) Sagen

Sie mal, was zum Teufel haben Sie vor, diese Organisation zu leiten?

GAIL: (*Freundlich*) Nun, ich kann kaum erwarten, dass Sie mir die Rolle geben, ohne zumindest eine Probe gemacht zu haben ... Halb vier, Mr. Markham ... Okay?

MARKHAM: Ich werde darüber nachdenken!

GAIL: (*Lacht*) Danke.

Die Tür wird geschlossen.

Es folgt eine Pause.

MARKHAM: (*Nachdenklich zu sich selbst*) Sie werden sagen ... Wer ist dieses Mädchen? Woher kommt sie? Und wer hat sie entdeckt? Und die Antwort darauf wird sein: Julius Markham ... Julius Markham, der neue Chef der *H.G.T. Corporation* ... Nicht schlecht. Ganz und gar nicht schlecht. (*Er hebt den Telefonhörer ab*) Hallo? Hallo ... Schooner? Markham hier. Ich will eine Probeaufnahme für heute Nachmittag um 15.30 Uhr. ... Ja. ... Ja, in Ordnung. Oh, und Schooner, sorgen Sie dafür, dass alles klappt. Wirklich alles. Haben Sie mich verstanden? ... Okay ... (*Er legt den Hörer auf*)

Szene ausblenden.

Musik aufblenden.

Musik ausblenden.

Aufblenden der Geräuschkulisse in einer Cafeteria.

MANN: Holen Sie Ihr Tablett am anderen Ende, bitte! Gehen Sie weiter, Sir ... Nein, Sie bekommen Ihren Beleg am Ende, Sir ... Gehen Sie weiter ... Gehen Sie weiter, Miss ...

GAIL kommt an. Sie ist sehr zufrieden mit sich selbst und offensichtlich aufgeregt.

GAIL: (*Ruft*) Peter! Peter!!!

PETER:	Oh, da bist du* ja! Ich bin in einer Sekunde bei dir! Versuch doch, einen Tisch zu finden!
GAIL:	Ja, in Ordnung!

Eine Pause.

PETER setzt sich zu GAIL an den Tisch.

PETER:	Und – ist das in Ordnung? Kaltes Hühnchen … Salat … und etwas Apfelkuchen.
GAIL:	Wunderbar! Setz dich, Darling, ich bin viel zu aufgeregt, um etwas zu essen!
PETER:	Ich nehme an, das Gespräch war erfolgreich?
GAIL:	Ja … Ja, ich glaube, das war es.
PETER:	Ich hole noch etwas Kaffee.
GAIL:	Nein. Nein, hinsetzen, Peter.
PETER:	(*Lacht*) Meine Güte, bist du aufgeregt!
GAIL:	Ich weiß wirklich nicht, wo mir der Kopf steht. (*Amüsiert*) Es ist alles im Moment genau wie eine … eine Art … von Traum!
PETER:	Was genau ist passiert?
GAIL:	Frag mich lieber, was nicht passiert ist! Mitten in der Probe kam Margaret Freeman auf das Set … Sie sah absolut wütend aus! Markham tat mir wirklich leid, der arme kleine Teufel wusste nicht, wohin er sich drehen sollte!

---

* <u>Anmerkung des Übersetzers</u>: Ab dieser Szene sind Peter und Gail in diesem Text miteinander per du. Wie es in den 1940er-Jahre im Deutschen gebräuchlich war, siezten sich die beiden jungen Leute bisher. In der letzten Szene, in der sie sich in Beverly Hills miteinander unterhielten, gestand Peter Gail allerdings seine Liebe. Gail ging darauf nicht ein. In dieser Szene jedoch reden die beiden einander auch im Englischen plötzlich so vertraulich an (unter anderem mit Koseformen), dass zwischen ihnen in der Zwischenzeit eine derartige Nahebeziehung herrschen muss, die einen Wechsel vom Sie zum Du notwendig erscheinen lässt. Da es im Englischen diesbezüglich keine Unterscheidung gibt, trat dieses Problem im Originaltext nicht auf.

PETER:	Hat Markham etwas gesagt?
GAIL:	Was die Probe betrifft? Ja. Ja, er war recht zufrieden. Ich glaube sogar, dass er ziemlich überrascht war. (*Lacht*) Ich war selbst ziemlich überrascht, um ganz ehrlich zu sein!
PETER:	Glaubst du, dass du die Rolle bekommst?
GAIL:	(*Nachdenklich*) Ich weiß es nicht ... (*Strahlt*) Obwohl ich gestehen muss, dass ich recht optimistisch bin.
PETER:	Na, das ist doch schon mal was! ... Hähnchen?
GAIL:	Danke. Nein ... Kein Dressing, Darling ... Ich weiß nur, dass ich nicht in Markhams Schuhen stecken möchte, wenn ... Oh, danke!
PETER:	Wenn – was?
GAIL:	Wenn ich die Rolle bekomme ...
PETER:	Inwiefern?
GAIL:	(*Nachdenklich*) Sie ist eine komische Person ... diese Margaret Freeman ... Ich glaube nicht, dass sie vor irgendetwas zurückschrecken würde, wenn sie denkt, dass Markham sie mehr oder weniger hintergangen hat. Er hat ihr die Rolle der Charlotte Early versprochen, daran gibt es keinen Zweifel.
PETER:	Ja, vielleicht bekommt sie sie doch noch – man weiß ja nie.
GAIL:	Oh, sag das nicht, Liebling – bitte!

Eine kleine Pause.

PETER:	Gail ...
GAIL:	Ja?
PETER:	Glaubst du, dass Margaret Freeman ... Mr. Hartington ermordet hat?
GAIL:	(*Nachdenklich*) Ich weiß es nicht. Ich denke, sie wäre dazu fähig.
PETER:	(*Plötzlich*) Ich habe mich heute Vormittag

174

etwa eine halbe Stunde mit O'Hara unterhalten.

GAIL: Ach ja?

PETER: Er hat nicht viel gesagt, aber ich hatte den Eindruck, dass er über irgendetwas sehr aufgeregt war. Zucker?

GAIL: Danke.

PETER: Weißt du, er hat eine Theorie, dieser O'Hara ... und eine ziemlich interessante dazu. Er ist nicht mehr davon überzeugt, dass Mr. Hartington, Mary Brampton und Margaret Freemans Exmann Leo Bartlett von derselben Person ermordet wurden.

GAIL: (*Überrascht*) Aber sie müssen von derselben Person ermordet worden sein, Peter!

PETER: Nicht unbedingt! Nehmen wir zum Beispiel an, jemand namens X hat Mr. Hartington ermordet und Mary Brampton glaubt, dass Mr. Hartington von einer Person namens Y ermordet wurde. Wenn die Polizei dies herausfindet, sieht es für Y ziemlich düster aus, also wird Y Mary Brampton los – aber das bedeutet nicht unbedingt, dass Y Mr. Hartington ermordet hat.

GAIL: (*Amüsiert*) Das klingt aber alles nach einer sehr verwickelten Sache, Peter!

PETER: Ich weiß nicht ... (*Nachdenklich*) Ich denke, vielleicht hat O'Hara recht ... Es war nicht ein und dieselbe Person, die Mr. Hartington, Mary Brampton und Leo Bartlett ermordet hat ... Da bin ich mir jetzt ziemlich sicher ...

GAIL: Na, dann nimm doch etwas Apfelkuchen!

PETER: (*Lacht*) Wie ich sehe, bist du nicht in der Stimmung für Theorien!

GAIL: Lass uns doch ins Kino gehen! Drüben im Matamount gibt es einen furchtbar guten

	Film.
PETER:	Ja. Okay. (*Plötzlich, nach einer Pause*) Ach, und Gail …
GAIL:	Ja …?
PETER:	Es gibt da etwas, das ich dir sagen möchte.
GAIL:	Ja?
PETER:	Erinnerst du dich an letzte Nacht, als wir zusammen im Auto unterwegs waren und … und … na ja … ich ziemlich niedergeschlagen und beunruhigt klang … na ja … Ich habe meine Meinung geändert.
GAIL:	Was meinst du mit … deine Meinung geändert, Peter? Worüber?
PETER:	Über Hollywood … Ich werde es hier aushalten … Ich werde dieses glitzernde, verlogene, einseitige Vergnügungseldorado mit seinen eigenen Waffen schlagen!
GAIL:	(*Erfreut*) Das ist die Idee!
PETER:	Und – und da ist noch etwas, Gail … Wenn du die Rolle der Charlotte Early bekommst, und wenn du sie gut spielst, dann glaube nicht, dass ich dich verlasse, nur weil du ein Star bist und ich ein Niemand! Oh, nein! Oh, nein, Kleine! Das mag für Tyrone Power in einem fünfhunderttausend Dollar teuren Film in Ordnung sein – aber nicht für Peter London im wirklichen Leben. Nein! Du spielst die Rolle der Charlotte Early gut – und ich heirate dich. Ich werde dich heiraten, Gail Howard, wenn … Und wenn … wenn es das Letzte ist, was ich tue!!!
GAIL:	(*Sowohl amüsiert als auch ziemlich gerührt*) Aber, Mr. London … nehmen Sie doch noch etwas Apfelkuchen …

Musik aufblenden.
Überblenden zu schneller und spannender Musik.

176

Musik ausblenden für folgende Durchsagen.

JANE WISE: (*Amerikanerin*) Hallo, Leute! Hier spricht
                     Jane Wise, eure Lieblings-Hollywood-
                     Reporterin. Gail Howard, die vierund-
                     zwanzigjährige Schönheitswettbewerbs-
                     königin, ergattert die Rolle des Jahres –
                     jene der Charlotte Early im neuen H.G.T.-
                     Epos *Der Himmel ist stets dunkel*. Gute
                     Arbeit, Miss Howard – wenn Sie sie hin-
                     bekommen!

RADIOSTIMME: Blitzinfo aus dem Filmgeschäft! H.G.T.
                     zeigt Freeman die kalte Schulte … Schön-
                     heitskönigin spielt in dem neuen H.G.T.-
                     Epos …

Kurze Musikeinblendung.

RADIOSPRECHER: Hier ist der Sender KNX. Morgen Abend
                     um 21.30 Uhr wird Otto Stultz, der be-
                     rühmte H.G.T.-Filmregisseur, Ihnen Gail
                     Howard vorstellen!

Weitere kurze Musikeinblendung.
Überblendung zu einer anderen Musik.

Musik abblenden, Studiogeräusche aufblenden.
*Im Hintergrund sind Geräusche, Stimmen, Lachen usw. zu
hören.*
Plötzlich ertönt die Stimme von OTTO STULTZ, dem Regisseur.

STULTZ: Ruhe! Ruhe bitte! Alle!!! Ruhe …

MARKHAM: (*Genervt*) Okay. … Otto, versuchen wir es
                     noch einmal!

LARRY: (*Ruft aus dem Hintergrund*) Fertig, Mr.
                     Stultz!!!

JOE: (*Ruft aus dem Hintergrund*) Okay, Mr.
                     Stultz!!!

STULTZ: (*Leise*) Musik …

LARRY: (*Ruft*) Musik!!!

JOE: (*Ruft*) Musik!!!

*Das Orchester spielt einen fröhlichen Walzer. Das Geräusch
einer Kamera ist zu hören.*

STULTZ:	(*Ruhig*) Action …
LARRY:	Action!!!
JOE:	Action!!!

Eine Pause.

Der Walzer geht weiter.

TONY:	(*Mit Südakzent*) Was denn, Charlotte … Warum tanzt du nicht, Kind? Ein hübsches Mädchen wie du sollte doch …
MARKHAM:	(*Genervt*) Halt! Halt!!!
STULTZ:	Halt! Halt!!!
LARRY:	Halt!
JOE:	Halt!

Die Musik stoppt und die Kamera auch.

MARKHAM:	Was ist denn mit Tony los? Er sieht furchtbar aus!
TONY:	Was ist jetzt wieder los?
MARKHAM:	Tony, du siehst furchtbar aus! Woran zum Teufel liegt das?
TONY:	Es sind diese verflixten Hosen! Haben die sich damals wirklich so angezogen?
STULTZ:	Klar!
TONY:	Kein Wunder, dass der Norden gewonnen hat!
MARKHAM:	Wir müssen diese Szene richtig hinbekommen, sonst …
GAIL:	Angenommen, ich gehe rüber zur Tür, sobald Tony …
STULTZ:	Nein! Nein … Sie sind klasse. Bleiben Sie einfach hier …
MARKHAM:	Gib dem Ganzen ein bisschen mehr … äh … ein bisschen mehr Persönlichkeit, Tony … Vergiss die Hosen … Vergiss alles diesbezüglich … Bleib einfach ganz natürlich.
TONY:	Okay.
STULTZ:	Genau … Stülpe sie hoch, Larry …
MARKHAM:	(*Dreht sich um, irritiert*) Was ist los, Doris?

178

DORIS:	Mr. Stultz wollte etwas Wasser …
STULTZ:	Wasser?
DORIS:	(*Müde, zu STULTZ*) Für Ihre Verdauungstablette …
STULTZ:	Ach, ja! Wo zum Teufel habe ich die Tabletten bloß hingetan?
MARKHAM:	(*Ungeduldig*) Oh, nimm eine von meinen!
STULTZ:	Oh, danke. (*Er trinkt*) Weiter, Larry!!!
LARRY:	(*Ruft*) Musik!!!
JOE:	(*Ruft*) Musik!!!

Der Walzer und die Kamera sind wieder zu hören.
Eine Pause.

TONY:	Was denn, Charlotte … Warum tanzt du denn nicht, Kind? Ein hübsches Mädchen wie du sollte doch …
GAIL:	Ich bin müde, Captain … Oh, so müde …
TONY:	Müde? Was ist das für ein dummes Gerede, meine liebe Charlotte? Müde? In deinem Alter … Gib mir deinen Arm … Gib mir deinen Arm, mein Kind. Ah, so ist es gut!
GAIL:	Was gibt es heute Abend Neues, Captain?
TONY:	Neues? Schatz, mach dir keine Sorgen um deine hübsche kleine …

TONY wird durch einen wilden, hysterischen Schrei von DORIS unterbrochen.

MARKHAM:	(*Verärgert*) Verdammt noch mal!!! Halt!!!
LARRY:	Stopp!
JOE:	Stopp!

Die Musik hört auf. Es herrscht allgemeine Bestürzung. Auch die Kamerageräusche verstummen.

GAIL:	Was ist los? Was ist denn bloß los?
TONY:	Keine Ahnung.
MARKHAM:	(*Wütend*) Was ist los, Doris? Was zum Teufel soll das?
DORIS:	(*Erschrocken und fassungslos*) Seht doch! Seht doch … Seht euch Stultz an …

Es folgt eine Pause.

MARKHAM:	(*Leise*) Was ist denn mit ihm los? Schläft er? Otto … Otto wach auf!

Eine kleine Pause.

MARKHAM:	Otto! Otto!!! (*Überrascht*) Mein Gott! Mein Gott, er ist tot!!!

Die Anwesenden schnappen erstaunt nach Luft.
Musik aufblenden.

Musik langsam ausblenden.
Aufblenden der Stimme von CAMPBELL MANSFIELD.

MANSFIELD:	Also … Also, wirklich … Ich … Ich muss schon sagen.

DALLAS SHALE gluckst.

MANSFIELD:	Er war … äh … tot, nehme ich an?
SHALE:	Oh, ja … ja … mausetot.
MANSFIELD:	Aber – Aber wie ist das passiert …? Ich meine, wenn …
SHALE:	Nun, sehen Sie, Mr. Mansfield, es war so. Als Margaret … (*Plötzlich*) Donnerwetter! Geht diese Uhr richtig? Mensch, wenn das so ist, sollte ich mich besser beeilen … Angenommen, wir treffen uns nächste Woche hier, Mr. Mansfield, gleicher …
MANSFIELD:	(*Unterbricht SHALE*) Das ist ja alles schön und gut …, aber was passiert nächste Woche? Sie erzählen mir wieder eine spannende …
SHALE:	Nächste Woche, Mr. Mansfield, werde ich – ähm – Sie in ein kleines Geheimnis einweihen … Ich werde Ihnen sagen, wer Otto Stultz ermordet hat … wenn es Mord war.
MANSFIELD:	Das werden Sie?!
SHALE:	Ja – und Mary Brampton … und Leo Bartlett …
MANSFIELD:	(*Erfreut*) Das werden Sie wirklich!!! (*Plötzlich erinnert er sich*) Ja, aber …, was ist mit Mr. Hartington?

180

SHALE: Nun, vielleicht verrate ich Ihnen auch, wer Mr. Hartington ermordet hat … (*Kichern*) Man weiß nie, was für ein Glück man hat! Gute Nacht, Mr. Mansfield! Gute Nacht, Charlie!

Die Kuckucksuhr verkündet die Zeit.

Kuckuck! Kuckuck! Kuckuck! Kuckuck! Kuckuck! Kuckuck! Kuckuck! Kuckuck! Kuckuck!

ENDE DER SIEBTEN EPISODE.

Episode 8
Das ist meine Geschichte!

Aufblenden, man hört die Kuckucksuhr in der Bar achtmal schlagen.

> Kuckuck! Kuckuck! Kuckuck! Kuckuck!
> Kuckuck! Kuckuck! Kuckuck! Kuckuck!

Eine zweite Uhr schlägt die volle Stunde.

DALLAS SHALE trifft ein.

SHALE: Hallo, Sie! Sagen Sie mal, bin ich zu spät?

MANSFIELD: Nein – nein, eigentlich bin ich zu früh dran. Ich habe Ihnen schon einen Drink bestellt.

SHALE: Oh, prima!

MANSFIELD: (*Er hebt sein Glas*) Nun, äh ... Zum Wohl!

SHALE: Prost! (*Nach dem Trinken*) Mal sehen ... Ich kam zu der Stelle, wo man gerade eine Szene aus *Der Himmel ist stets dunkel* drehte und Otto Stultz sich nicht mehr rührte.

MANSFIELD: Richtig. Sie – äh – Sie sagten, er sei tot.

SHALE: Oh, er war tot, hundertprozentig. Daran gab es keinen Zweifel!

MANSFIELD: Aber ... war es Mord?

SHALE: (*Lacht*) Alles zu seiner Zeit, Mr. Mansfield! Alles zu seiner Zeit. Wie auch immer, Doris Charleston übernahm mehr oder weniger das Kommando und ließ Inspektor O'Hara holen. O'Hara traf zusammen mit einem Mann namens Dr. Team ein. Der Arzt untersuchte die Leiche, dann begaben sich O'Hara, Gail Howard, Doris Charleston und der Arzt zu einer Art allgemeiner Garderobe, die auf dem Set errichtet worden war. Gail war natürlich ziemlich verwirrt und fragte sofort den ... (*Stimme ausblenden*)

Szene ausblenden.

Szene aufblenden.

GAIL: Ich nehme an, Sie haben keinen Zweifel daran, dass Mr. Stultz vergiftet wurde, oder?

DR. TEAM: (*Leicht amüsiert*) Überhaupt keinen, Miss Howard.

O'HARA: (*Verwundert*) Nun, wenn er vergiftet wurde, dann muss es sich um Selbstmord handeln. Ich wüsste nicht, wie zum Teufel es etwas anderes als Selbstmord sein könnte!

GAIL: (*Schnell*) Es sei denn, er wurde durch die Verdauungstablette vergiftet ...

DORIS: (*Überrascht*) Durch der Verdauungstablette?

DR. TEAM: Nun, die sind in Ordnung und völlig harmlos ... Sie helfen nicht einmal bei Verdauungsproblemen ...

DORIS: (*Nachdenklich*) Moment mal!

O'HARA: Was ist?

DORIS: Diese Tabletten ... die, die Mr. Markham Stultz gegeben hat ...

O'HARA: Ja?

DORIS: Sie gehörten nicht Mr. Markham ...

O'HARA: (*Ungeduldig*) Was heißt das jetzt, sie gehörten ihm nicht?

GAIL: Wem gehörten sie?

DORIS: Mr. Hartington ...

O'HARA: (*Leise, erstaunt*) Mr. Hartington ...?

DORIS: Ja.

O'HARA: Das verstehe ich nicht! Wie zum Teufel sollte ...

DORIS: Nun, sehen Sie, Inspektor, Markham hat

die Carnegie Hall übernommen, äh – mit anderen Worten – Hartingtons Büro, und vor ein paar Tagen hat er seine Verdauungstabletten verlegt. Markham war komisch bei solchen Kleinigkeiten. Er konnte hunderttausend Dollar zum Fenster hinauswerfen, ohne auch nur mit der Wimper zu zucken ...

O'HARA: (*Ungeduldig*) Ja ... Ja ...

DORIS: Jedenfalls konnte ich seine Verdauungstabletten einfach nirgends finden. Ich suchte im ganzen Büro und stieß plötzlich auf ein Fläschchen, das früher einmal Mr. Hartington gehört hatte. Es stand auf einem Regal oben auf einem der Bücherschränke.

O'HARA: Woher wissen Sie, dass es Mr. Hartington gehörte?

DORIS: Weil Oliver ... Weil Hartington seine Sachen immer dort aufbewahrt hat.

O'HARA: Verstehe. Haben Sie Markham gesagt, dass die Tabletten nicht ... nicht seine eigenen waren?

DORIS: Natürlich nicht!

DR. TEAM: Das löst das Problem aber immer noch nicht, oder? Ich meine – diese Verdauungstabletten sind völlig in Ordnung, ob sie nun Mr. Hartington gehörten, oder ... oder Laurel und Hardy.

O'HARA: Ich stimme Ihnen zu, Doktor! Die Tabletten haben überhaupt nichts mit dem Fall zu tun.

GAIL: (*Leise*) Wie wurde Stultz dann vergiftet?

O'HARA: Das weiß ich auch nicht. Das ist eines der vielen Dinge, die wir noch herausfinden müssen! Äh ... Miss Charleston, sagen Sie mir: Stimmt es, dass Miss Freeman ziemlich verärgert über Mr. Stultz war, weil sie

	nicht die Rolle der Charlotte Early bekommen hat?
DORIS:	Nun, sie war nicht gerade begeistert von der Umbesetzung auf Miss Howard – sagen wir es mal so.
O'HARA:	Ich dachte eigentlich, ich hätte Miss Freeman am Set gesehen, als ich hier ankam.
DORIS:	Ja. Sie spricht im Moment mit Louis Cheyne. Wollen Sie mit ihr sprechen?
O'HARA:	Das wäre nicht schlecht.
DORIS:	Okay! Ich werde es ihr sagen.
DR. TEAM:	Nun, ich werde mich auf den Weg machen. Ich werde meinen Bericht über die üblichen Kanäle schicken, aber wenn Sie mich persönlich sprechen wollen, O'Hara … rufen Sie mich einfach an.
O'HARA:	Ich danke Ihnen, Doktor.

Eine kleine Pause.

GAIL:	Inspektor, Sie glauben doch nicht, dass Margaret Freeman Otto Stultz ermordet hat, nur weil …
O'HARA:	Nur weil Sie zufällig … Charlotte Early spielen? Nein. Nein, das glaube ich nicht. Und selbst wenn … Wie zum Teufel hat sie es getan?
GAIL:	Glauben Sie, Stultz wurde vom selben …
O'HARA:	Oh, mein Gott – sagen Sie es nicht! Ich sehe schon die morgigen Zeitungen vor mir! … »Wurde Otto Stultz von derselben Person ermordet, die auch Mary Brampton, Leo Bartlett und den großen Mr. Hartington ermordet hat?«
GAIL:	Und, Inspektor? War es dieselbe Person?
O'HARA:	(*Leise*) Das weiß ich nicht. Ich habe eine Vermutung, eine wilde Theorie, die vielleicht auf etwas hinauslaufen könnte. Die Sache hängt sehr von Ihrem jungen Freund

	ab.
GAIL:	(*Überrascht*) Von Peter? Was hat denn Peter damit zu tun?
O'HARA:	(*Leicht amüsiert*) Er stellt einige Nachforschungen an für mich bei …
GAIL:	Nachforschungen? Was in aller Welt soll das bedeuten?
O'HARA:	(*Leise*) Da kommt Miss Freeman …

Eine kleine Pause.

MARGARET:	(*Leise*) Guten Tag, Inspektor.
O'HARA:	Guten Tag, Miss Freeman.
MARGARET:	Doris hat mir erzählt, dass Sie mich sehen wollten?

MARGARET ist offensichtlich ziemlich aufgebracht.

O'HARA:	Ja. Es gibt da ein paar Fragen, die ich Ihnen gerne stellen würde, wenn es Ihnen nichts ausmacht.
MARGARET:	Bitte … Bitte, nur zu.
O'HARA:	Ich nehme an, dass Sie Mr. Stultz oft gesehen haben, Miss Freeman … Hier in den Studios, meine ich?
MARGARET:	Ja. Ja, das habe ich wohl.
O'HARA:	Vielleicht können Sie mir dann sagen, ob ihnen eine Veränderung in seinem Verhalten aufgefallen ist – in letzter Zeit, meine ich.
MARGARET:	Eine Veränderung? Nein. Nein, ich glaube nicht.
O'HARA:	War er nicht deprimiert … oder launisch?
MARGARET:	Nein. Im Gegenteil, er schien recht fröhlich und ziemlich zufrieden mit dem Leben zu sein. Er war natürlich hocherfreut, dass er bei *Der Himmel ist stets dunkel* Regie führen konnte.
O'HARA:	Gut. Dann hat Mr. Stultz Ihrer Meinung nach keinen Selbstmord begangen?
MARGARET:	Selbstmord begangen? (*Erstaunt*) Ist das Ihr Ernst? Natürlich hat er keinen Selbst-

	mord begangen!
O'HARA:	Sie scheinen sich da sehr sicher zu sein, Miss Freeman!
MARGARET:	Ach, du meine Güte, natürlich bin ich mir da sicher!
O'HARA:	Wenn er also keinen Selbstmord begangen hat, was genau ist dann Ihrer Meinung nach passiert?

Eine kleine Pause.

MARGARET:	(*Leise*) Er wurde ermordet …, ermordet von der gleichen Person, die Mr. Hartington ermordet hat …
O'HARA:	Hm.
GAIL:	Es ist doch ziemlich offensichtlich, warum Hartington ermordet wurde: Jemand versuchte, ihm die Filmrechte an Peters Roman zu einem unverschämten Preis zu verkaufen, und Hartington lachte ihn einfach aus … oder sie. Aber warum genau wurde Mr. Stultz ermordet … Das ist doch eine andere Geschichte, oder?
O'HARA:	Ja – vergessen Sie nicht, dass es immer ein Motiv geben muss, Miss Freeman.
MARGARET:	Es wird Ihnen nicht schwerfallen, ein Motiv zu finden, Inspektor. Viele Leute hassten allein schon Ottos Anblick.
O'HARA:	Haben Sie seinen Anblick gehasst?
MARGARET:	Ist das nicht eine ziemlich dumme Frage?
O'HARA:	Sie hatten doch einen Streit mit Mr. Stultz, nicht wahr, Miss Freeman? Vor kurzem, meine ich.
MARGARET:	Einen Streit? Worauf spielen Sie an? (*Nach einer Pause: aufrichtig*) Hören Sie, Inspektor, ich glaube, ich weiß, was Ihnen durch den Kopf geht. Sie denken, dass ich mich über Otto geärgert habe, weil … weil er mich für die Rolle der Charlotte Early nicht für geeignet hielt. Das ist doch rich-

	tig, oder?
O'HARA:	Das ist richtig, Miss Freeman.
MARGARET:	Nun, ich denke, es gibt noch etwas, das Sie wissen sollten, Inspektor …
O'HARA:	Was denn?
MARGARET:	Es ist einfach die Tatsache, dass ich, als ich Miss Howard heute Morgen am Set sah, erkannte, dass sie perfekt … perfekt für die Rolle ist. Ich habe das Otto gesagt und … und wir haben uns versöhnt.
O'HARA:	Verstehe. (*Entlässt* MARGARET) Gut, Miss Freeman, danke.
MARGARET:	Wiedersehen, Inspektor. (*Nach einer kleinen Pause*) Auf Wiedersehen, Miss Howard … lassen Sie sich von dieser schrecklichen Angelegenheit nicht zu sehr aus der Ruhe bringen … Sie haben – Sie haben das Zeug dazu, meine Liebe!
GAIL:	Danke … Margaret.

Eine Pause.

O'HARA:	Hm. War das gespielt oder echt?
GAIL:	Oh, sie war absolut aufrichtig, Inspektor, da bin ich mir sicher.
O'HARA:	Das frage ich mich. (*Eine kleine Pause*) Ah, das ist eine verdammt seltsame Angelegenheit! Alles scheint auf Selbstmord hinzudeuten und doch …

Eine Pause.

GAIL:	(*Leise*) O'Hara …
O'HARA:	Ja?
GAIL:	(*Langsam, nachdenklich*) Ich habe über diese Stultz-Affäre und die Hartington-Sache nachgedacht und … nun … Ich glaube, ich weiß, wie Mr. Hartington ermordet wurde … und Otto Stultz.
O'HARA:	Was? Was reden Sie da?
GAIL:	Hören Sie, Inspektor, wir haben alle versucht, eine ausgefallene Theorie zu entwi-

	ckeln, wie Mr. Hartington ermordet wurde, aber wissen Sie, es könnte sehr … sehr einfach gewesen sein!
O'HARA:	Wie meinen Sie das?
GAIL:	Hartington litt an Verdauungsbeschwerden, nicht wahr?
O'HARA:	Ja, richtig.
GAIL:	Und er nahm Tabletten dagegen – große Mengen von Tabletten. Nehmen wir nun an, dass jemand in ein Fläschchen mit diesen Tabletten eine Tablette einwirft, die nicht unbedingt zur Besserung der Beschwerden gedacht war. Es konnte ein Tag, eine Woche oder sogar drei Wochen dauern, bis Mr. Hartington diese bestimmte Tablette einnahm – aber früher oder später musste er sie nehmen! und so geschah es, dass er sie nach …
O'HARA:	… nach dem Essen im *Blue Stetson* einnahm! Meine Güte! Ich glaube, Sie haben recht!
GAIL:	Aber hören Sie – und das ist der Punkt, Inspektor … angenommen, diese bestimmte Person wollte absolut sichergehen, dass Mr. Hartington die Tablette einnehmen würde – was würde sie dann tun? Sie würde eine Tablette mit Gift in jede Flasche mit Tabletten schmuggeln, die Hartington besaß.
O'HARA:	Aber er hat doch sicherlich nur ein Fläschchen …
GAIL:	Nein, nicht unbedingt. Er hatte mindestens zwei.
O'HARA:	Woher wissen Sie das?
GAIL:	Weil Doris Charleston Markham das zweite Fläschchen gab, als sie seine eigene nicht finden konnte. So wurde Stultz getötet … aus Versehen …

O'HARA:	Heiliger Strohsack ... Markham hat Stultz das Fläschchen gegeben ... Sie haben absolut recht!!! Sie liegen damit genau richtig, junge Dame!!! Wenn sich jetzt noch meine Vermutung bewahrheitet, sind wir fein raus ...
GAIL:	Inspektor, was ist das für eine Vermutung von Ihnen? ... Denn wenn ... (*Plötzlich*) He ... Da kommt ja Peter! Meine Güte, er sieht aber aufgeregt aus!

PETER kommt näher. Er ist atemlos und aufgeregt.

O'HARA:	Gibt's was Neues?
PETER:	Ja. Sie hatten recht mit Doris Charleston ... Sergeant Moore hat tatsächlich die Details entdeckt ... Ancora Village, 8. September 1924 ...
GAIL:	(*Verwirrt*) Peter ... Was heißt das?
PETER:	Das erklären wir dir später, Schatz ...
O'HARA:	Sie haben von Stultz gehört?
PETER:	Ja, mein Gott, das hat mich wirklich schockiert.
O'HARA:	Es gibt keinen Zweifel ... an den Details, meine ich?
PETER:	Nein, gar keine.
O'HARA:	(*Nachdenklich*) Ancora Village, 8. September 1924 ... (*Plötzlich*) Prima!!!
GAIL:	Ancora Village? Wo ist das?
PETER:	Etwa achtzig Meilen auf der anderen Seite von Los Angeles ...
GAIL:	Aber was hat das mit Doris Charleston zu tun?
O'HARA:	(*Zügig*) Das werden wir Ihnen später erklären ... (*Zu PETER*) Wir sehen uns in etwa zehn Minuten, Peter.
PETER:	Okay.

Eine kleine Pause.

GAIL:	Ihr zwei scheint ja die besten Freunde zu sein.

190

PETER:	Er ist kein schlechter Kerl, wenn man ihn näher kennt. Darling, die Sache mit Stultz muss dich ja furchtbar aufgeregt haben!
GAIL:	Es war ein ziemlich böser Schock. Wir waren mitten in einer Szene, als es passierte!
PETER:	Gütiger Himmel!
GAIL:	Peter, was ist das für ein Geheimnis um Doris Charleston?
PETER:	Nun, Tatsache ist, sie … äh … sie ist gar nicht Doris Charleston. Zumindest war das nur ihr Mädchenname.
GAIL:	(*Überrascht*) Ihr Mädchenname? Dann hat sie geheiratet?
PETER:	Ja.
GAIL:	Aber … wen?
PETER:	(*Mit einem kleinen Lachen*) Nun, ich fürchte, das wird ein ziemlicher Schock für dich sein, Gail. Sie war verheiratet mit … Mr. Hartington.
GAIL:	(*Erstaunt*) Mr. Hartington …?
PETER:	(*Leise*) Ja, mit Mr. Oliver Hartington. Sie heirateten in Ancora Village am 8. September 1924 …

Musik aufblenden.

Musik ausblenden.
Aufblenden der Stimme von CAMPBELL MANSFIELD.

MANSFIELD:	Was denn, was denn! Wie vollkommen außergewöhnlich! Verdammt, Shale, ich … ich kann es kaum glauben!
SHALE:	(*Leicht amüsiert*) Tja, es war wahr, Mr. Mansfield. Sie hat es sogar zugegeben.
MANSFIELD:	(*Überrascht*) Tatsächlich?
SHALE:	In der Tat!
MANSFIELD:	Gott bewahre! Wem gegenüber hat sie es denn zugegeben … O'Hara?
SHALE:	(*Leise*) Ja.

MANSFIELD:	(*Plötzlich*) Sagen Sie … Es war doch nicht Doris Charleston, die Mr. Hartington umgebracht hat, oder?
SHALE:	Vielleicht erzähle ich Ihnen besser, was genau passiert ist, was Doris Charleston betrifft.
MANSFELD:	Mein Gott, ja! Unbedingt!
SHALE:	Nun, etwa zwei Tage später führte Julius Markham in einer Szene von *Der Himmel ist stets dunkel*, in der auch Gail spielte, Regie. Ich war zufällig am Set und sprach gerade mit Louis Cheyne, als O'Hara eintraf. Er schien ziemlich zufrieden mit sich selbst zu sein, dachte ich. Er machte keine Anstalten, zu …

Stimme ausblenden.
Musik aufblenden.

Musik ausblenden.
Überblenden zu Studiogeräuschen im Hintergrund.

MARKHAM:	Hören Sie, Gail … Sie … Sie haben es nicht ganz richtig verstanden … In dieser Szene ist Charlotte nicht temperamentvoll, es ist mehr eine Art von … nun, ich denke, man könnte es Gereiztheit nennen …
SHALE:	Ehrlich gesagt, Julius, mir gefällt der Dialog nicht.
LOUIS:	Ich stimme dir zu, Shale. Er wirkt ein bisschen unecht!
MARKHAM:	Wer bin ich denn, dass ich Kritik üben könnte? Ihr Jungs habt die Dialoge doch geschrieben!
GAIL:	Wenn Sie meine Meinung hören wollen, dann ist es nicht so sehr der Dialog, sondern … (*Überrascht*) Oh, hallo, Inspektor.
O'HARA:	Guten Tag! Guten Tag, meine Herren! Ich bin auf der Suche nach Miss Charleston.
LOUIS:	Vor ein paar Minuten war sie noch hier …

192

MARKHAM:	(*Ungeduldig*) Wen suchen Sie?
O'HARA:	Miss Charleston.
MARKHAM:	Ach, Miss Charleston … Sie ist in meinem Büro. Es ist in Block 4. Vielleicht bringst du den Inspektor dorthin, Louis.
LOUIS:	Sicher! Okay … hier entlang, Inspektor.
O'HARA:	Danke.

Geräusche leicht ausblenden.

LOUIS:	Gibt es Neuigkeiten im Fall Stultz?
O'HARA:	(*Freundlich*) Lesen Sie denn keine Zeitungen?
LOUIS:	Nicht, wenn es sich vermeiden lässt.
O'HARA:	(*Nach einer Pause*) War Otto Stultz beliebt?
LOUIS:	Das nehme ich an, ja.
O'HARA:	Mochten Sie ihn?
LOUIS:	Nicht sehr. Aber ich bin da sehr penibel. Hier entlang, Inspektor.

Eine Tür wird geöffnet.
Ausblenden.

Aufblenden: Eine zweite Tür wird geöffnet.
Eine Schreibmaschine ist zu hören. Sie stoppt, als LOUIS und O'HARA eintreten.

O'HARA:	Guten Tag, Miss Charleston!
DORIS:	Oh, hallo, Inspektor!
LOUIS:	Ich lasse Sie beide jetzt besser allein. (*Lacht*) Du solltest auf alles eine Antwort parat haben, Doris!
DORIS:	(*Amüsiert*) Keine Sorge, das schaffe ich schon irgendwie.

Die Tür wird geschlossen.

O'HARA:	Ich hoffe, Sie sind nicht zu beschäftigt?
DORIS:	Zu beschäftigt? Wofür, Inspektor?
O'HARA:	Für eine kleine Unterhaltung …
DORIS:	Möchten Sie eine Zigarette – oder sind Sie im Dienst?
O'HARA:	Ich bin zwar im Dienst, aber … wenn es

	Ihnen nichts ausmacht, würde ich gerne eine rauchen … äh … eine von meinen eigenen.
O'HARA:	Sicher. Schon irgendetwas Neues bezüglich …?
O'HARA:	Bezüglich Stultz? Ja. Der Fall klärt sich irgendwie von selbst … Aber ich bin nicht hierhergekommen, um über Otto Stultz zu sprechen, Miss Charleston, ich äh … äh …
DORIS:	Worüber wollen Sie dann sprechen?

Eine kleine Pause.

O'HARA:	Über … Mr. Hartington …
DORIS:	(*Leise, überrascht*) Über Mr. Hartington?
O'HARA:	Ja. (*Plötzlich*) Zigarette?
DORIS:	Nein, nein, danke sehr. (*Eine Pause*) Über was bezüglich Mr. Hartington wollen Sie sprechen?
O'HARA:	(*Beiläufig*) Haben Sie Feuer? … Oh, danke! (*Er zündet seine Zigarette an*)
DORIS:	Was … Was ist mit Mr. Hartington?
O'HARA:	Hm. Mr. Hartington … Er … äh … Er war verheiratet, wussten Sie das? – Mr. Oliver Hartington hat am 8. September 1924 in Ancora Village geheiratet. Wahrscheinlich im Stillen, könnte ich mir vorstellen. Sie nicht?

Eine Pause.

DORIS:	(*Leise*) Wie haben Sie das herausgefunden?
O'HARA:	Es war nur so eine Ahnung. Diese Kontrollabschnitte haben mich auf die Idee gebracht … Und als Sie dann in der Sendung ausgerastet sind, habe ich zwei und zwei zusammengezählt …
DORIS:	(*Leise*) Ich war siebzehn, als ich Hartington heiratete. Wir fuhren eines Nachts von Los Angeles nach Ancora Village. Er arbeitete als Marktschreier auf einem Jahr-

markt und … und … (*Plötzlich*) Gott, wie habe ich diesen Mann hassen und verachten gelernt!

O'HARA: Warum haben Sie Hartington gehasst und verachtet?

DORIS: Weil er gierig war, weil er selbstsüchtig war und weil er entsetzlich grausam und brutal war! Wir trennten uns 1927 und ich ging für eine kurze Zeit nach Europa. Als ich nach Amerika zurückkam, das war 1932, entdeckte ich, dass Hartington im Filmgeschäft arbeitete und dass es bei ihm wie geschmiert lief. Ich bat ihn um einen Job und er willigte ein, mir einen zu geben, unter der Bedingung, dass ich über unsere Ehe schweigen würde. Ich stimmte zu, aber 1939 geriet ich in Schwierigkeiten … finanziell, meine ich … und, na ja …

O'HARA: Das erklärt also die Kontrollabschnitte?

DORIS: Ja. Aber warum sollte er nicht bezahlen?! Immerhin war ich mit ihm verheiratet, nicht wahr?

Eine Pause.

O'HARA: (*Leise*) Miss Charleston … Haben Sie Mr. Hartington ermordet?

DORIS: Nein!!! Nein!!! Nein!!!!

O'HARA: Aber Sie haben Leo Bartlett ermordet, den Exmann von Margaret Freeman, nicht wahr?

Eine zweite Pause.

DORIS: Ja. Ja … Ich habe Bartlett ermordet. Das Schwein hat mich erpresst. Er wusste, dass ich mit Hartington verheiratet war, und als Oliver ermordet wurde, drohte er, es zu erzählen … Ich bekam Angst. Ich dachte, wenn die Leute erfahren würden, dass ich heimlich mit Hartington verheiratet war, würden sie natürlich annehmen, dass ich ihn ermordet hatte. Aber das habe ich nicht! Ich schwöre, ich habe es nicht getan!!! (*Leise*) Obwohl ... Obwohl ich die Absicht hatte ...

O'HARA: Die Zigarette, die Sie Bartlett gegeben haben, war ursprünglich für Hartington bestimmt, nicht wahr?

DORIS: Ja ... Ja, ich hatte sie schon seit Wochen bei mir ... Ich hätte sie eines Abends fast in Hartingtons Koffer gesteckt, aber ... aber im letzten Moment bekam ich Angst ... und überlegte es mir anders. Als Leo Bartlett dann zu mir kam, legte er sein Zigarettenetui auf den Schreibtisch, und ... na ja ... Sie wissen ja, was dann passiert ist.

O'HARA: Wie hat Leo Bartlett von Ihrer Ehe mit Hartington erfahren?

DORIS: Ich weiß es nicht. Das war mir immer ein Rätsel. Es gab nur eine Person, die es wusste, außer Hartington und mir, und ...

O'HARA: ... und das war Mary Brampton?

DORIS: Ja. Ja ... Woher wussten Sie das?

O'HARA: Ich wusste es nicht – zumindest nicht mit Sicherheit, aber ich hatte einen guten Grund, es zu glauben.

DORIS: Warum?

O'HARA: Bartlett wohnte in Hollywood im *Garten Allahs*. Er wohnte dort ab und zu für mehrere Wochen, ohne dass Margaret Freeman davon wusste. Unter falschem Namen war er mit Mary Brampton befreundet, und als Hartington ermordet wurde, sagte sie ihm, dass ...

DORIS: ... dass ich mit Hartington verheiratet war und dass sie glaubte, dass ...

O'HARA: ... dass Sie ihn ermordet haben. Ja.

DORIS: (*Plötzlich*) Jetzt verstehe ich alles! Er hat

196

	Mary ermordet und dann angefangen, mich zu erpressen! Jetzt verstehe ich, wie alles zusammenhängt.
O'HARA:	(*Leise*) Das ist noch nicht alles, Miss Charleston. Es stimmt, dass Bartlett Mary Brampton ermordet hat ... aber ... wer ... hat ... Mr. Hartington ermordet???
DORIS:	(*Verzweifelt*) Ich weiß es nicht!! Ich sage Ihnen, ich weiß es nicht!!
O'HARA:	(*Nach einer kleinen Pause*) Okay, dann müssen wir jetzt wohl aufs Präsidium fahren.
DORIS:	Ich ... fahre ... nicht ... mit ... aufs Präsidium, Inspektor!
O'HARA:	Was soll das heißen? (*Plötzlich*) Jetzt machen Sie keinen Unsinn! Nehmen Sie Waffe runter! Runter damit!!!
DORIS:	Bleiben Sie, wo Sie sind!!! (*Nach einer kurzen Pause*) Wenn Sie nur eine Bewegung machen, Inspektor ... Ich warne Sie!
O'HARA:	Seien sie nicht dumm! Sie wissen genau, dass Sie nicht schießen würden.
DORIS:	Ach nein? Dann achten Sie auf den Spiegel, Inspektor ... Auf den über Ihrem Kopf!

Ein Schuss ertönt und der Spiegel kracht zu Boden.

| O'HARA: | (*Erstaunt*) Na warten Sie ... Sie Dummerchen ... Ich werde ... |

Plötzlich öffnet sich die Tür.

| O'HARA: | Aufpassen!!! Aufpassen, Peter!!! |

PETER rennt entschlossen durch den Raum. Ein Schuss ist zu hören.

PETER:	Es ist ... gut. Ich habe sie.
GAIL:	Vorsicht, Darling!
O'HARA:	Seien Sie vorsichtig!

Ein weiterer Schuss ist zu hören und GAIL stößt einen plötzlichen, erschrockenen Schrei aus.

| PETER: | Sie hat auf sich selbst geschossen!!! |

GAIL:	Oh, Peter … Peter …
O'HARA:	Bring mir das Kissen … Das da … Schnell!
PETER:	Sie versucht, etwas zu sagen, O'Hara, hören Sie!
GAIL:	Lass mich ihren Arm nehmen, Peter … So ist es besser!
O'HARA:	Schnell!!!

Eine kleine Pause.

DORIS:	(*Schwach*) O'Hara …
O'HARA:	Ja, Miss Charleston?
DORIS:	Ich … Ich habe Ihnen die Wahrheit gesagt … Ich … Ich habe Hartington nicht ermordet …
O'HARA:	Wer war es dann?
DORIS:	Ich weiß nicht … Ich … weiß nicht …
GAIL:	(*Leise*) Oh, Peter … Peter …

Musik aufblenden.

Musik ausblenden.
Wir sind noch einmal, und zwar zum letzten Mal, bei CAMPBELL MANSFIELD und DALLAS SHALE.

MANSFIELD:	(*Erstaunt*) Und … Und ist sie gestorben … Doris Charleston, meine ich?
SHALE:	Ja … Ja, leider. Sie war auch kein schlechter Mensch, wenn man sie nach ihren eigenen Maßstäben beurteilt.
MANSFIELD:	Doris Charleston hat also Leo Bartlett ermordet und Leo Bartlett hat Mary Brampton ermordet. Aber … Aber wer genau hat Mr. Hartington ermordet?
SHALE:	(*Kichert*) Nun, das ist eine schwierige Frage. Aber ich stelle mir das folgendermaßen vor. Als Mr. Hartington anfing, über den Kauf der Filmrechte von *Der moderne Pilger* zu sprechen, hat sich jemand in Hollywood – ein Kerl, der sich Norman Roger Page nannte – ziemlich ka-

puttgelacht, weil er genau wusste, dass er die Filmrechte an *Der moderne Pilger* besaß und nicht Peter London.

MANSFIELD: Ja ... Ja ... das verstehe ich, aber ...

SHALE: Aber dieser Norman Roger Page, der Hartington übrigens abgrundtief hasste, trat dem alten Knaben entgegen und sagte ihm ganz unverblümt, dass er eine ziemlich beträchtliche Summe für die Filmrechte haben wollte. Nun, Hartington wollte nicht wirklich die Filmrechte an *Der moderne Pilger*, er wollte einfach ...

MANSFIELD: (*Leicht ungeduldig*) Peter London als Person, der er die Leitung der Drehbuchabteilung übertragen wollte ... Ja ... ja ... Das weiß ich schon alles, aber ...

SHALE: Aber Hartington, der ein ziemlich gerissener Fuchs war, wusste, dass er Norman Roger Page genau da hatte, wo er ihn haben wollte, also kaufte er die Filmrechte an *Der moderne Pilger* für genau ... siebenundsechzig Dollar.

MANSFIELD: Ja, ja, das ist ja alles schön und gut, Shale ... aber was ich wissen möchte, ist: Wer ist Norman Roger Page?

SHALE: (*Amüsiert*) Der Mann, der Mr. Hartington ermordet hat.

MANSFIELD: (*Verärgert*) Ja, aber ... Wer hat Mr. Hartington ermordet?

Eine kleine Pause.

SHALE: Ich war das.

Eine zweite Pause.

MANSFIELD: Sie? Sie haben ...

SHALE: (*Freundlich*) Richtig ...

MANSFIELD: Dann ... Dann sind Sie also ... Norman Roger Page?

SHALE: Genau.

MANSFIELD: Oh ... Das kann ich nicht glauben ... Das

	ist doch lächerlich ... Sie machen Witze!
SHALE:	Okay. Sie müssen es nicht glauben.
MANSFIELD:	Aber ... Das ist die fantastischste Geschichte, die ich je gehört habe, also ... ich meine ... verdammt noch mal ... ich ... ich ...
SHALE:	(*Kichert vor sich hin*) Tja, vergessen Sie nicht, was Sie vor acht Wochen gesagt haben, Mr. Mansfield ... Hollywood braucht neue Geschichten ... Verstehen Sie? (*Strahlt*) Auf Wiedersehen, Charlie! Auf Wiedersehen, Mr. Mansfield!
MANSFIELD:	(*Erstaunt, fassungslos und verwirrt*) Also ... Also, ich ... muss schon sagen ...

Musik aufblenden.

Musik ausblenden.

1. AMERIKANER:	(*Freundlich: überraschter Tonfall*) Hallo, allerseits! Hier ist Jacki Wendleman, die Stimme von Hollywood! Willkommen in Los Angeles, Leute!!!

Musik aufblenden.

Musik ausblenden.

RADIOSTIMME:	Blitzinfo aus dem Filmgeschäft!!! Gail Howard und Peter London von Amors Pfeil getroffen ... Lebenslänglich für H.G.T.-Star!

Musik aufblenden.

Musik ausblenden.

WERBEANSAGER:	(*Freundlich, heiter*) Vergessen Sie nicht, in *Joe's Place* zu essen. Mary hatte ein Lämmchen, was nehmen Sie?

Musik aufblenden.

Musik ausblenden.

1. STIMME:	Halbtropische Blumen, reich an Duft und

	Farbe …
2. STIMME:	Weiße Stuckhäuser und einladende, nicht eingezäunte Rasenflächen …
3. STIMME:	Trockene Wüste und schneebedeckte Berge …

Musik aufblenden.

Musik ausblenden.

1. STIMME:	Schreckliche Kakteen und freundliche Orangenhaine …
2. STIMME:	Das *Trocadero* … Sunset Boulevard …
3. STIMME:	La Brea Avenue … Der *Clover*-Club … *Harpos Bar* … Das *Hollywood Punch Bowl*.
4. STIMME:	Wilshire Boulevard … Das *Blue Stetson* … *Charlies Kemenate* …
3. STIMME:	*Joe's Place* …
2. STIMME:	Der *Garten Allahs* … *Ed's Taj Mahal Beanery*.

Musik aufblenden.

Musik ausblenden.

MANSFIELD:	(*Philosophisch*) Das also ist … Hollywood!

Musik aufblenden bis zu einem Crescendo.
Überblenden auf die Kuckucksuhr.

Kuckuck! Kuckuck! Kuckuck! Kuckuck! Kuckuck! Kuckuck! Kuckuck! Kuckuck! Kuckuck!

ENDE.

Stab & Besetzung
der drei Hörspielproduktionen

MR HARTINGTON DIED TOMORROW
BBC Radio, 9. Februar 1942 – 6. April 1942, acht Folgen

Buch:
Francis Durbridge
(als Lewis Middleton Harvey)

Produktion
und Regie:
Val Gielgud

Dallas Shale . . . . James McKechnie
Campbell Mansfield . . . . Laidman Browne
Charlie . . . . G. R. Schjelderup
Julius Markham . . . . Alexander Sarner
Margaret Freeman . . . . Grizelda Hervey
Doris Charleston . . . . Tucker McGuire
Louis Cheyne . . . . Malcolm Graeme
Mary Brampton . . . . Olga Edwards
Gail Howard . . . . Phyllis Calvert
Sam Levinsky . . . . Ernest Sefton
Inspector O'Hara . . . . Harry Hutchinson
Peter London . . . . Philip Cunningham
Sergeant Moore . . . . Roy Emerton
Ein Mädchen . . . . Joan Miller
Erster Fahrer (Ed) . . . . Jack Livesey
Zweiter Fahrer . . . . Ernest Sefton
Sergeant Quinn . . . . Allan Jeayes
Ein Portier . . . . Ernest Sefton
Alderman Love . . . . Allan Jeayes
Tom Love . . . . Jack Livesey
Maisie . . . . Joan Miller
Joe Francino . . . . Dino Galvani
Jock Reid . . . . John Laurie
Kellnerin . . . . Muriel Pratt

Regan . . . . Jack Livesey
Erstes Mädchen . . . . Lucille Lisle
Zweites Mädchen . . . . Joan Miller
Drittes Mädchen . . . . Viki Dobson
Leo Bartlett . . . . Heron Carvic
Sam . . . . Macdonald Parke
Ein Mann . . . . Ernest Sefton
Spencer . . . . Ernest Sefton
Sylvestor . . . . Andrea Melandrinos
Dr. Latimer . . . . Ivan Samson
Sergeant Dane . . . . Jack Livesey
Radiosprecher . . . . Joan Miller
Henry K. Hammerston . . . . Roy Emerton
Horace Wyndham Harringford . . . John Laurie
Ein Mann . . . . G. R. Schjelderup
Jane Wise . . . . Connie Burnett
Radiosprecher 2 . . . . Allan Jeayes
Larry . . . . Allan Jeayes
Otto Stultz . . . . Ernest Sefton
Joe . . . . Jack Livesey
Tony . . . . Bryan Herbert
Dr. Team . . . . Finlay Currie
Amerikaner . . . . Roy Emerton
Zweite Stimme . . . . Jack Livesey
Dritte Stimme . . . . Joan Miller
Vierte Stimme . . . . Allan Jeayes

Episodentitel
(Ausstrahlung montags um 18.45, BBC Home Service):

1. 09.02.1942   *Mr Hartington's Siesta*
2. 16.02.1942   *Who is Peter London?*
3. 23.02.1942   *Makings of a Film Star*
4. 09.03.1942   *The Second Death*
5. 16.03.1942   *The Blue Stetson*
6. 23.03.1942   *Beverly Hills*
7. 30.03.1942   *The Remarkable Behaviour of Otto Stultz*
8. 06.04.1942   *That's My Story!*

MR HARTINGTON DIED TOMORROW
BBC Radio, 30. Oktober 1942, 60 Minuten

Buch: Produktion
Francis Durbridge   und Regie:
(als Lewis Middleton Harvey)   Val Gielgud

Dallas Shale . . . . James McKechnie
Campbell Mansfield . . . . Laidman Browne
Charlie . . . . Preston Lockwood
Julius Markham . . . . Alexander Sarner
Doris Charleston . . . . Naomi Campbell
Margaret Freeman . . . . Grizelda Hervey
Louis Cheyne . . . . Malcolm Graeme
Gail Howard . . . . Penelope Davidson
Inspektor O'Hara . . . . Harry Hutchinson
Ein Arzt . . . . .Richard Williams
Sergeant Moore . . . . Tony Quinn
Peter London . . . . Philip Cunningham
Leo Bartlett . . . . Max Adrian
Erster Radiosprecher . . . . Rita Vale
Zweiter Radiosprecher . . . . Harry Ross
Otto Stultz . . . . Ernest Sefton
Dr. Team . . . . Richard Williams

MR HARTINGTON DIED TOMORROW
BBC Radio, 31. Januar 1950 – 21. März 1950, acht Folgen

Buch: Francis Durbridge (als Lewis Middleton Harvey)
Dramaturgie: Martyn C. Webster
Produktion und Regie: David H. Godfrey

Dallas Shale . . . . Douglass Montgomery
Campbell Mansfield . . . . Richard Williams
Julius Markham . . . . Leo de Pokorny
Margaret Freeman . . . . Grizelda Hervey
Doris Charleston . . . . Rita Vale

Louis Cheyne . . . . Hamilton Dyce
Gail Howard . . . . Catherine Campbell
Inspektor O'Hara . . . . Tommy Duggan
Peter London . . . . Peter Coke
Charlie . . . . Jon Farrell
Sam Livinsky . . . . Ian Sadler
Arzt . . . . Bryan Powley
Sergeant Moore . . . . John McClaren
Kellner . . . . Charles Leno
Mary Brampton . . . . Elizabeth Maude
Sergeant Quinn . . . . Charles Leno
Maisie . . . . Janet Morrison
Joe Francino . . . . Roger Snowdon
Jock Reid . . . . Duncan McIntyre
Tom Love . . . . Richard Hurndall
Alderman Love . . . . Bryan Powley
Leo Bartlett . . . . Ivan Samson
Regan . . . . Macdonald Parke
Spencer . . . . Eddy Reed
Sylvestor . . . . Alastair Duncan
Lionel . . . . .Richard Hurndall
Sergeant Dane . . . . John Drexler
Henry K. Hammerston . . . . Frank Coburn
Dr. Latimer . . . . John Richmond
Erster Radiosprecher . . . . Warren Stanhope
Zweiter Radiosprecher . . . . Preston Lockwood
Otto Stultz . . . . Eric Lugg
H. W. Harringford . . . . Duncan McIntyre
Dr. Team . . . . Gordon Tanner

Wie aus den Besetzungslisten ersichtlich ist, gab es einige
Sprecher, die mehrere Rollen übernahmen. Dies war bei kleinen Parts der Fall und auch dann, wenn Figuren nur einmal
kurz vorkamen.

Die einteilige Version von *Mr Hartington Died Tomorrow*
wurde am selben Abend ausgestrahlt, an dem auch die erste
Folge von Durbridges Paul-Temple-Abenteuer *Paul Temple
Intervenes* gesendet wurde. Dieses ging um 18.40 Uhr (BBC

Forces Programme) unter Durbridges richtigem Namen auf Sendung, während die Geschichte rund um Mr. Hartington unter seinem Pseudonym um 21.40 Uhr gesendet wurde (BBC Home Service).

Das achtteilige Remake von 1950 ging jeweils dienstags um 21.30 Uhr (BBC Light Programme) auf Sendung, die wöchentliche Episode wurde freitags um 17.00 Uhr wiederholt. Auffällig ist, dass beim Remake keine Episodentitel mehr verwendet wurden.

Die Radiokrimis von Francis Durbridge – Eine chronologische Übersicht

von Dr. Georg Pagitz

Im Laufe seiner langen Karriere verfasste Francis Durbridge zahllose Manuskripte für Radio- und Fernsehmehrteiler, denen er auch seinen immensen Erfolg verdankt. Abseits davon stammen etliche Romane, Theaterstücke, Filmdrehbücher, Kurzgeschichten und Comictexte von ihm.

Vom BBC-Produzenten Martyn C. Webster wurde der junge Mann Anfang der 1930er-Jahre in einer Bühnenrevue allerdings für das Radio entdeckt. Zwar befand Webster, dass Durbridge ein schrecklicher Schauspieler war, aber ihm gefielen die Texte, die der 1912 in Hull geborene Brite verfasst hatte. So kamen seine ersten Radioengagements zustande. Das erste Manuskript, das von der BBC vertont wurde, war *The Three-Cornered Hat* (also ›Der dreieckige Hut‹), ein Stück für die Kinderstunde, das am 25. Juli 1933 ausgestrahlt wurde. Es folgten immer wieder kürzere Texte und Sketche, ehe Durbridge im Alter von nur 21 Jahren mit dem einstündige Hörspiel *Promotion*, ausgestrahlt am 3. Oktober 1934, seinen ersten großen Erfolg landete. Es ging darin um das Leben in einem Großkaufhaus und zog wenig später (am 23. Februar 1935) die Fortsetzung *Dolmans* nach sich.

Durbridge, dessen großes Vorbild immer Edgar Wallace war, wollte jedoch von jeher Krimis schreiben. Mit der Erfindung von Paul Temple wurde 1938 seine über 50jährige Erfolgskarriere begründet. Zumindest im deutschen Sprachraum ist weniger bekannt, dass er aber auch noch zahlreiche andere Hörspiele, Serien und Mehrteiler ohne die Temples schrieb.

Auf den folgenden Seiten wollen wir diese auflisten, stets mit den Sendedaten der BBC. Etliche Produktionen wurden auch neu vertont oder im Ausland in anderen Sprachen produziert, darauf wird hier nicht näher eingegangen, da es den Umfang dieses Artikels sprengen würde. Allerdings wird auf entsprechende deutsche Produktionen verwiesen.

Auch auf andere Auswertungen als Filmstory, Theaterstück und/oder Roman sowie auf entsprechende Hörbücher basierend auf den Romanen wird hier nicht verwiesen. Der erste (*Murder in the Midlands*) und der letzte Eintrag (*Paul Temple and the Alex Affair*) waren Grundlage bzw. Wiederverwertung eines weiteren Krimis, allerdings mit entscheidenden Änderungen im Plot, sodass die jeweiligen Fassungen als eigenständig betrachtet werden können.

1. *Murder in the Midlands* (13.11.1934)
   ⇨ Überarbeitete Version: *Over My Dead Body* (1945)
   Zwei Schauspieler nähern sich einem abgelegenen Haus in den Midlands und finden dort einen Toten.

2. *Murder in the Embassy* (04.08.1937)
   ⇨ Remake (Fremdbearbeitung): *Murder at the Embassy* (1946)
   In der Botschaft von Westovia kommt es in der Bibliothek während eines Balls zu einem Mord.

3. *Send for Paul Temple* (acht Teile, 08.04.1938 – 27.05.1938)
   ⇨ Einstündige Version: *Send for Paul Temple* (13.10.1941)
   Der Kriminalschriftsteller Paul Temple wird zu Hilfe gerufen, als Scotland Yard im Fall des berüchtigten Diamantenfürsten, der auch vor Mord nicht zurückschreckt, nicht weiterkommt.

4. *Paul Temple and the Front Page Men* (acht Teile, 02.11.1938 – 21.12.1938)
   Der Kriminalroman *Die Schlagzeilenmänner* einer unbekannten Autorin ist ein immenser Erfolg. Wenig später geschehen Verbrechen, die anscheinend von eben diesen Schlagzeilenmännern begangen wurden.

5. *News of Paul Temple* (sechs Teile, 13.11.1939 – 18.12.1939)
   ⇨ Einstündige Version: *News of Paul Temple* (05.07.1944)
   Paul Temple macht in Schottland Urlaub. Allerdings scheint dort auch eine geheimnisvolle Spionageorganisation tätig zu sein. Der große Hintermann agiert unter dem Kürzel »Z.4«.

6. *A Case for Sexton Blake* (sechs Teile, 12.03.1940 – 16.04.1940)
Sexton Blake wird in ein Schloss gerufen, wo ein Familienmitglied der Marthiolys ermordet wurde. Hat der Mord mit dem »Mann mit der eisernen Maske« zu tun, dem angeblichen Familiengespenst?

7. *And Anthony Sherwood Laughed* (sechs in sich abgeschlossene Episoden, 20.12.1940 – 31.01.1941)
Anthony Sherwood ist ein Gentleman-Gauner und ein moderner Robin Hood. Er nimmt die Reichen aus, wobei diese es wieder auf ihn abgesehen haben …

8. *The Man from Washington* (sechs in sich abgeschlossene Episoden mit einem durchgehenden Element, 23.05.1941 – 27.06.1941)
Der amerikanische Gangster Johnny Cordell hilft Scotland Yard bei der Zerschlagung eines Rauschgiftschmugglerrings, wobei in jeder Episode ein Mitglied eliminiert wird.

9. *Death Comes to the Hibiscus* (zwölf Teile, 28.11.1941 – 20.02.1942, unter dem Pseudonym Nicholas Vane, gemeinsam mit Val Gielgud)
Die Tanzdame Amanda Smith im Nachtclub ›Hibiscus‹ stellt Nachforschungen in einem Mordfall an, der sich dort ereignet hat. Der Mord scheint mit dem Diebstahl einer Musikkomposition zu tun zu haben.

10. *Mr Hartington Died Tomorrow* (acht Teile, 09.02.1942 – 06.04.1942, unter dem Pseudonym Lewis Middleton Harvey)
⇨ Einstündige Version: *Mr Hartington Died Tomorrow* (30.10.1942)
Oliver Hartington, der König von Hollywood, wird in einem Restaurant vergiftet, nachdem er vergeblich einen Autor namens Peter London treffen wollte. Es folgen weitere Morde in der Filmbranche.

11. *Paul Temple Intervenes* (acht Teile, 30.10.1942 – 18.12.1942)
Der gefährliche »Marquis« hat schon drei Menschenleben auf seinem Gewissen. Niemand kennt ihn und Scotland Yard steht vor einem Rätsel. Das Innenministerium bittet Paul Temple, sich des Falls anzunehmen.

12. *Introducing Gail Carlton* (sechs in sich abgeschlossene Episoden, 10.12.1943 – 21.01.1944, unter dem Pseudonym Nicholas Vane)
Die Abenteuer einer jungen Journalistin, allerdings sind nicht alle Episoden kriminalistisch.

13. *Michael Starr Investigates* (sechsundzwanzig in sich abgeschlossene Episoden, 14.02.1944 – 07.08.1944)
Michael Starr hilft seinem Freund von Scotland Yard immer dann, wenn dieser nicht weiterweiß.
Kurzkrimis, bei denen das Publikum mitraten konnte, wer der Täter ist, weil dieser sich stets durch ein Detail im Verlauf der Handlung verriet.

14. *The Memoirs of André d'Arnell* (neun in sich abgeschlossene Episoden, 09.10.1944 – 18.12.1944)
André d'Arnell, ein Franzose, berichtet aus seiner langjährigen Erfahrung und über seine spektakulärsten Kriminalfälle.
Wie *Michael Starr Investigates* bestehend aus Kurzkrimis, bei denen man mitraten konnte.

15. *Over My Dead Body* (11.04.1945)
Überarbeitete Fassung von *Murder in the Midlands* (1934)
{Deutsche Fassungen: *Nur über meine Leiche* (1963), *Nur über meine Leiche* (1964)}
Das Schauspielerehepaar Nelson fährt mit ihrem Wagen an einem nebligen Tag durch Essex und verirrt sich in ein alleinstehendes Haus, wo es einen Toten findet.

16. *Mr Lucas* (03.07.1945)
Scotland Yard sucht einen geheimnisvollen Hehler, der in Großbritannien aktiv ist und an den eine wertvolle Kette übergeben werden soll. Ein Scotland-Yard-Inspektor tarnt sich auf einer Zugfahrt als Mr. Lucas, um dem Mann auf die Schliche zu kommen.

17. *Passport to Danger!* (sechs Teile, 01.08.1945 – 05.09.1945)
Der Bruder von Linda West ist im Ausland spurlos verschwunden. Lediglich die Nachricht, dass er eine außergewöhnliche Entdeckung gemacht hat, ist zu ihr durchgedrungen. Ansonsten fehlt jedes Lebenszeichen. Linda macht sich auf die Suche nach ihm …

18. *Send for Paul Temple Again* (acht Teile, 13.09.1945 – 01.11.1945)
⇨ Überarbeitete Version: *Paul Temple and the Alex Affair* (1968)
Eine Schauspielerin wurde ermordet in einem Zug aufgefunden. Auf der Abteiltür stand der Name »Rex«. Wer ist der unbekannte Mörder, der nach einer Todesliste zu morden scheint? Ein Fall für Paul Temple.

19. *A Case for Paul Temple* (acht Teile, 07.02.1946 – 28.03.1946)
{Deutsche Fassungen: *Ein Fall für Paul Temple* (1951), *Paul Temple und der Fall Valentine* (2021/22)}
In London wird der Drogenhandel von einem mysteriösen Unbekannten namens »Valentine« organisiert. Wer ist der geheimnisvolle Hintermann? Scotland Yard bittet Paul Temple um Hilfe.

20. *The Caspary Affair* (11.07.1946)
In einer Schweizer Privatklinik erzählt ein Schauspieler einem Arzt von einem geheimnisvollen Mord, den Umständen, wie es dazu kam und spricht über die Verdächtigen. Alles dreht sich um eine Schauspielerin, die einen reichen Adeligen heiratete …

21. *Paul Temple and the Gregory Affair* (acht Teile, 17.10.1946 – 19.12.1946)
{Deutsche Fassungen: *Paul Temple und die Affaire Gregory* (1949/50), *Paul Temple und der Fall Gregory* (2014)}
Ein Mädchen verschwindet spurlos und wird vier Wochen später tot aus der Themse gefischt. Sie wurde erwürgt. Bei ihr fand man die Nachricht »Mit den besten Empfehlungen, Mr. Gregory«. Wer ist dieser Unbekannte? Paul Temple ermittelt und bald geschehen weitere Morde.

22. *Paul Temple and Steve* (acht Teile, 30.03.1947 – 18.05.1947)
Der gefährliche Dr. Belasco hat seine Aktivitäten vom Kontinent nach England verlegt. Der mysteriöse Unbekannte organisiert das Verbrechen und dem Königreich droht eine Kriminalitätswelle ohne Ausmaß. Sir Graham von Scotland Yard bittet Paul Temple um Hilfe.

23. *Mr and Mrs Paul Temple* (21.11.1947)
{Deutsche Fassung: *Paul Temple und der Fall McRoy* (2021/22)}
Auf dem Bahnhof in Mailand treffen die Temples den ehemaligen FBI-Mann McRoy. Dieser hat einen geheimnisvollen Koffer bei sich, den er in die Schweiz bringen soll. Die gemeinsame Zugfahrt endet in einer Katastrophe.

24. *Paul Temple and the Sullivan Mystery* (acht Teile, 01.12.1947 – 19.01.1948)
Die Temples wollen gerade zu einer Reise nach Kairo aufbrechen, als eine junge Frau bei ihnen auftaucht, und sie bittet, eine Brille – die ein gewisser Mr. Sullivan vergessen hat – mit in die ägyptische Hauptstadt zu nehmen. Von da an sind alle dahinter her und es gibt Tote.

25. *Paul Temple and the Curzon Case* (acht Teile, 07.12.1948 – 25.01.1949)

{Deutsche Fassung: *Paul Temple und der Fall Curzon* (1951/52)}

Zwei Schüler verschwinden auf dem Heimweg. Auch von einem ihrer Freunde fehlt jede Spur. Einziger Anhaltspunkt ist ein Cricketschläger, auf dem der Name »Curzon« steht. Sir Graham Forbes von Scotland Yard bittet Temple um Mithilfe.

26. *Johnny Washington Esquire* (acht in sich abgeschlossene Episoden, 12.08.1949 – 30.09.1949)

Ein frecher junger Amerikaner dreht in London den Spieß gegen Kriminelle im Stil von Robin Hood um. Seine Methoden werden von Scotland Yard genau beobachtet und seine Opfer wollen ihn beseitigen.

27. *Paul Temple and the Madison Mystery* (acht Teile, 12.10.1949 – 30.11.1949)

{Deutsche Fassung: *Paul Temple und der Fall Madison* (1956)}

Auf dem Ozeandampfer aus New York lernen die Temples Sam Portland kennen. Dieser ist auf dem Weg nach Europa, um mehr über seine Herkunft herauszufinden. In London soll ihm ein Privatdetektiv namens Madison helfen. Doch Portland erreicht die Hauptstadt nicht und den Detektiv scheint es nicht zu geben.

28. *Paul Temple and the Vandyke Affair* (acht Teile, 30.10.1950 – 18.12.1950)

{Deutsche Fassung: *Paul Temple und der Fall Vandyke* (1953)}

Mary Desmond wendet sich verzweifelt an Temple: Als sie eines Abends nach Hause kam, waren sowohl ihr Baby als auch die Babysitterin spurlos verschwunden. Alles deutet auf einen mysteriösen Hintermann namens Vandyke hin. Bald gibt es eine Leiche.

29. *Paul Temple and the Jonathan Mystery* (acht Teile, 10.05.1951 – 28.06.1951)

{Deutsche Fassung: *Paul Temple und der Fall Jonathan* (1954)}

Auf dem Rückflug aus den USA lernt Temple die Fergusons kennen, die ihren Sohn in England besuchen wollen. Doch dieser wird in seinem Studentenzimmer brutal ermordet und bis zur Unkenntlichkeit entstellt. Wichtige Spuren sind eine Ansichtskarte und ein Siegelring.

30. *Paul Temple and Steve Again* (08.04.1953)

{Deutsche Fassung: *Paul Temple und der Fall Westfield* (2021/22)}

Paul Temple ermittelt in einem unaufgeklärten Verbrechen. Zunächst stirbt ein Hehler in einem Londoner Hotel, dann führt die Spur nach Cornwall, wo ein Lokalpolitiker von einer Klippe stürzt.

31. *Paul Temple and the Gilbert Case* (acht Teile, 29.03.1954 – 17.05.1954)
{Deutsche Fassung: *Paul Temple und der Fall Gilbert* (1957)}
Brenda Sterling wurde ermordet. Diesmal steht anscheinend auch schon der Täter fest: ihr Freund Howard Gilbert. Dieser wurde bereits verurteilt und soll hingerichtet werden. Doch der Vater der Ermordeten hält ihn für unschuldig und bittet Temple, den Fall nochmals zu untersuchen.

32. *Paul Temple and the Lawrence Affair* (acht Teile, 11.04.1956 – 30.05.1956)
{Deutsche Fassung: *Paul Temple und der Fall Lawrence* (1958)}
Paul und Steve machen Urlaub an der Ostküste. Bei einer Bootsausfahrt wird von einer Klippe auf die beiden geschossen. Zwar kommen die Temples mit dem Schrecken davon, der Bootsführer hat allerdings weniger Glück und wird angeschossen. Als es ihm wieder besser geht, kommt er jedoch ums Leben. Der Tote hinterlässt Temple einen Brief mit einer Adresse: Clive Lawrence, Zermatt. Wer ist dieser Mann?

33. *Paul Temple and the Spencer Affair* (acht Teile, 13.11.1957 – 01.01.1958)
{Deutsche Fassung: *Paul Temple und der Fall Spencer* (1959)}
Wer ist Mr. Spencer? Sein Name fand sich auf einer Karte, die einer Schallplatte beigelegt war und die sich neben einer Leiche fand. Wer hat die Tochter eines Impresarios ermordet? Temple ermittelt.

34. *Paul Temple und der Fall Conrad* (acht Teile, 02.03.1959 – 20.04.1959)
{Deutsche Fassungen: *Paul Temple und der Fall Conrad* (1959/60), *Paul Temple und der Fall Conrad* (1961)}
Die Tochter eines prominenten Londoner Psychiaters verschwindet spurlos aus einem Eliteinternat in Bayern. Verschiedene mysteriöse Vorfälle bringen Paul Temple dazu, sich des Falls anzunehmen. Was hat es mit ein paar geheimnisvollen Cocktailstäbchen auf sich?

35. *Paul Temple and the Margo Mystery* (acht Teile, 01.01.1961 – 16.02.1961)
{Deutsche Fassung: *Paul Temple und der Fall Margo* (1962)}

Die Bekanntschaft eines Amerikaners, die Temple auf der Heimreise aus den USA macht, steht am Beginn einer Verkettung geheimnisvoller Umstände, die mit Entführung und Mord enden.

36. *What Do You Think?* (12.09.1962)

{Deutsche Fassungen: *Zu viele Geständnisse* (1961), *Kaum zu glauben* (1961 (Schweiz) und 1962 (BRD)), *Der Fall Greenfield* (1962)}

Der erfolgreiche Kriminalschriftsteller Felix Layton neigt dazu, Tatsachen mit Ereignissen aus seinem neuen Roman zu verwechseln. So meldet er mehrere Morde, die sich jedoch nur in seiner Einbildung zugetragen haben zu scheinen. Doch dann passiert wirklich etwas.

37. *Paul Temple and the Geneva Mystery* (sechs Teile, 11.04.1964 – 16.05.1965)

{Deutsche Fassungen: *Paul Temple und der Fall Genf* (1966), *Paul Temple und der Fall in Genf* (1966, nur vier Teile)}

Ein reicher Londoner Verleger soll bei einem Autounfall in der Schweiz ums Leben gekommen sein. Mehrere Umstände deuten jedoch darauf hin, dass der Mann noch lebt. Die Temples, die ohnehin Urlaub in Genf machen wollten, nehmen sich des Falls an.

38. *La Boutique* (fünf Teile, 02.10.1967 – 16.10.1967)

{Deutsche Fassungen: *La Boutique* (1967, BRD), *La Boutique* (1968, Schweiz)}

»La Boutique« ist der schicke Londoner Kleiderladen von Eve, der Ex-Frau des international gefeierten Songwriters Lewis Bristol. Lewis kehrt mit wichtigen Informationen für seinen Bruder, Scotland-Yard-Inspektor Robert Bristol, aus Los Angeles nach London zurück, doch schon bald gibt es eine Leiche.

39. *Paul Temple and the Alex Affair* (acht Teile, 26.02.1968 – 21.03.1968)

Überarbeitete Fassung von *Send for Paul Temple Again* (1945)

{Deutsche Fassung: *Paul Temple und der Fall Alex* (1968)}

Eine Leiche in einem Zug, der an ein Abteilfenster gekritzelte Name »Alex« und eine Karte mit dem Namen »Mrs. Trevelyan« werden mit weiteren Morden und denselben Namen in Verbindung gebracht. Der Fall führt Paul Temple in das Sprechzimmer eines Psychiaters, in ein Hafenviertel und in ein Hotel in Canterbury.

Die Durbridge-Edition
– Williams & Whiting –

Bei Williams & Whiting sind bisher siebenunddreißig Bände von Francis Durbridge erschienen. Sämtliche Bücher enthalten eine umfassende Einleitung und ein Nachwort mit vielen Hintergrundinformationen zu Francis Durbridge, den jeweiligen Geschichten und den Produktionsumständen der Verfilmungen bzw. Vertonungen.

Band 1   FRANCIS DURBRIDGE

Stichtag für Harry
Paul Temple und der vorausgesagte Mord
Kriminalroman

Vorwort, Nachwort und Übersetzung: Dr. Georg Pagitz

Ein junger Mann namens Peter Gibson sucht Superintendent Max Christian in Scotland Yard auf. Er berichtet, dass er in einem Café in Hampstead arbeitet und ungewollt bei der Arbeit zwei Frauen belauscht hat. Diese sagten, dass ein gewisser Harry Sherwood den Sechzehnten des kommenden Monats nicht überleben würde. Christian geht der Sache nach, muss aber feststellen, dass nichts von dem, was Gibson erzählt hatte, stimmt. Es gibt weder das Café, noch einen Mann dieses Namens. Am Sechzehnten des darauffolgenden Monats wird jedoch in einem Wohnwagen eine Leiche gefunden. Der Täter hat sein Opfer erstochen. Als Superintendent Christian den Toten sieht, glaubt er seinen Augen nicht: Es handelt sich dabei um den angeblichen Peter Gibson, der in Wirklichkeit Harry Sherwood hieß ...

Durbridge schrieb diese Geschichte als Fortsetzungsroman im Jahr 1960. Sie blieb jedoch unveröffentlicht und erscheint nun erstmals posthum.

Der Autor versuchte die Story auch als Filmtreatment deutschen Produzenten anzubieten und schrieb sie später zur Episode für eine *Paul-Temple*-TV-Folge um. Dieses Szenarium ist in dem Buch als *Paul Temple und der vorausgesagte Mord* enthalten, den Abschluss bildet eine Abhandlung über Durbridge und die Temple-TV-Serie.

Band 2   FRANCIS DURBRIDGE

Schritt ins Dunkel
Drehbuch für einen deutschen Spielfilm

Vorwort, Nachwort und Übersetzung: Dr. Georg Pagitz

In Soho geht ein gefährlicher Mörder um, der Barmädchen mit einem Messer tötet. Scotland Yard steht vor einem Rätsel. Zur gleichen Zeit befindet sich der wohlhabende Immobilienmakler Mike Hilton in einer existentiellen Krise: Nach dem Tod seiner Tochter und schwierigen Phasen in seiner Ehe verlässt ihn seine Ehefrau Ruth. Nach einer Reifenpanne nahe einem berüchtigten Pub in Soho lernt er die attraktive Selby Brooks kennen und verliebt sich in sie. Als er die junge Dame wenig später auf einem Hausboot besuchen will, findet er ihre Leiche. Mike Hilton gerät unter Mordverdacht. Zur Tatzeit half er einem kleinen Jungen dabei, dessen Papierdrachen aus einem Baum zu befreien. Doch dieses Alibi ist nichts wert, denn der Junge scheint spurlos verschwunden zu sein und gar nicht zu existieren. Gleichzeitig erfährt Mike von Scotland Yard, dass nichts von dem, was Selby ihm erzählt hatte, stimmte. Kann er sich aus dem Teufelskreis, in dem er sich befindet, befreien und den wahren Täter finden?

Die Hintergrundgeschichte zu diesem verschollenen Drehbuch ist ebenso spannend wie die Kriminalgeschichte selbst. Francis Durbridge verfasste das Skript 1961 und verkaufte es 1962 an einen deutschen Filmproduzenten. Letztlich wurde daraus der Spielfilm *Piccadilly null Uhr zwölf*, der bis auf vier Namen nichts mehr mit der Originalstory zu tun hatte. Im Vor- und Nachwort werden die Hintergründe analysiert und dank erst kürzlich aufgefundener Originalkorrespondenz von Francis Durbridge auch die Umstände und Gründe der Änderungen rekonstruiert.

Band 3   FRANCIS DURBRIDGE
Paul Temple muss her!
Ein Kriminalstück
Vorwort, Nachwort und Übersetzung: Dr. Georg Pagitz

Scotland Yard steht vor einem Rätsel. Eine gefährliche Verbrecherbande verunsichert London durch Kindesentführungen, Lösegelderpressungen und andererseits durch spektakuläre Juwelenraube. Die Ganoven operieren unter dem Namen »Die Schlagzeilenmänner«. Dies ist gleichzeitig der Titel des Romans einer unbekannten Autorin, deren Identität niemand kennt. Nachdem Sir Graham und seine Ermittler nicht weiterkommen, fordern die Zeitungen nach Unterstützung und titeln: »Paul Temple muss her!« Der erfolgreiche Kriminalschriftsteller und Privatermittler schaltet sich daraufhin ein und weiß bald, dass der große Hintermann ein Superverbrecher namens Max Lorraine ist. Aber wer der Verdächtigen versteckt sich hinter diesem Namen? Wer ist der gefährliche Schlagzeilenmann Nummer 1?

Dieses im Jahr 1943 in Birmingham uraufgeführte Theaterstück wurde seither nie mehr gespielt. Der Autor zeigt darin sein ganzes Können und liefert Drehungen, Wendungen und Cliffhanger im Minutentakt. Vier Personen sterben auf der Bühne, ebenso viele Leichen gibt es aus Erzählungen. Die *Birmingham Post* schrieb damals zur Uraufführung: »Leichen fallen aus Aufzügen, Schreie hallen durch die Nacht, aus einem unverdächtig aussehenden Grammophon kommen Schüsse und Blausäure findet ihren Weg in harmlose Whiskyfläschchen. Eigentlich haben wir A oder B als Täter verdächtigt, aber dann war es plötzlich X.« Bei dem Stück handelt es sich um eine geschickte Mischung aus Paul Temples ersten beiden Hörspielabenteuern.

Band 4   FRANCIS DURBRIDGE
Schöne Grüße von Mister Brix
Kriminalroman
Vorwort und Nachwort: Dr. Georg Pagitz

Geheimnisvolle und höchst mysteriöse Umstände haben den Ex-Inspektor Richard Grant und seine Frau Margret dazu veranlasst, vorübergehend wieder in den Dienst von Scotland Yard zu treten. In einem Fischerdorf namens Shorecombe war zuvor die Leiche einer gewissen Barbara Willis, Tochter eines feinen Londoner Hauses, aus dem Meer gezogen worden. Kurz darauf bekam ihr Verlobter Robert Brown eine Diamantenbrosche zugeschickt. Darauf stand: »Schöne Grüße von Mister Brix«. Wenig später finden die Grants in ihrer Garage eine weitere Leiche. Peggy Gillow, die in dem Fall undercover ermittelte, wurde erdrosselt. Auch ihr Vater bekam eine mysteriöse Karte von Mister Brix mit der gleichen sarkastischen Botschaft. Steckt hinter diesem Pseudonym jener gefährliche Ariman, dessen Fall Grant einst bearbeitete? Und wenn ja, wer von den zahllosen Verdächtigen ist dieser Verbrecher?

Durbridge schrieb diesen Kriminalroman 1962 für den deutschen Markt. Er basiert auf dem legendären Hörspiel *Paul Temple und die Affäre Gregory* und erzählt dieses sehr werkgetreu nach, allerdings wurden die Charaktere umbenannt. Wer schon immer wissen wollte, worum es in diesem Fall geht und ihn in voller Länge erleben wollte, kann dies nun endlich tun.

216

Band **5**   FRANCIS DURBRIDGE
Die gelbe Windmühle
Kriminalroman
Vorwort und Nachwort: Dr. Georg Pagitz

Susan Kelford, die vierjährige Tochter des reichen Sir Cedric Kelford, dem Präsidenten der Londoner Central Bank, wird entführt. Das Mädchen war gerade in einem Londoner Park, als eine kleine gelbe Spielzeugwindmühle ihre Aufmerksamkeit erregte und sie in die Hand ihres Entführers lockte. Dieser zerrte das Kind in seinen Wagen und suchte daraufhin rasch mit seinem Komplizen das Weite. Man fordert 10.000 Pfund Lösegeld von dem Multimillionär Kelford. Inspektor Houston von Scotland Yard macht drei Tage später eine grausige Entdeckung: Sein Sohn Dennis, der in Sir Cedrics Bank arbeitet, sitzt erschossen vor dem Fernsehgerät. In den Bildschirm ist eine gelbe Windmühle eingeritzt ...

Die gelbe Windmühle erschien 1954 als Fortsetzungsroman in England. Im Jahr 1965 verfasste Francis Durbridge eine eigene Fassung für den deutschen Markt, die hier erstmals als Buch vorliegt.

Band **6**   FRANCIS DURBRIDGE
Mitten ins Herz
Der Mann, der das Quiz gewann
Paul Temple und die flüchtige Miss Helvin
Kriminalromane
Vorwort und Nachwort: Dr. Georg Pagitz

Gary Mason, der berühmteste und beliebteste Schauspieler Englands, wird auf dem Gelände eines Londoner Filmstudios erschossen. Wer ist der Täter? Und hatte er tatsächlich Mason als Ziel auserkoren oder war dieser Mord ein Versehen und er galt eigentlich der überaus attraktiven schwedischen Nachwuchsschauspielerin Karin Lund? Diese legt ein seltsames Verhalten an den Tag, vor allem als sie zwei Tage später dem Journalisten Michael Collins begegnet, der Augenzeuge der Tat wurde und sich danach um die junge Frau gekümmert hatte. Diesmal ignoriert Karin den Reporter und ist in Begleitung eines mysteriösen Fremden. Als Journalist Collins in der darauffolgenden Nacht von einem weiteren Mord berichten soll, ist er schockiert, als er in der Leiche Karin Lund wieder erkennt. Sie wurde erstochen ...

Mitten ins Herz wurde 1955 als *The Man Who Beat the Panel* in Großbritannien als Fortsetzungsroman veröffentlicht. Durbridge überarbeitete diese Fassung für den deutschen Markt im Jahr 1962, erweiterte und verbesserte sie um viele Handlungsstränge und machte aus einem Nicht-whodunit einen Whodunit. Später entwickelte er daraus auch ein Skript für die *Paul-Temple*-Fernsehserie namens *The Elusive Miss Helvin*, das aber nie Verwendung fand. In dieser Ausgabe sind neben der deutschen Romanfassung auch erstmals die Übersetzungen der britischen Fortsetzungsgeschichte und des Szenariums enthalten. Titel: *Der Mann, der das Quiz gewann* und *Paul Temple und die vorsichtige Miss Helvin*, beide übersetzt von Dr. Georg Pagitz.

Band **7**   FRANCIS DURBRIDGE
Sie wussten zu viel & Das Gesicht der Carol West
Kriminalromane
Vorwort und Nachwort: Dr. Georg Pagitz

Victor Merton, der Geschäftsführer der Absteige *High Dive* in Belhampton, zieht beim morgendlichen Schwimmsport die Leiche eines jungen Mädchens aus dem

Hotelpool. Julia Nagy, eine aus Ungarn stammende Angestellte und Mister Cooper, ein Privatgelehrter, werden Augenzeugen des Vorgangs. Ein Notizbuch der Toten führt zu einer gewissen Carol West. Außerdem findet sich darin die Telefonnummer von Scotland-Yard-Superintendent Christian Stiller, der die Tote allerdings nicht kannte. Stiller übernimmt die Ermittlungen. Immer wieder wird er in deren Verlauf von einem Anrufer mit sanfter Stimme gewarnt. Wenig später wird auf den Superintendent ein Überfall verübt, kurz darauf ein Anschlag in Scotland Yard. Alle Spuren führen erneut in die zwielichtige Absteige *High Dive ...*

Francis Durbridge hatte diesen Roman 1959 als Fortsetzungsroman für die Zeitschrift *News of the World* geschrieben. 1963 überarbeitete er diesen für den deutschen Markt unter dem Titel *Sie wussten zu viel*, führte viele neue Handlungsstränge und Figuren ein und baute die Geschichte erheblich aus. Dieses Ausgabe enthält erstmals beide Fassungen, die deutsche erweiterte Version und die davon erheblich abweichende Originalfassung, die von Dr. Georg Pagitz erstmals unter dem Titel *Das Gesicht der Carol West* ins Deutsche übertragen wurde. In einem Vor- und Nachwort des Übersetzers wird auf die Hintergründe eingegangen sowie auf Durbridges meisterliche Fähigkeiten, alte Stoffe wiederzuverwerten.

Band **8**   FRANCIS DURBRIDGE
Paul Temple und der Fall Valentine
Skript für ein achtteiliges Hörspiel
Vorwort, Nachwort, Übersetzung: Dr. Georg Pagitz

London, 1946: Seit einigen Wochen wird das Westend von einer geheimnisvollen Selbstmordserie junger Frauen erschüttert. Scotland Yard ist ratlos und kann nur herausfinden, dass es wohl um Drogen und einen geheimnisvollen Hintermann namens »Valentine« geht. Für Sir Graham Forbes ist eines klar: Das ist ein Fall für Paul Temple! Der bekannte Detektiv und Schriftsteller ist zunächst jedoch gar nicht daran interessiert. Erst als eine junge Frau spurlos aus seinem Wagen verschwindet, lässt er sich doch überreden. Dann geht alles blitzschnell: Auf die Temples wird im eigenen Schlafzimmer ein Mordanschlag verübt, eine geheimnisvolle Botschaft führt Paul und Steve zu einem mysteriösen Kapitän in eine Kneipe am Fluss und schließlich findet sich eine deutliche Warnung von Valentine bei einer Leiche in einer Zahnarztpraxis. Es gibt zahllose Verdächtige und undurchsichtige Gestalten und der gefährliche Unbekannte schlägt immer wieder zu.

Dieses Buch beinhaltet das vom englischen Originalmanuskript übersetzte Temple-Abenteuer, das 2021/22 Grundlage für die neue Pidax-Hörspielproduktion Paul Temple und der Fall Valentine war. In einem Vor- und Nachwort des Übersetzers werden interessante Hintergrundinfos geliefert. Außerdem wird auf die unterschiedlichen Versionen, die im Laufe der Jahre von diesem Stoff entstanden sind, eingegangen.

Band **9**   FRANCIS DURBRIDGE
Zwei Fälle für Paul Temple: McRoy/Westfield
Zwei einteilige Hörspiele
Vorwort, Nachwort, Übersetzung: Dr. Georg Pagitz

Der Fall McRoy: Paul Temple und Steve sind in Italien und befinden sich gerade auf der Weiterreise in die Schweiz, als sie auf dem Mailänder Bahnhof zufällig den Ex-Ermittler Harry McRoy treffen. Gemeinsam tritt man die Weiterfahrt an. Im Zug erzählt Harry von einem rätselhaften Auftrag und bittet Paul, einen Koffer mit geheimnisvollem Inhalt an Sir Graham Forbes zu überbringen, wenn ihm etwas zustoßen sollte. Ehe man Basel erreicht, überschlagen sich die Ereignisse und es gibt Tote.

<u>Der Fall Westfield</u>: Vor Jahren wurde aus dem Hause des Herzogs von Westfield Schmuck im Wert einer Dreiviertelmillion Pfund gestohlen. Es gab keine Spuren und Scotland Yard legte den Fall damals auf Eis. Paul Temple interessiert sich für die Sache, zumal es bald auch eine neue Spur zu geben scheint, als man in einem Londoner Hotel eine Leiche findet. Bei den Sachen des Toten werden ein Fahrschein für eine Fähre und ein Rezept eines gewissen Dr. Schumann gefunden. Temple geht der Sache nach …

Dieses Buch enthält die beiden Originalmanuskripte zu den 2021/22 neu produzierten Temple-Hörspielen von Pidax und HNYWOOD. In einem umfangreichen Vorwort werden die Hintergründe beleuchtet, zudem enthält dieser Band vollständige Stab- und Besetzungslisten sämtlicher Adaptionen und einige exemplarische Beispiele, wie im Fall McRoy dramaturgische Anpassungen vorgenommen wurden.

Band 10   FRANCIS DURBRIDGE
Paul Temple und der Fall Dr. Belasco
Skript für ein achtteiliges Hörspiel
Vorwort, Nachwort, Übersetzung: Dr. Georg Pagitz

Als Paul und Steve nach einem Tanzabend anlässlich Steves Geburtstag nach Hause kommen, werden sie schon von Sir Graham erwartet. Dieser hat Philip Kaufman von der Kopenhagener Polizei mitgebracht. Sie erklären, dass der berüchtigte Dr. Belasco seine Aktivitäten vom Kontinent nach England verlegt hat. Niemand kennt das Gesicht dieses gefährlichen Mannes, der das Verbrechen organisiert und für Schutzgelderpressungen aber auch Mord verantwortlich ist. Sir Graham und Kaufman bitten Temple um Hilfe. Bald schon soll der Kanadier Ross Morgan in England ankommen. Er ist ein Handlanger Dr. Belascos. Temple soll ihn im Auge behalten, doch dann gibt es einen unerwarteten Zwischenfall: Bei der Zugfahrt nach London kommt es zu einem Unfall und Morgan stirbt. Der Kanadier kann Temple jedoch noch einen wichtigen Hinweis geben. Bei seinen Sachen findet Temple ein Feuerzeug. Dieses ähnelt jenem, das Steve an ihrem Geburtstag irrtümlich von einem Mr. Nelson eingesteckt hat …

Francis Durbridge verfasste *Paul Temple and Steve*, so der Originaltitel dieses in der Chronologie gesehenen achten Falls, im Jahr 1947. Dieser band enthält ein informatives Vorwort, einen Artikel über die Paul-Temple-Comic-Serie und Francis Durbridges für die Radio Times geschriebene Einleitung zu dem Fall.

Band 11   FRANCIS DURBRIDGE
Paul Temple und die Marquis-Morde
Kriminalroman
Vorwort, Nachwort, Übersetzung: Dr. Georg Pagitz

In London sorgt ein skrupelloser Mörder, der sich »Der Marquis« nennt, für Angst und Schrecken. Ein halbes Dutzend Personen – lauter renommierte Damen und Herren – musste schon ins Gras beißen und kein Ende ist in Sicht. Scotland Yard in Form von Sir Graham Forbes ist ratlos. Doch diesmal ist es nicht der Chefkommissar, der Paul Temple um Hilfe bittet, sondern das Innenministerium. Ein anonymer Brief des Marquis an Temple sorgt schließlich dafür, dass sich der schreibende Detektiv in die Ermittlungen einschaltet. Er trifft eine Privatdetektivin, die dem großen Unbekannten auf der Spur ist. Doch auch sie wird wenig später tot aus der Themse gezogen. Alle Spuren führen zu einem Ägyptologen namens Sir Felix Reybourn. Ist er der Marquis? Und wenn nicht, wer von den zahlreichen Verdächtigen ist es dann? Temple und seine Frau Steve setzen sich zahllosen Gefahren aus, ehe Paul den gefährlichen Mörder endlich überführen kann …

219

Dieser Krimi ist der letzte nicht übersetzte Paul-Temple-Roman und erscheint nun erstmals in deutscher Sprache – fast 80 Jahre nach seinem Entstehen! Ein packender, typischer Temple voller Cliffhanger, Drehungen und Wendungen, verdächtiger Figuren und natürlich mit der obligatorischen Cocktailparty. Das Buch enthält eine informative Einleitung und ein umfassendes Nachwort, in dem die multimediale Auswertung des Stoffs, der auf einem Durbridge-Hörspiel von 1942 beruht, beleuchtet wird. 1952 entstand auch eine Verfilmung mit John Bentley und Christopher Lee.

Band **12**   FRANCIS DURBRIDGE

Die Anhalterin
Kriminalroman

Vorwort, Nachwort, Übersetzung: Dr. Georg Pagitz

Der Spielwarenfabrikant David Walker nimmt in seinem eleganten Wagen eine hübsche junge Anhalterin namens Judy Clayton mit. Als das Benzin ausgeht, macht sich Walker zu Fuss auf den Weg zu einer Tankstelle. Als er zurückkommt, ist die junge Frau spurlos verschwunden. Einige Tage später taucht Kriminalinspektor Denson bei Walker auf und teilt ihm mit, dass Judy nur wenige Meter von der Stelle, an der David die Panne hatte, ermordet aufgefunden wurde. Zahlreiche Indizien deuten darauf hin, dass Walker die Frau schon länger kannte, obwohl dieser das bestreitet. Im Laufe der Ermittlungen gibt es weitere Tote und neben einem Lippenstift spielen auch ein Schlüsselbund und eine Sofortbildkamera eine wichtige Rolle ...

Dieser Kriminalroman aus dem Jahr 1977 liegt erstmals in einer deutschen Übersetzung vor. Er basiert auf Francis Durbridges Originaldrehbuch zu dem 1971 gedrehten BBC-Dreiteiler *The Passenger*, der synchronisiert unter dem Titel *Die Spur mit dem Lippenstift* ausgestrahlt wurde. Im ausführlichen Vor- und Nachwort des Übersetzers wird auf die Entstehungsgeschichte eingegangen und auch erklärt, wieso 1971 in der BRD keine deutsche Verfilmung dieses Stoffs entstand. Auszüge aus Durbridge-Interviews, Hintergründe über die Miniserie und deren französische Adaption sowie ein 2015 geführtes, exklusives Interview mit dem Regisseur Michael Ferguson, der *The Passenger* inszenierte, runden diesen Band ab.

Band **13**   FRANCIS DURBRIDGE

Die Frau im Hintergrund
Kriminalroman

Vorwort, Nachwort, Übersetzung: Dr. Georg Pagitz

Torcombe, an der Küste von Cornwall. Der ehemals als Kriminalreporter in der Fleetstreet tätige Roy Burton hat sich hierher zurückgezogen, um an einem Buch zu arbeiten. Er lebt in einer einfachen Hütte an der Küste. Eines Tages nähert er sich bei einem Spaziergang einer verlassenen Zinnmine und wird niedergeschlagen. Als er wenig später erwacht, erzählt ihm eine gewisse Karen Silvers, dass er sich in der Mine befinde. Sie leitet dort ein geheimes wissenschaftliches Projekt der Regierung. Es geht um den Bau einer Atomrakete, die so stark ist, dass sie ganz London oder New York zerstören könnte. Die Wissenschaftlerin erklärt, dass die Arbeiter in der Mine allerdings nichts davon wissen oder nur so viel als nötig. In der Umgebung scheint sich der gefährliche Kriminelle Fabian Delouris zu befinden, der schon einen Mitarbeiter entführt hat. Gemeinsam mit gefährlichen deutschen Ex-Nazis will er die Rakete stehlen und damit die Weltherrschaft erlangen. Karen und ihr Vorgesetzter Leyland, bitten Roy daraufhin um seine Mithilfe bei der Bekämpfung der Organisation. Bald darauf werden auf Roy mehrere Mordversuche verübt und die Ehefrau und Tochter eines Pubbesitzers verschwinden spurlos. Alles deutet daraufhin, dass die kriminelle Organisation ihr Hauptquartier in einer verlassenen Abtei aufgebaut hat, zu der mehrere unterirdische Tunnel führen.

Die Frau im Hintergrund stellt unter mehreren Gesichtspunkten eine Besonderheit dar und liegt erstmals in deutscher Übersetzung vor. So ist es der einzige Kriminalroman von Francis Durbridge, der nicht nach dem Whodunit-Muster gestrickt und in dem der Täter von Anfang an bekannt ist. Eine spannende Abenteuergeschichte, in der die beiden Protagonisten gegen eine gefährliche, aus brutalen Nazis bestehende Organisation kämpfen, die die Weltherrschaft mit einer Atomrakete erzwingen will. Weltherrschaftsphantasien bewegten damals die Welt. Eine für den Autor untypische, aber spannende Geschichte mit interessanten und überraschenden Wendungen. Das Buch enthält ein interessantes Vorwort mit Hintergrundinformationen. Im Anhang werden sämtliche Bücher und Kurzgeschichten von Francis Durbridge aufgelistet und dessen Wirken als Romanautor beleuchtet. Inhaltsangaben und weitere Infos zu allen Romanen und Kurzgeschichten runden diese Ausgabe ab.

Band **14**   FRANCIS DURBRIDGE
Vorsicht vor Johnny Washington!
Kriminalroman
Vorwort, Nachwort, Übersetzung: Dr. Georg Pagitz

Johnny Washington ist ein junger amerikanischer Gentleman, der nach Kent gezogen ist, um das Leben zu genießen. Eigentlich will er nur dem süßen Nichtstun nachgehen und seine Zeit mit Fischen verbringen, doch eine Serie von Verbrechen ruft ihn auf den Plan. Eine Bande Krimineller verübt diese nämlich unter seinem Namen und lässt am Tatort Visitenkarten mit dem Aufdruck »Mit besten Grüßen von Johnny Washington« zurück. Das kann der Amerikaner nicht auf sich sitzen lassen. Die Zeitungsreporterin Verity Glyn ermutigt Johnny dazu, sich auf den Fall zu stürzen. Gemeinsam mit dem geheimnisvollen Horatio Quince, einem pensionierten Lehrer, jagt er den mysteriösen Hintermann, der die Morde und Verbrechen organisiert und der sich hinter dem Decknamen »Grauer Elch« versteckt.

Die Geschichte dieses Romans hat Francis Durbridge von seinem ersten Temple-Abenteuer entlehnt und sie überarbeitet. Neuer Protagonist ist Johnny Washington, der Held einer seiner Radioserien.

Band **15**   FRANCIS DURBRIDGE
Zwanzig Minuten von Rom
Drehbuch für einen Fernsehkriminalfilm
Vorwort, Nachwort, Übersetzung: Dr. Georg Pagitz

Zwanzig Minuten von Rom entfernt liegt der Ort Tolero. Welche Rolle spielt er in einem mysteriösen Fall, in den der Wissenschaftler Geoffrey Ryder verwickelt ist? Der Mann steht unter Mordverdacht und besteht darauf, Alan Quinton vom MI5 zu sprechen. Nur ihm will er seine ganze Geschichte erzählen. Den Mann, den er ermordet haben soll, Walter Smedley, lernte er in einem teuren Pariser Nachtclub kennen. Er half ihm dort aus der Bredouille, woraufhin Smedley ihm anbot, während seiner eigenen Abwesenheit in seiner Londoner Wohnung unterzukommen. Ryder nimmt dankend an. Das ist der Beginn einiger mysteriöser Ereignisse. Welche Rolle spielt das goldene Zigarettenetui, das Smedley unbedingt wiederhaben will? Und warum befanden sich auf einem Mikrofilm Fotos von einer Fahrkarte für den Schlafwagen nach Rom und eine Aufnahme einer Landkarte, auf der der Ort Tolero eingezeichnet ist und auf der oberhalb handschriftlich die Notiz »Zwanzig Minuten von Rom« gemacht wurde?

Dieses unverfilmte Drehbuch stammt aus dem Jahr 1954. Es handelt sich dabei um eine ganz typische Francis-Durbridge-Geschichte mit jeder Menge Verwirrungen.

Der Autor beweist hier, dass er nicht nur serielles Erzählen beherrscht, sondern auch innerhalb eines 90-Minuten-Films sein Publikum ganz schön raffiniert verwirren kann. Als übliche Zutaten gibt es einige überraschende Wendungen und die üblichen mysteriösen Gegenstände, wie ein goldenes Zigarettenetui und einen Mikrofilm, auf dem sich unerklärliche Fotografien befinden.

Band **16**   FRANCIS DURBRIDGE
Das zerbrochene Hufeisen
Drehbuch für einen sechsteiligen Kriminalfilm
Vorwort, Nachwort, Übersetzung: Dr. Georg Pagitz

Dr. Mark Fenton behandelt im Londoner St.-Matthews'-Krankenhaus einen Mann namens Charles Constance. Er wurde bei einem Autounfall schwer verletzt, der Lenker beging Fahrerflucht. Constance liegt noch im Koma, als plötzlich eine gewisse Miss Freeman bei Fenton auftaucht, die sich für den Gesundheitszustand des Opfers interessiert. Als Constance erwacht, behauptet er, diese Frau nicht zu kennen. Noch erstaunter ist er über das zerbrochene Hufeisen, das sich auf einem Blumengesteck befindet, das sie ihm mitgebracht hat. Als der Mann wenig später entlassen wird und nicht zur Kontrolluntersuchung erscheint, stellt Fenton einen Brief zu, den Constance bei ihm hinterlassen hat. Dabei entdeckt er in einem Appartement die Leiche von Mr. Constance. Auf dem Spiegel befindet sich ein gemaltes zerbrochenes Hufeisen.

Mit dem Drehbuch zu diesem Sechsteiler legte Francis Durbridge 1952 den Grundstein als erfolgreicher Fernsehkrimiautor. Es war die erste von insgesamt zwanzig mehrteiligen Serien für die BBC, elf davon wurden auch in Deutschland verfilmt. *Das zerbrochene Hufeisen* war nicht darunter und erlebt somit seine deutschsprachige Premiere.

Band **17**   FRANCIS DURBRIDGE
Operation Diplomat
Drehbuch für einen sechsteiligen Kriminalfilm
Vorwort, Nachwort, Übersetzung: Dr. Georg Pagitz

Der renommierte Arzt Dr. Mark Fenton wird von einem Unbekannten gebeten, einen Patienten zu behandeln. Fenton steigt in einen Krankenwagen ein und stellt fest, dass der Wagen leer ist. Ein weiterer Mann mit Pistole sitzt darin und erklärt, es handle sich um eine wichtige Operation. Die Reise, die Fenton in dem verdunkelten Wagen absolviert, dauert mehrere Stunden. Er wird in eine mysteriöse Villa gebracht wird. Dort ist in einem Raum ein Operationssaal aufgebaut worden und ein Deutscher namens Schröder erklärt, dass ein kranker Mann dringend operiert werden müsse. Es handelt sich dabei um den bekannten Diplomaten Sir Oliver Peters, der seit einiger Zeit spurlos verschwunden ist. Der Patient spricht im Fieber von einem »Goldenen Tal«. Assistiert wird Fenton von einer bildhübschen Krankenschwester. Nach der erfolgreichen Operation verliert er das Bewusstsein.

Operation Diplomat hat Durbridges ersten TV-Serienhelden zum Protagonisten, den Mediziner Dr. Mark Fenton, der bereits in *Das zerbrochene Hufeisen* ermittelte. Das Drehbuch entstand 1952 für einen Sechsteiler der BBC, der wie alle anderen Krimis von Francis Durbridge zum Straßenfeger avancierte.

Band **18**   FRANCIS DURBRIDGE
Die Teckman-Biographie
Drehbuch für einen sechsteiligen Kriminalfilm
Vorwort, Nachwort, Übersetzung: Dr. Georg Pagitz

Philip Chance, ein junger Schriftsteller erhält einen interessanten Auftrag: Er soll eine Story über Martin Teckman schreiben. Dieser junge Testpilot ist angeblich bei der Erprobung eines neuen Flugzeugmodells verunglückt. Bei seinen Nachforschungen lernt Philip die Schwester Teckmans kennen, die junge und besonders attraktive Helen. Von da an ereignen sich seltsame Dinge, die darauf schließen lassen, dass sich irgendjemand von Teckmans Nachforschungen enorm gestört fühlt. Nicht nur, dass Gangster in seine Wohnung einbrechen, wenig später wird dort auch ein Mann ermordet aufgefunden. Es handelt sich dabei um den Konstrukteur des Versuchsflugzeugs, Mr. Garvin. Wenig später kommt es zu einem weiteren Mord: Ein Informant, der wichtige Informationen beschaffen wollte, wird ebenso von dem großen Unbekannten beseitigt ...

Die Teckman-Biographie erscheint erstmals auf Deutsch und ist die Übersetzung des gleichnamigen Drehbuchs von Francis Durbridge zu dessen drittem Fernsehmehrteiler. Neben einem interessanten Vor- und Nachwort, in dem auch auf den Kinofilm eingegangen wird, enthält das Buch außerdem ein exklusives Interview mit Alvin Rakoff, der den Mehrteiler 1953/54 im Alter von nur 26 Jahren inszenierte.

Band **19**   FRANCIS DURBRIDGE
Paul Temple und der Fall Z.4
Skript für ein sechsteiliges Hörspiel
Vorwort, Nachwort, Übersetzung: Dr. Georg Pagitz

Paul Temple schreibt für die bekannte Schriftstellerin Iris Archer ein Theaterstück. Wenige Tage vor der Aufführung des Stücks tritt Iris von der Rolle zurück. Als sich Paul und Steve nach Schottland begeben, um dort Urlaub zu machen, sind beide überrascht, dort auch Iris anzutreffen. Hat ihr plötzliches Auftauchen etwas mit dem geheimnisvollen Brief zu tun, den ein aufgeregter junger Mann Paul Temple übergeben hat, mit der ausdrücklichen Anweisung, ihn John Richmond zu übergeben? Was hat der rätselhafte Dr. Steiner mit den Ereignissen zu tun? Und wer verbirgt sich hinter dem Codenamen Z.4? Auch im Urlaub ist Temple auf der Spur einer geheimnisvollen Spionageorganisation, die vor Mord nicht zurückschreckt.

News of Paul Temple, so der Originaltitel dieses Hörspiels, wurde 1939 ausgestrahlt. Das Manuskript dazu galt lange als verschollen, kann nun jedoch erstmals mit vielen Hintergrundinformationen auf Deutsch veröffentlicht werden.

Band **20**   FRANCIS DURBRIDGE
Paul Temple und der Fall Sullivan
Skript für ein achtteiliges Hörspiel
Vorwort, Nachwort, Übersetzung: Dr. Georg Pagitz

Joyce Raymond wendet sich mit einer Bitte an Paul Temple, der gerade nach Kairo reisen will. Er möchte doch einem Mann namens Richard Sullivan, der dort bei einer Ölgesellschaft arbeitet, seine Brille mitzunehmen, die er bei ihr vergessen hat. Temple will der jungen hübschen Dame diesen Gefallen gerne tun und akzeptiert. In Plymouth, wo die Temples am nächsten Tag übernachten, erfährt der Kriminalschriftsteller schließlich, dass Miss Raymond ermordet wurde. Nicht genug damit, auch im Nebenzimmer der Temples findet sich eine Leiche. Von da an bemühen sich alle Personen, die den Temples auf der Reise nach Kairo über Süditalien begegnen um die mysteriöse Brille, an der allerdings von der Polizei nichts Seltsames festgestellt werden kann ...

Dieses spannende Originalmanuskript erscheint erstmals auf Deutsch und stammt aus dem Jahr 1947. Die BBC-Aufnahmen aus den Jahren 1947/48 existieren nicht mehr, weshalb der britische Sender 2006 ein Remake produzierte. *Paul Temple und der Fall Sullivan* führt die Temple-Fangemeinde weit weg von der Themse: Durbridge beweist, dass seine Storys auch in Süditalien und Ägypten bestens funktionieren.

Band 21   FRANCIS DURBRIDGE

Das Messer

Drehbuch für einen dreiteiligen Kriminalfilm

Vorwort und Nachwort: Dr. Georg Pagitz

Spezialagent Jim Ellis soll den Mord an einer Mitarbeiterin des Secret Service aus Hongkong klären, deren Leiche in einem walisischen Ort aufgefunden wurde. Alle Spuren führen in das Hotel Ivanhoe, das einer gewissen Mrs. Corby gehört. Dort hat die Ermordete zuletzt gelebt. Ellis bekommt es mit einer Vielzahl von Verdächtigen und einem Mörder zu tun, der für seine Taten einen chinesischen Dolch verwendet...

Diese Ausgabe gibt das Originaldrehbuch zu dem legendären deutschen Krimimehrteiler *Das Messer* von 1971 wieder, den Rolf von Sydow mit Hardy Krüger in der Titelrolle inszenierte. Die Edition enthält außerdem ein umfangreiches Vor- und Nachwort, in dem erstmals die Produktionsgeschichte dieses Straßenfegers erzählt wird.

Band 22   FRANCIS DURBRIDGE

Tim Frazer und das Rätsel von Melynfforest

Drehbuch für einen sechsteiligen Kriminalfilm

Vorwort, Nachwort, Übersetzung: Dr. Georg Pagitz

Tim Frazer erhält einen neuen Auftrag. Dieser führt ihn in das beschauliche Melynfforest in Wales, wo die Polizei den Mord an Elaine Bradford untersucht. Charles Ross informiert seinen Mitarbeiter zunächst darüber, dass die Ermordete eigentlich Thackeray hieß und für seine Auslandsabteilung in Hongkong arbeitete. Aber was tat sie in Wales und warum wurde sie ermordet? Die Spuren führen in ein Hotel namens St. Bride. Elaine Bradford (oder besser gesagt: Miss Thackery) verbrachte dort die letzten Tage ihres Urlaubs. Im Verlauf der Ermittlungen spielen ein Brieföffner, ein walisisches Volkslied und ein verschwundener deutscher Wissenschafter namens Kurt Lander eine wesentliche Rolle. Die meisten Verdächtigen sind außerdem im Umkreis von Mrs. Chrichtons Hotel zu finden.

Dieses Buch enthält erstmals in deutscher Übersetzung das Drehbuch zum dritten Tim-Frazer-Abenteuer, das zwar in England, aber nicht in der BRD produziert wurde. Francis Durbridge überarbeitete den Stoff erheblich, änderte Figuren und Ende und machte daraus den 1971 gedrehten Krimiklassiker *Das Messer*. Dank der vorliegenden Ausgabe können Fans erstmals die Urfassung mit der deutschen Variante vergleichen. Das Buch enthält ein informatives Vor- und Nachwort sowie als Bonus das von Durbridge für das Kino geschriebene, unverfilmte Treatment *Tim Frazer und die Melvin-Affäre*.

Band 23   FRANCIS DURBRIDGE

Porträt von Alison

Kriminalroman

Vorwort, Nachwort, Übersetzung: Dr. Georg Pagitz

Der Bruder des renommierten Kunstmalers Greg Forrester verunglückt bei einem Autounfall in Italien tödlich. Auch seine Beifahrerin, die bildhübsche Schauspielerin Alison Ford überlebt das Unglück nicht. Wenig später erscheint ihr Vater in Gregs Atelier und bittet den Maler, ein Gemälde von Alison anzufertigen. Von da an überschlagen sich die Ereignisse: Das Modell Jill Stewart wird erwürgt im Kleid der verunglückten Alison in Gregs Wohnung aufgefunden. Der Maler gilt daraufhin als Hauptverdächtiger und befindet sich in einem Teufelskreis. Im Laufe des Falls spielen eine Postkarte, eine Weinflasche und ein Name eine wesentliche Rolle.

Dieser Kriminalroman aus dem Jahr 1962 basiert auf einem sechsteiligen Fernsehkrimi von Francis Durbridge aus dem Jahr 1955, der auch für das Kino verfilmt wurde. Erstmals erscheint das Buch, das zuletzt 1967 auf Deutsch aufgelegt wurde, in einer ungekürzten Neuübersetzung mit zahlreichen Hintergrundinformationen und einem Vergleich mit Fernsehspiel und Kinofilm.

Band 24   FRANCIS DURBRIDGE
Mein Freund Charles
Kriminalroman
Vorwort, Nachwort, Übersetzung: Dr. Georg Pagitz

Der renommierte Arzt Dr. Howard Latimer erhält einen Anruf von seinem Freund Charles Kaufmann. Der Filmproduzent bittet den Mediziner, eine deutsche Schauspielerin namens Frieda Veldon vom Flughafen abzuholen. Das ist der Beginn eines Teufelskreises, in den sich Latimer immer tiefer verstrickt. Wenig später wird die Darstellerin ermordet in seiner Wohnung aufgefunden. Erschlagen wurde sie mit einem bronzenen Kerzenhalter, der sich ausgerechnet in Latimers Wagen findet. Dann stellt sich heraus: Charles Kaufmann hat nie angerufen und der einzige Zeuge, der Latimer entlasten könnte, scheint nicht zu existieren ...

Dieser Kriminalroman aus dem Jahr 1963 basiert auf einem sechsteiligen Fernsehkrimi von Francis Durbridge aus dem Jahr 1956, der 1957 auch für das Kino unter dem Titel *Interpol ruft Berlin* verfilmt wurde. Erstmals erscheint das Buch, das zuletzt 1967 auf Deutsch aufgelegt wurde in einer ungekürzten Neuübersetzung mit zahlreichen Hintergrundinformationen. Wer die Kunstfertigkeit von Francis Durbridge kennenlernen oder verstehen will, dem sei die Lektüre dieses Krimis ans Herz gelegt. *Mein Freund Charles* ist der Inbegriff dessen, was den britischen Autor ausmacht: Überraschungen im Minutentakt, ständige Drehungen und Wendungen und ein Protagonist in einem Teufelskreis. Wahrscheinlich Durbridges bester Roman!

Band 25   FRANCIS DURBRIDGE
Dreimal Tod im Radio:
Mord in der Botschaft / Mr. Lucas / Die Caspary-Affäre
Originalhörspielmanuskripte
Vorwort, Nachwort, Übersetzung: Dr. Georg Pagitz

Mord in der Botschaft: In der Botschaft von Westovia geschieht in der Bibliothek während eines Balls ein Mord. Opfer ist General Rostard, der Premierminister und Dikator des mit Falkenstein verfeindeten Landes. Einige der Ballgäste hätten einen guten Grund gehabt, den Mann zu töten. Ein Mitarbeiter des Außenministeriums glaubt die Wahrheit zu kennen ...

Mr. Lucas: In England treibt ein berüchtigter Hehler sein Unwesen, dessen Gesicht niemand kennt. Die Polizei hat herausgefunden, dass ein Mittelsmann namens Sterne ihm eine wertvolle Kette überbringen sollte. Der Ganove wird geschnappt und Inspektor Crawley übernimmt dessen Part. Er weiß nur, dass er sich unter der Identität eines Mr. Lucas in einen Zug setzen und darauf warten soll, dass man ihn kontaktiert.

Die Caspary-Affäre: In einem Sanatorium in der Schweiz erzählt der Schauspieler Samuel Brent seinem Arzt die Geschichte von einer tödlichen Affäre. Darin involviert sind sein Freund Sir Edward, eine Schauspielerin und ein Pianist. Wer von den zahlreichen auftretenden Personen wird wen am Ende töten? Und warum?

Dieser 25. Band der Durbridge-Edition von Williams & Whiting enthält die Hörspielmanuskripte zu drei spannenden Whodunits aus den Jahren 1937, 1945 und 1946 erstmals in deutscher Übersetzung. *Mord in der Botschaft* ist der älteste erhaltene Durbridge-Krimi überhaupt, der Autor war beim Abfassen erst 24 Jahre alt.

Das Buch enthält neben einem ausführlichen Vorwort auch eine umfangreiche Übersicht über sämtliche Hörspielkrimis von Francis Durbridge.

Band **26**   FRANCIS DURBRIDGE
Ein Fall für Sexton Blake
Skript für ein sechsteiliges Hörspiel
Vorwort, Nachwort, Übersetzung: Dr. Georg Pagitz

Im abgelegenen Schloss Saint Marguerite auf einer einsamen Insel im See geht der Schrecken um: Der Mann mit der eisernen Maske, das Familiengespenst der Familie Marthioly, scheint wieder auferstanden zu sein. Ein Mitglied der Marthiolys wurde bereits getötet. Meisterdetektiv Sexton Blake wird vom Neffen des Ermordeten um Hilfe begeben. Blake und sein Assistent Tinker machen interessante Entdeckungen wie beispielsweise einen unterirdischen Geheimgang. Bald stehen sie auch dem gefährlichen Mann mit der eisernen Maske gegenüber ...

Sexton Blake war im englischsprachigen Raum einer der populärsten Detektive. Er entstand im Fahrwasser von Sherlock Holmes und erlebte über beinahe 100 Jahre seine Abenteuer, die von den verschiedensten Autoren verfasst wurden. 1940 schrieb Francis Durbridge diese sechsteilige Radioserie mit dem beliebten Protagonisten und vereinte dort seine typischen Drehungen und Wendungen mit einem gelungenen Whodunit, der in vielen Aspekten an sein großes Vorbild Edgar Wallace erinnert – wie beispielsweise ein abgelegenes Schloss, unterirdische Geheimgänge, ein maskierter Mörder, eine geheimnisvolle Melodie und eine brennende Windmühle.

Das Buch enthält als Bonus das Manuskript zum Kurzkrimi *Der Knappe* und ein elfseitiges Interview mit Francis Durbridge.

Band **27**   FRANCIS DURBRIDGE
Der Tod kommt ins Hibiscus
Kriminalstück
Vorwort, Nachwort, Übersetzung: Dr. Georg Pagitz

Der Nachtclub *Hibiscus* im Londoner West End steht unter der neuen Leitung von Hugo Bismarck und Amanda Smith. Hugo beschließt als erstes, das Lokal von den bisherigen Schwarzmarktgeschäften zu befreien. Dies führt zu Morden und jeder Menge Chaos und der Erkenntnis, dass im Hibiscus nicht alles so ist, wie es auf den ersten Blick zu sein scheint.

Dieses Theaterstück aus dem Jahren 1942/43 wurde nie aufgeführt und war neben *Paul Temple muss her!* Durbridges frühestes Bühnenwerk. Der Brite wollte Zeit seines Lebens für die Bretter, die die Welt bedeuten, schreiben, avancierte aber erst in seiner späten Schaffensphase zum erfolgreichen Dramatiker.

Der Tod kommt ins Hibiscus basiert auf einem zwölfteiligen Radiokrimi der BBC, erfuhr jedoch zahlreiche Änderungen im Plot. Durbridge verfasste das Stück unter dem Pseudonym Nicholas Vane. Als Co-Autor agierte der vielseitige Regisseur, BBC-Produzent und Schriftsteller Val Gielgud.

Band **28**   FRANCIS DURBRIDGE
Paul Temple: Mord in Serie
Drehbücher und Manuskripte für die TV-Serie
Vorwort, Nachwort, Übersetzung: Dr. Georg Pagitz

Die BBC produzierte (später in Koproduktion mit Taunus-Film München) zwischen 1969 und 1971 52 Folgen der Fernsehserie *Paul Temple*, in der Francis Matthews die Titelrolle spielte. Keine der Geschichten (mit einer Ausnahme) stammte jedoch von Francis Durbridge, obwohl in der Anfangsphase geplant war, dass der Autor auch Drehbücher dazu abliefern sollte. Nachdem die von ihm vorgesehenen Pilotfolgen nicht verfilmt wurden, zog sich der Brite als Autor der Serie zurück.

Dieser Band enthält erstmals die beiden Drehbücher *Die Kelby-Affäre* und *Der Harkdale-Raub* sowie die drei Treatments *Die vorsichtige Miss Helvin, Der vorausgesagte Mord* und *Der Fall Calcary* inklusive umfassender Hintergrundinformationen.

Die Kelby-Affäre: Der Historiker Alfred Kelby verschwindet spurlos, mit ihm das Tagebuch von Lord Delamore, das offensichtlich nicht veröffentlicht werden darf. Bald findet man Kelbys Leiche. *Der Harkdale-Raub:* In einem Ort in den Midlands kommt es zu einem spektakulären Banküberfall. Wenig später wird Temple in den Fall involviert und findet in seiner Garage die Leiche eines Komplizen. *Die vorsichtige Miss Helvin:* Inspektor Vosper ermittelt im Mordfall einer jungen Frau, deren Gesicht unkenntlich gemacht wurde. Temple schaltet sich ein. *Der vorausgesagte Mord:* Ein Mann berichtet Temple, dass er einen Mordplan belauscht hat. Wenig später ist er selbst tot. *Der Fall Calcary:* Ein siebenjähriger Junge verschwindet auf einem Rummelplatz spurlos. Die Schauspielerin Calcary bittet Paul um Hilfe ...

Band 29   FRANCIS DURBRIDGE
Das Halstuch
Kriminalroman – ungekürzt & neu übersetzt
Vorwort, Nachwort, Übersetzung: Dr. Georg Pagitz

In Littleshaw, einem Ort in der Nähe von London, wird auf einem Ackerwagen die Leiche des Fotomodells Fay Collins gefunden. Die junge Frau wurde mit einem Halstuch erwürgt. Der ermittelnde Kriminalinspektor Harry Yates stellt fest, dass Fay in ihren Taschen ein Telegramm hatte, in dem sich ein gewisser Terry für das Halstuch bedankt. Dieser Terry hat, wie der Bruder der Ermordeten, der Musiklehrer Edward Collins, aussagt, Fay außerdem ein teures Armband geschenkt. Aber wer verbirgt sich hinter dem Namen Terry? Marian Hastings, die Braut des Gutsbesitzers Alistair Goodman, erkennt auf einem Foto in der Zeitung jenen Mann wieder, der mit Fay Collins am Tatabend verabredet war: Es handelt sich um Clifton Morris, einen erfolgreichen Zeitungsverleger.

Kein anderes Werk ist bekannter als Francis Durbridges *Das Halstuch*. Der Roman basiert auf dem Originalmanuskript zu *The Scarf* und wurde neu übersetzt und erscheint erstmals ungekürzt.

Im Vor- und Nachwort gibt es umfassende Hintergrundinformationen zu allen europäischen Verfilmungen des Drehbuchs mit besonderem Augenmerk auf die Produktionsgeschichte des legendären deutschen Mehrteilers von 1961. Kritiken, Ausschnitte aus dem Originaldrehbuch und weitere Hintergrundinfos runden diese umfassende Ausgabe ab.

Band 30   FRANCIS DURBRIDGE
Julian
Drehbuch für einen Fernsehkrimi
Vorwort, Nachwort, Übersetzung: Dr. Georg Pagitz

Julian Kane ist ein erfolgreicher Pianist und Frauenheld, der schon für das Ende so mancher Ehe verantwortlich war. Weitere Umstände führen dazu, dass es an jenem Nachmittag im Hause des renommierten Psychiaters Sir John Mallion niemanden mehr gibt, der nicht einen Grund hätte, ihm aus Hass oder Eifersucht eines der vermeintlich sicher weggesperrten Giftfläschchen ins Getränk zu schütten. Wer wird zuschlagen? Und warum?

Julian wurde unter dem Arbeitstitel *Prelude to Murder* von Francis Durbridge als neunzigminütiges Fernsehspiel verfasst. In der BRD war seitens des WDR kurz nach dem *Halstuch*-Erfolg im Jahr 1962 eine Verfilmung geplant, die immer wieder verschoben und letztlich nie realisiert wurde. Die Story basiert auf dem Hörspiel *The Caspary Affair* von 1946, wurde aber ausgebaut und verändert (inklusive Täterwechsel), in Italien als Hörspiel produziert und schließlich von Durbridge zum Theaterstück – mit vielen Entwicklungsstadien und Veränderungen – umgearbeitet. Im umfangreichen Vorwort wird darauf eingegangen.

Band 31   FRANCIS DURBRIDGE

Ein Mann namens Harry Brent

Kriminalroman – ungekürzt & neu übersetzt

Vorwort, Nachwort, Übersetzung: Dr. Georg Pagitz

Tom Fielding betreibt in der Nähe von London eine Firma, die elektronische Geräte herstellt. Alles läuft bestens, aber er hat mit seiner Sekretärin Pech: Diese will ihn wegen einer bevorstehenden Heirat bald verlassen. Fielding sucht eine neue Sekretärin und glaubt diese in der hübschen Barbara Smith gefunden zu haben. Doch während des Vorstellungsgesprächs zieht die junge Frau eine Waffe und erschießt Fielding. Sie wird verhaftet und kann sich in ihrer Zelle vergiften. Bevor sie stirbt, verlangt sie nach einem gewissen Harry Brent. Dieser Mann ist ausgerechnet der Verlobte von Fieldings alter Sekretärin Carol Vyner und taucht fortan bei den Ermittlungen von Inspektor Alan Milton, dem Exfreund von Carol, immer wieder als Hauptverdächtiger auf. So findet er heraus, dass Barbara Smith Blumen am Grab von Brents Eltern niedergelegt hat und dass sich Harry Brent und Tom Fielding schon sehr viel länger kannten, als dieser zugibt …

Dieser Kriminalroman erscheint neu übersetzt und ungekürzt. Durbridge-Fans werden überrascht sein, denn abgesehen von Umbenennungen der Orte und Figuren ist auch das Ende anders als im legendären deutschen TV-Krimidreiteiler *Ein Mann namens Harry Brent* von 1968. Der WDR bat Durbridge damals darum. Darauf und auf die Produktionsumstände der englischen, deutschen, italienischen, französischen und polnischen Verfilmung des Stoffs wird in einem umfangreichen, hundertseitigen Nachwort eingegangen. Besonderes Highlight: Unveröffentlichte Exklusivinterviews mit den Darstellern von damals (Brigitte Grothum, Peter Ehrlich und Wolfgang Preiss).

Band 32   FRANCIS DURBRIDGE

Wie ein Blitz

Kriminalroman – ungekürzt & neu übersetzt

Vorwort, Nachwort, Übersetzung: Dr. Georg Pagitz

Der reiche Geoffrey Stewart wird in einem abgelegenen Haus ermordet. Die Täter sind sein Angestellter Mark Paxton und seine Ehefrau Diana Stewart, die mit Mark ein Verhältnis hat. Als man die Leiche beseitigen will, ist diese verschwunden. Dafür meldet sich der Ermordete mehrmals bei seiner Ehefrau per Telefon und treibt diese fast in den Wahnsinn. Ganz nebenbei geschehen weitere Morde. Inspektor Clay ist mit den Ermittlungen beauftragt und hat nicht nur das Mörderpärchen Diana und Mark unter Beobachtung, sondern verdächtigt auch das Ehepaar Thelma und Walter Bowen sowie den Tankstellenbesitzer Ned Tallboy …

Wie ein Blitz basiert auf dem 16. mehrteiligen Krimi, den Durbridge für die

BBC schrieb. 1966 in England ausgestrahlt, folgten bald weitere europäische Adaptionen, darunter die 1970 gezeigte deutsche Version mit Ingmar Zeisberg, Peter Eschberg, Albert Lieven, Paul Hubschmid und Horst Bollmann. Für die BRD schrieb Durbridge sein Drehbuch etwas um und ergänzte es um zahlreiche Szenen. Darauf, auf die weiteren Verfilmungen und auf viele andere spannenden Fakten wird im umfangreichen Nachwort auf über 100 Seiten eingegangen. Besonderes Highlight sind zwei exklusive, bisher nie veröffentlichte Interviews mit Regisseur Rolf von Sydow und Darstellerin Eva Pflug.

Band **33**　　　FRANCIS DURBRIDGE
Ein Reisepass voller Gefahr
Manuskript für ein sechsteiliges Hörspiel
Vorwort, Nachwort, Übersetzung: Dr. Georg Pagitz

Der Journalist Roger Knight verschwindet in Afrika spurlos. Zuvor lässt er dem Britischen Geheimdienst noch eine Nachricht auf dem Armband seiner Uhr zukommen. Seine Schwester Linda West, eine bekannte Schauspielerin, erhält eines Tages den Anruf von Major Hadley, der sie bittet, für den Geheimdienst Ihren Bruder zu suchen. Linda wurde in London bereits Opfer eines Mordanschlags, den sie nur knapp überlebte. Zudem landete eine junge Frau, die ihr ähnlich sah, tot in der Themse. Wer will ihr Böses? Und warum? Hat es etwas mit der Nachricht zu tun, die Linda vor Wochen als letztes Lebenszeichen von Roger erhielt? Linda nimmt den Auftrag des Geheimdiensts an und sucht gemeinsam mit dem Journalisten Tim, einem Berufskollegen ihres Bruders, in Casablanca nach einer ersten heißen Spur.

　　Dieses sechsteilige Hörspiel von Francis Durbridge stammt aus dem Jahr 1945 und wurde nie auf Deutsch vertont. Es enthält alle typischen Zutaten eines typischen Krimis des britischen Autors. Zudem ähneln die Titelfiguren stark den bekannten Krimihelden Paul und Steve Temple. Der Autor schrieb die Story in den 1960ern zu einem Filmtreatment für einen geplanten Tim-Frazer-Kinofilm in Deutschland um, der nie realisiert wurde. Dazu und zu den Hintergründen des Hörspiels gibt es umfassende Infos im Begleittext. Außerdem enthält das Buch einen Artikel über die für Durbridge so spezifischen mysteriösen Gegenstände in seinen Kriminalgeschichten.

Band **34**　　　FRANCIS DURBRIDGE
Die Kette
Kriminalroman – ungekürzt & neu übersetzt
Vorwort, Nachwort, Übersetzung: Dr. Georg Pagitz

Der Vater von Scotland-Yard-Inspektor Harry Dawson stirbt auf dem Golfplatz. Scheinbar war es ein Unfall, denn Tom wurde von einem Golfball so unglücklich getroffen, dass er seinen Verletzungen erlag. Harry glaubt nicht an die Geschichte und recherchiert auf eigene Faust. Als Peter Newton, der den tödlichen Golfball abschlug, ermordet aufgefunden wird, ist klar, dass auch Tom Dawsons Tod kein Unfall war. Im weiteren Verlauf der Ermittlungen spielen ein Hundehalsband, eine gestohlene Perlenkette, ein Mann im Rollstuhl und ein geheimnisvoller Hintermann, dessen Gesicht niemand kennt, eine entscheidende Rolle …

　　Francis Durbridges Roman beruht auf seinem 1966 für die BBC geschriebenen Mehrteiler, der erfolgreich in verschiedenen Ländern verfilmt wurde. In der BRD war seit 1966 eine Adaption in Gespräch, die aber aus verschiedene Gründen nie zustande kam. Durbridge überarbeitete das Originaldrehbuch, gab ihm den neuen Titel *The Circle* und änderte sämtliche Personennamen. Daraus wurde schließlich 1977 der TV-Zweiteiler *Die Kette* mit Harald Leipnitz und Uschi Glas. Auf die Produktionsgeschichte wird im umfangreichen Nachwort auf über 130 Seiten eingegangen.

Band 35   FRANCIS DURBRIDGE
Zakary
Szenarium für einen Kinothriller
Vorwort, Nachwort, Übersetzung: Dr. Georg Pagitz
Großbritannien, Sommer 1914: Der Oxford-Absolvent Oliver Sheldon wird von seinem Onkel einem Mann vom Secret Service vorgestellt. Dieser möchte, dass Sheldon nach Japan geht und unter dem Vorwand, ein Buch zu schreiben, vor Ort Informationen sammelt. Sein Deckname lautet Zakary. Oliver erhält den Auftrag, Daten über ein geheimes U-Boot zu beschaffen. Bald bricht der Erste Weltkrieg aus und im Laufe der Jahre ändert sich auch die Einstellung der Japaner gegenüber Großbritannien, aber auch jene Olivers zu seinem Vaterland. Er arbeitet zwar noch als Spion, befindet sich jedoch immer mehr in einem großen Gewissenskonflikt ...
Francis Durbridge schrieb dieses Szenarium für den renommierten italienischen Filmproduzenten Dino de Laurentiis. Was anfangs wie eine typische Durbridge-Kriminalgeschichte beginnt und über Strecken sogar die so typischen Wendungen enthält, wird allmählich zu einem Film über Spionage und Krieg, geht hin bis zu den Ereignissen in Pearl Harbour und zieht sich schließlich in der Handlung über 30 Jahre hinweg. Die wohl ungewöhnlichste Geschichte von Francis Durbridge zu einem Kinofilm, der nie realisiert wurde, aber mit Sicherheit ein internationaler Blockbuster geworden wäre.

Band 36   FRANCIS DURBRIDGE
Paul Temple und der Curzon-Fall
Kriminalroman – ungekürzt & neu übersetzt
Vorwort, Nachwort, Übersetzung: Dr. Georg Pagitz
Paul Temple hört auf der Party seines Verlegers von Sir Graham Forbes und Inspektor Charlie Vosper vom mysteriösen Verschwinden zweier Schuljungen in Dulworth Bay in Yorkshire. Von Roger und Michael Baxter fehlt jede Spur. Vospers Ermittlungen ergaben, dass auf dem Cricketschläger von Roger neben Unterschriften einiger Spieler ein Name zu finden ist, der nicht zugeordnet werden kann: Curzon. Niemand kennt diese Person. Als in Gegenwart von Temple in London eine Frau erschossen wird, die ihm wichtige Hinweise geben wollte, nimmt der Kriminalschriftsteller die Ermittlungen auf und fährt in das Fischerdorf, in dem alle Stricke zusammenlaufen ...
Dieser Kriminalroman basiert auf dem Hörspiel *Paul Temple and the Curzon Case* von 1949, das 1951 auch mit René Deltgen in der Hauptrolle unter dem Titel *Paul Temple und der Fall Curzon* vertont wurde. Das Buch erschien 1971 im Fahrwasser der von der BBC ausgestrahlten zweiundfünfzigteiligen TV-Serie *Paul Temple* und wurde handlungsmäßig in die 1970er-Jahre verlegt, was zu einigen Änderungen führte. Neben einer Auflistung sämtlicher Hörspieladaptionen mit Hintergrundinfos enthält dieser Band auch einen Artikel über die typischen Paul-Temple-Zutaten.

Band 37   FRANCIS DURBRIDGE
Mr. Hartington starb morgen
Manuskript für ein achtteiliges Hörspiel
Vorwort, Nachwort, Übersetzung: Dr. Georg Pagitz
Der Filmproduzent Oliver Hartington, der »Zar« von Hollywood, ist hinter den Rechten eines Romans her, den ein gewisser Peter London geschrieben hat. Doch wer ist Peter London? Eine wochenlange in den Medien hochgespielte Suchaktion verläuft im Nichts. Dann wird Hartington plötzlich bei einer Siesta in seinem Stamm-

lokal ermordet – und auf einmal scheint es drei verschiedene Peter Londons zu geben. Es stellt sich nicht nur die Frage, wer von ihnen der echte Peter London ist, sondern auch, wer von allen Beteiligten ein Motiv hatte, den erfolgreichen Filmproduzenten zu töten.

Francis Durbridge schrieb dieses achtteilige Kriminalhörspiel, dessen Manuskript erstmals auf Deutsch übersetzt wurde, 1942 unter dem Pseudonym Lewis Middleton Harvey für die BBC. Er taucht dabei in die Welt von Hollywood ein und schildert in diesem Umfeld eine rätselhafte Mordgeschichte. Durbridge wäre nicht Durbridge, wenn in diesem Whodunit alles so wäre, wie es den Anschein hat.

+ + + + + + + + + DEMNÄCHST + + + + + + + + +

Band **38**   FRANCIS DURBRIDGE

Paul Temple und das Genfer Rätsel
Kriminalroman – ungekürzt & neu übersetzt
Vorwort, Nachwort, Übersetzung: Dr. Georg Pagitz

Der Londoner Verleger Charles Milbourne soll bei einem Autounfall in der Schweiz ums Leben gekommen sein. Mehrere Indizien deuten jedoch darauf hin, dass der Mann noch lebt. Davon ist vor allem seine Ehefrau Margret überzeugt, während Maurice Lonsdale, der Schwager des Toten, daran zweifelt. Paul und Steve Temple nehmen sich des Falls nach anfänglichem Zögern an …

Dieser spannende Roman, früher gekürzt unter dem Titel *Zu jung zum Sterben* erhältlich, erscheint in einer ungekürzten Neuübersetzung mit Hintergründen zum zugrundeliegenden Hörspiel *Paul Temple und der Fall Genf* aus dem Jahr 1966 und einer ausführlichen Darstellung des Paul-Temple-Universums im Nachwort.

Band **39**   FRANCIS DURBRIDGE

Die Nylonmorde
Kriminalroman – ungekürzt & neu übersetzt
Vorwort, Nachwort, Übersetzung: Dr. Georg Pagitz

Andrea Lake war eine junge, vielversprechende Schauspielerin. Doch die talentierte junge Frau wird eines Tages tot aus der Themse gezogen. Sie wurde mit einem Nylonstrumpf erwürgt. Dr. Leslie Sanders, ihre Schwester, will der Sache auf den Grund gehen und betreibt deshalb Nachforschungen auf eigene Faust. Sie begibt sich dabei auf gefährliches Terrain. Was weiß der Regisseur Peter Hamilton? Welche Rolle spielt die Schauspielerin Sylvia Graham? Und wer ist der anonyme Anrufer, der sich bei ihr meldet?

Diesen spannenden Kriminalroman verfasste Durbridge 1952/53 als zwölfteiligen Fortsetzungsroman für den *Sunday Dispatch*. Das Buch enthält auch eine Auflistung und Einteilung aller Durbridge-Romane und -Kurzgeschichten.

+ + + WEITERE TITEL IN VORBEREITUNG + + +

Band **40**   **Paul Temple und die Schlagzeilenmänner**
Kriminalroman – ungekürzt & neu übersetzt

Informationen zu allen englischen und deutschen Durbridge-Büchern von Williams & Whiting: **www.williamsandwhiting.com**

Die offizielle Seite zu Francis Durbridge ist erreichbar unter
www.francisdurbridgepresents.com